# L'hiver des hommes

*Du même auteur*
*aux Éditions J'ai lu*

PRIEZ POUR NOUS
*N° 3138*

UN JOUR JE TE TUERAI
*N° 5617*

TROIS COUPLES EN QUÊTE D'ORAGE
*N° 6555*

MÉFIEZ VOUS DES ÉCRIVAINS
*N° 6696*

LE CHAGRIN
*N° 9574*

LE CAHIER DE TURIN
*N° 10040*

LIONEL

DUROY

# L'hiver des hommes

ROMAN

J'AI LU

*À Bojan Savić Ostojić*

# 1

Jovo se perd dans les faubourgs de Belgrade. C'est une nuit de novembre, au-dessus de la ville le ciel est étrangement lumineux, traversé de nuées jaunes, comme chargé de gaz. À un moment, Jovo entre dans une cité, contourne des barres d'immeubles et me fait signe de baisser ma vitre – il va demander son chemin aux deux femmes qui marchent dans notre direction, luttant contre le vent, courbées sous la pluie.

— *Dobar dan !* hurle-t-il.

Mais elles feignent de n'avoir rien entendu et pressent le pas.

Jovo bougonne. Je vois qu'il est tenté de reculer, pour les insulter peut-être, mais la vitre arrière de la Mercedes est couverte de buée.

— Merde, dit-il.

Je l'observe tandis qu'il m'explique combien les gens, ici, en Serbie, sont devenus petits, peureux. « Ils ne croient plus à rien, tu sais, ils seraient prêts à vendre leurs parents pour entrer dans votre putain d'Europe. » « Pétits-pétits », répète-t-il, pinçant le pouce et l'index pour que je comprenne mieux, et puis il fait semblant de cracher par terre. Il est plein de mépris pour ses concitoyens, et d'ailleurs lui est en train de prendre des dispositions pour emménager à Moscou.

— Vraiment, Jovo, tu vas t'installer en Russie ?

— La prochaine fois, c'est là-bas que tu me trouveras.

Il est devenu obèse. Tandis qu'il cherche son chemin, tendant le cou vers le pare-brise et maugréant, je n'ai aucun mal à me le remémorer, dix-huit ans plus tôt, à Bràko. À l'époque, il était un jeune capitaine chargé de conduire sur le front les équipes de télévision étrangères. Il avait installé ses bureaux dans une maison particulière à l'abandon, un peu en retrait de la route défoncée par laquelle entrait en Bosnie toute l'aide militaire et logistique qu'envoyait Belgrade. Bràko venait d'être repris, ouvrant un corridor vers les Serbes de Bosnie. Les convois se succédaient nuit et jour sur cette route, et même en retrait, la maison de Jovo tremblait sur ses fondations. Il était un des rares officiers serbes à parler plusieurs langues, dont le russe et le français.

— Et qu'est-ce que tu feras en Russie ?

— La même chose qu'aujourd'hui. Des affaires.

— Des affaires de quoi, Jovo ?

— Eh, je ne vais pas t'expliquer ça ce soir.

Maintenant, nous sommes immobilisés à un carrefour, sous un réverbère dont la lumière jaune baigne l'habitacle. Il ne passe qu'une voiture de temps en temps dans un nuage de bruine. Le bruit des essuie-glaces couvre le ronflement feutré du moteur. Jovo cherche son téléphone et je peux entendre l'air siffler dans ses larges narines. « Jovo, pourquoi t'es-tu laissé grossir jusqu'à devenir obèse ? suis-je tenté de lui demander. Tu es sans cesse essoufflé, bientôt tu ne pourras même plus te déplacer. » Mais quelqu'un a décroché à l'autre bout et, tandis qu'il hurle dans son portable, je songe à ma grand-mère, quand nous étions enfants, à Bordeaux. Ma grand-mère qui n'imaginait pas qu'on puisse parler normalement dans un téléphone et qui hurlait, elle aussi. « Allô ! Allô ! Qui est à l'appareil ? » Nous arrêtions de jouer, nous nous figions, comme si notre destin était suspendu à ce qu'allait entendre ou dire notre grand-mère. « C'était votre père, mes chéris, il appelait de la gare, il sera là demain. Oh, sainte Providence, faites que tout se passe bien ! – Il va voyager toute la nuit ? demandions-nous. – Oui, toute la nuit, le malheureux. Et votre mère qui n'est pas là ! Suzanne ! Suzanne ! Où êtes-vous ? »

— Tu ne m'as pas vraiment expliqué qui est l'homme que nous allons rencontrer, dis-je, quand il a raccroché, abandonnant à contrecœur le souvenir de Bordeaux.

— Il va venir nous chercher avec sa voiture.

— Ah. Mais qui est-ce ?

— Un Serbe. Tu veux voir des Serbes, je te présente des Serbes.

Nous nous taisons en l'attendant. Puis, après un moment, me souvenant d'une jeune femme dont il avait accroché le portrait dans son bureau, à Brcko, je demande :

— Jovo, tu ne devais pas te marier après la guerre ?

— Je me suis marié, si, mais ça n'a pas marché.

— Qu'est-ce qui s'est passé ?

— Est-ce que tu sais pourquoi, un jour, ta femme te quitte ?

— Oui, non, peut-être... Et tu en as souffert ?

— Bien sûr que j'en ai souffert ! J'en souffre tous les jours. Je la croise parfois dans la rue sans le vouloir.

— Elle habite Belgrade ?

— Oui, Belgrade... Tiens, je crois que c'est lui, Stanko...

Une lourde voiture noire amorce un demi-tour au milieu du carrefour, allant mordre sur le bas-côté pour s'immobiliser à quelques mètres devant nous. Jovo enclenche la première et nous démarrons. La route est étroite, balayée par la pluie, bordée d'arbres squelettiques dont les troncs noirs luisent dans le faisceau des phares. Puis des maisons surgissent, aux fenêtres si pauvrement éclairées qu'on pourrait croire que les gens vivent encore à la bougie dans ce village. Nous ralentissons, dépassons une église orthodoxe dont l'icône, au-dessus du porche, est encadrée d'une guirlande lumineuse. Un peu plus loin, sur la gauche, notre guide s'enfonce dans les sous-bois par un chemin de terre aux ornières remplies d'eau. Il conduit prudemment, comme soucieux de ne pas abîmer sa lourde voiture dont les roues chassent par instants, soulevant des gerbes de boue. On devine des maisons entre les arbres dénudés, et soudain nous y sommes. Une ampoule brûle au fond d'un jardin, éclairant le porche d'une véranda, tandis que le reste de la maison est plongé dans l'obscurité. Jovo se gare et nous descendons. Le sol est gorgé d'eau, on entend le chuintement d'un ruisseau, un chien aboie quelque part. En me retournant, j'aperçois la silhouette de notre hôte : un homme élancé, étrangement coiffé d'un catogan et portant une barbe qui lui dissimule le bas du visage. Lui et Jovo échangent quelques mots dont je ne saisis pas le sens, mais l'intonation est joyeuse, comme s'ils étaient heureux de se retrouver, puis l'homme se tourne vers moi :

— Stanko Janković, dit-il en me broyant les articulations de la main.

Tant de mois après, je me rappelle encore combien je suis surpris par la froideur de son regard. Il ne se donne pas la peine de sourire, et quand je me présente à mon tour, il rétorque sèchement, dans un anglais parfait :

— Oui, je sais, vous êtes un écrivain français, Jovo m'a prévenu.

Nous entrons dans la maison par la véranda. Elle est humide, glaciale, encombrée de bottes de caoutchouc, de cannes à pêche, de cages à oiseaux empilées les unes sur les autres et d'outils de jardin. Notre hôte y suspend son anorak, puis il nous précède et nous grimpons à l'étage par un escalier de bois. Quand nous pénétrons dans la pièce, une bonne chaleur aussitôt nous enveloppe et Jovo et moi laissons échapper une exclamation de bien-être. Alors une femme tourne vivement la tête et nous sourit. Une femme aux yeux clairs, aux lèvres pleines, qui a dû être belle autrefois mais qui à présent s'en moque, laissant pendre ses cheveux sur ses épaules en longues mèches grises. Elle était en train de peindre, perchée sur un tabouret devant un chevalet. Elle pose ses pinceaux, s'essuie les mains et vient à notre rencontre. Jovo semble la complimenter, pour sa beauté, sans doute, car elle se défend en riant, puis comme il la retient par les épaules elle se libère en lui tapotant la main de cet air mutin de petite fille qu'empruntent parfois les femmes qui ne se sont pas vues vieillir.

Tandis qu'elle me débarrasse de mon manteau, me souhaitant la bienvenue, j'aperçois la toile sur laquelle elle travaillait un instant plus tôt : une jeune fille nue sur un alezan, dont la chevelure brune vole au vent. Alors je devine que les corps entrelacés au sexe imberbe et les bustes de nymphettes aux seins nus qui ornent la pièce sont également d'elle.

— Vous aimez ? s'enquiert-elle en anglais.

Je devrais répondre « Non, pardonnez-moi, je trouve ça abominable, ça ne dit rien de la vie, c'est aussi indécent et mensonger qu'un film pornographique », mais au lieu de ça je m'entends dire aimablement :

— Où avez-vous appris la peinture ?

— À Trieste. Je suis d'origine italienne.

— Oh, quelle bonne surprise ! J'aime beaucoup votre pays.

— Antonella, dit-elle en me tendant la main.

— Marc.

Puis, me saisissant par le poignet :

— Venez vous asseoir. Voulez-vous boire du vin italien ?

— Avec plaisir. Il fait tellement froid, dehors...

Nous prenons place autour de la table. L'homme ne se joint pas à nous, il s'est assis près du poêle, dans le fauteuil qu'il devait occuper avant de devoir sortir pour aller nous récupérer dans les faubourgs avec sa grosse voiture, de sorte que Jovo nous tourne à moitié le dos pour continuer de bavarder avec lui. Tous les deux parlent à voix basse, dans leur langue, tandis qu'Antonella remplit nos verres. Alors seulement je remarque qu'elle et son mari portent la même tenue négligée, une polaire décolorée et plucheuse sur un pantalon de survêtement. Lui avec son catogan et sa barbe, elle avec ses longs cheveux fanés sur les épaules, on jurerait un couple de vieux hippies, me dis-je.

Jovo lève son verre, il déclame une chose que je ne comprends pas, et nous trinquons gravement à cette chose. La pièce est confortable, chaudement éclairée. Qui devinerait qu'un tel endroit puisse exister, arrivant dans la nuit de Belgrade par ce chemin de terre à peine carrossable, comme nous venons de le faire, et apercevant entre les arbres noirs l'ampoule de la véranda brûler sous la pluie ? Qui le devinerait ? Mais tandis que je promène discrètement mon regard sur les murs, y cherchant des fenêtres que l'on a pris soin de dissimuler, un long mugissement se fait entendre.

— Qu'est-ce que c'est ? m'enquiers-je auprès d'Antonella.

— La sirène d'un bateau.

— Nous sommes donc si près du Danube ?

— Il coule juste en bas. Si vous aviez continué le chemin par lequel vous êtes arrivés, vous seriez tombés dessus.

L'homme s'est levé pour remettre une bûche dans le poêle et, l'observant de profil, je suis surpris par l'ascétisme de son visage : des joues creuses, un nez long aux narines pincées, des yeux profondément enfoncés dans les orbites, et cette barbe qui lui donne l'air d'un moine.

Puis, au lieu de se rasseoir, il disparaît dans le fond de la pièce. Jovo fait un commentaire à son propos qui semble contrarier Antonella.

— *Not at all,* rétorque-t-elle abruptement en anglais, comme si elle voulait lui signifier au passage qu'il est discourtois de continuer à parler le serbe en ma présence.

Stanko Janković réapparaît presque aussitôt avec un carton à dessin sous le bras. Il l'ouvre sur la table et, m'ignorant, glisse une photo sous le nez de Jovo.

— Je peux voir ? dis-je après un instant, comme Jovo s'absorbe silencieusement dans l'image.

Alors il se passe une chose étrange, on dirait que l'homme m'est soudain reconnaissant de l'intérêt que je lui porte. Pour la première fois, il me regarde avec sympathie.

— Oui, dit-il, c'est pour vous que je suis allé les chercher.

Il prend un autre agrandissement et me le tend. On y voit le général Mladić dressé sur une crête et indiquant quelque chose de son bras tendu à son voisin qui le dépasse d'une tête.

— Le général anglais Rose, n'est-ce pas ?

— Oui, devant Gorazde.

Un troisième homme se tient en retrait, presque aussi long et maigre que Michael Rose.

— Et ici c'est moi, ajoute dans un souffle Stanko Janković.

Il l'avoue presque avec douleur, me semble-t-il, à tel point que je lève les yeux vers lui qui est resté debout au-dessus de nous.

— Je ne comprends pas, dis-je, avec une désinvolture voulue et en riant, comme si tout cela était anecdotique, êtes-vous en train de me dire que vous regrettez de figurer sur cette photo ?

— Oh non, ce n'est pas ce que j'ai voulu dire.

— Ah, pardonnez-moi.

Revenant à la photo, je dois faire un effort pour reconnaître dans le visage d'aigle du jeune colonel l'homme au catogan qui se tient près de moi.

— Non, reprend-il doucement, mais d'une voix mieux assurée, je regrette que nous, qui avons gagné cette guerre, soyons obligés de nous cacher comme des criminels.

Comme je ne réponds rien, laissant ses mots me pénétrer lentement, les laissant cheminer en moi avec étonnement, puis avec un effroi grandissant, tout en feignant d'être captivé par cette scène de guerre au-dessus de Gorazde, il me tend une autre photo. Sur celle-ci, le général Mladić s'adresse à ses troupes, juché sur des caisses de munitions, tandis que le colonel Janković se tient à sa droite, très droit, les mains derrière le dos.

Cet homme vit donc dans la peur d'être arrêté, me dis-je, tout en me demandant quel argument a bien pu trouver Jovo pour le convaincre de me recevoir. Et quelle garantie a-t-il pu lui donner que je ne le dénoncerai pas ? Aucune. Quand j'avais appelé Jovo depuis Paris, près de vingt ans après l'avoir connu à Bràko, je lui avais simplement dit que je souhaitais écrire sur les enfants de ceux qui avaient fait la guerre. Quel regard, devenus grands, portaient-ils aujourd'hui sur leurs pères ? Depuis des années, je m'intéresse aux enfants des dignitaires nazis. Je me suis procuré tous les témoignages qu'ils ont bien voulu donner et, les relisant inlassablement, j'ai toujours éprouvé la même émotion pour le désarroi qu'ils expriment, qu'ils défendent leurs pères avec une forme de fanatisme, comme Gudrun Himmler ou Wolf Rüdiger Hess, ou l'abomine et l'insulte à longueur de livres, comme le fait Niklas Frank, le plus jeune des cinq enfants de Hans Frank, le gouverneur général de la Pologne durant la Seconde Guerre mondiale.

Tandis que je me demande silencieusement pourquoi le colonel Janković a choisi de me faire confiance, il me tend une troisième photo.

— Le Président, dit-il avec solennité.

Je reconnais Radovan Karadžić attablé à une terrasse de café, sous un soleil estival, seul civil au milieu d'une dizaine de militaires débraillés.

— Hôtel Panorama, à Pale, me précise Janković.

— C'est étrange de songer que cet homme est aujourd'hui en prison à La Haye, dis-je, inculpé de crimes contre l'humanité.

— Ceux qui ont gagné les guerres font les tribunaux, remarque calmement notre hôte, mais c'est l'Histoire qui dira qui avait raison. Le président Karadžić n'a pas voulu cette guerre, vous savez. Je peux témoigner qu'il l'a faite à contrecœur.

Il replace ses photos dans le carton à dessin et s'attable avec nous, cette fois.

— Quand les combats ont commencé à Sarajevo, reprend-il, les Musulmans et les Croates étaient bien mieux organisés que nous, les Serbes. Ils défilaient dans les rues avec leurs armes tandis que nous ne sortions pas des casernes. Je suis allé voir Karadžić et je lui ai suggéré que les Serbes créent rapidement leur propre armée, puisque les Croates et les Musulmans l'avaient fait. « Pourquoi ? m'a-t-il répondu. Nous avons l'armée yougoslave. » Il n'a pas voulu bouger. Quelque temps plus tard, je suis retourné le voir pour l'avertir que nous allions faire sauter la télévision de Sarajevo. Les Musulmans s'en étaient emparés et ils l'utilisaient pour leur propagande. Karadžić a piqué une colère terrible. « Qui vous a demandé de monter cette opération ? a-t-il crié.

Je vous interdis de faire sauter ce bâtiment. » Nous avons dû récupérer les explosifs qui étaient déjà en place, et pour ne pas se faire repérer en sortant de l'immeuble nous les avons collés contre nos jambes, sous nos pantalons.

— Vous étiez donc à Sarajevo au début de la guerre ?

— Je suis né ici, où vous me voyez, dans ce bourg de Vinca, puis j'ai fait l'Académie militaire et j'ai reçu des commandements un peu partout, à Novi Sad, à Zadar, à Split, avant d'être nommé à Sarajevo. Avant la guerre, je n'avais pas conscience d'être serbe, ni que les militaires avec lesquels je déjeunais tous les jours pouvaient être croates ou musulmans. Avant la guerre, nous étions tous yougoslaves.

— Quand avez-vous compris que la guerre allait vous dresser les uns contre les autres ?

— J'ai eu l'intuition qu'il se passait quelque chose de grave le jour où les premiers obus sont tombés sur Zadar, en Croatie. Un ami officier, originaire de Zadar, est venu me trouver : « L'armée yougoslave, *mon* armée, bombarde Zadar, *ma* ville. Qu'est-ce que tu ferais à ma place ? » m'a-t-il demandé. « Le jour où notre armée bombardera Vinca, lui ai-je répondu, je déserterai. »

— Vous l'auriez fait ? Vous auriez déserté si Vinca avait été bombardé ?

— Non, convient-il tout bas, après avoir réfléchi quelques secondes, je suis un soldat professionnel, je n'aurais pas déserté.

— La guerre démarre en juin 1991, quand l'armée yougoslave envahit la Slovénie qui vient de proclamer son indépendance. On vous envoie en Slovénie ?

— Oui, je me souviens que les Slovènes étaient très compréhensifs, nous laissant faire notre travail sans aucune agressivité. Nous n'avions aucune conscience que cette première intervention militaire annonçait la guerre civile que nous avons connue. Aucune conscience... La meilleure preuve, c'est que cette même année, en 1991, nous nous sommes fait construire une maison, ma femme et moi, sur les hauteurs de Sarajevo. Avec un crédit de vingt ans ! Vous voulez voir des photos ?

— Avec plaisir.

Pendant qu'il s'éclipse vers ce qui doit être un bureau, ou une chambre à coucher, sa femme se lève également pour surveiller un plat qu'elle a mis au four. Je la vois aller et venir silencieusement dans la cuisine qui occupe un angle de la pièce. « Je regrette, a-t-il dit, que nous, qui avons gagné cette guerre, soyons obligés de nous cacher comme des criminels. » Je ne sais encore presque rien de cet homme, juste qu'il se cache, mais soudain me revient à l'esprit une phrase de Niklas Frank évoquant son père, pendu le 16 octobre 1946, au lendemain du procès de Nuremberg : « Je le hais, vous ne pouvez pas savoir à quel point je peux le haïr. » Et, aussitôt après, son « oui » franc, sans l'ombre d'une hésitation, quand le journaliste américain Gerald Posner lui demande s'il aurait dénoncé son père, dans l'hypothèse où celui-ci se serait caché après la guerre[1]. Oui, Niklas Frank aurait dénoncé son père.

---

1. Gerald L. Posner, *Hitler's Children*, Random House, 1991. Albin Michel, 1993, pour la traduction française *(Les Enfants d'Hitler)*.

— Avez-vous des enfants ? m'enquiers-je auprès d'Antonella Janković.

— Nous en avons deux, un garçon et une fille.

D'un mouvement du menton, elle indique une photo encadrée au-dessus du buffet.

— Ils ont fait leur vie, aujourd'hui, ajoute-t-elle, il y a bien longtemps qu'ils n'habitent plus avec nous.

Entre-temps, le colonel est revenu, avec cette façon étonnamment silencieuse qu'il a de se déplacer. Il se tient debout et attend que sa femme ait fini de parler.

— Voilà, dit-il en me présentant deux photos.

La maison est en construction, elle a l'allure d'un chalet savoyard.

— Où est-elle située ?

— Elle n'existe plus, les Musulmans l'ont détruite.

Il marque un temps, puis soudain il poursuit vivement, debout au-dessus de moi.

— Nous n'avons pas voulu faire cette guerre, nous l'avons faite pour sauver nos maisons. Uniquement pour sauver nos maisons.

Et comme je lève les yeux vers lui, surpris par sa véhémence et tenant toujours ses photos :

— Vous, me prend-il à partie, vous faites la guerre en Afghanistan où vous n'avez pourtant ni maison ni famille. Moi, j'avais une raison morale de m'engager.

— Je comprends, dis-je, l'observant se rasseoir sous le coup d'une émotion qu'il peine à dissimuler. Je comprends. Mais comment vous êtes-vous retrouvé, finalement, au côté du général Mladić, je veux dire si proche de lui ?

— Mladić, je ne le connaissais pas. Je l'ai rencontré pour la première fois à Zadar, en septembre 1991. Il était encore colonel. Il m'a fait une bonne impression, mais rien de plus. Quelques mois plus tard, quand nous avons enfin créé notre propre armée et qu'il en a été nommé commandant en chef, avec le grade de général, j'ai rejoint son état-major à Han Pijesak, au-dessus de Sarajevo. La guerre était engagée, mais nous, les Serbes, avions pris beaucoup de retard du fait du refus de Karadžić de constituer une armée. Les Musulmans étaient bien mieux organisés, de sorte que nous avons eu beaucoup de morts durant les premiers affrontements. Mladić n'y était pour rien, il venait d'être nommé, mais il estimait néanmoins que ces pertes étaient de sa faute et un jour il nous a annoncé qu'il allait se suicider puisqu'il ne parvenait pas à enrayer ce désastre. Il était très atteint, très abattu. Nous avons essayé de le raisonner, mais il a sorti son pistolet et nous avons dû l'empêcher de se tuer, par la force.

— Pourtant, vous assiégez Sarajevo avec succès et les Musulmans sont incapables de libérer la ville. Le général Mladić et Radovan Karadžić sont d'ailleurs inculpés de crimes de guerre et de crimes contre l'humanité pour les bombardements de Sarajevo.

— J'ai suggéré, en réunion d'état-major, que nous détruisions tous les bâtiments hébergeant des unités musulmanes, mais malheureusement ça n'a pas été fait. Si nous avions été plus offensifs, nous n'en serions pas là aujourd'hui.

— Qu'est-ce que vous voulez dire ? Que vous avez été trop cléments avec les Musulmans ? Que la population de Sarajevo n'a pas suffisamment souffert pendant le siège ?

— Elle a souffert, si, mais le monde entier s'est fait avoir par les Musulmans. Pendant le siège, ma propre fille, Milka, qui était adolescente, m'est tombée dessus un jour où je rentrais en permission. Elle avait lu, ou entendu dire, que les militaires serbes brûlaient les maisons des civils et violaient les femmes. Elle était révoltée contre moi. « Si c'est ça, Milka, lui ai-je dit, nous partons tout de suite pour le front. » Nous avons pris une chambre dans un hôtel au-dessus de Sarajevo. Nous nous sommes couchés au sol et j'ai allumé la lumière. Aussitôt les Musulmans ont tiré sur nos fenêtres. « Tu vois, ai-je dit à Milka, tu ne fais pas la guerre, tu viens là te reposer, et pourtant ils te tirent dessus. » Elle a dû l'admettre. Le lendemain matin, elle a voulu prendre des photos. Nous avons emprunté un chemin de crête et un sniper musulman lui a tiré dessus. Par miracle, la balle a déchiré la manche de sa veste mais ne l'a pas blessée. Elle était en état de choc. « Pourquoi moi ? m'a-t-elle demandé. Pourquoi veulent-ils me tuer alors que je ne leur veux aucun mal ? » L'après-midi, nous sommes allés voir un soldat serbe qui servait une mitrailleuse et était le père d'une amie d'école de ma fille. Le soldat lui a prêté sa paire de jumelles et elle a vu que les paysans musulmans gardaient tranquillement leurs vaches sur le versant opposé au nôtre, sans que nous leur tirions dessus. Après ça, elle a compris, elle ne m'a plus soupçonné de commettre je ne sais quels crimes contre la population civile. Le monde entier s'est fait avoir par la propagande des Musulmans.

Il se tait, mais il me semble qu'il tremble encore d'avoir pu être suspecté par sa propre fille. Sa femme dépose une tarte aux pommes au milieu de la table. Puis elle glisse une assiette devant chacun d'entre nous et remplit nos verres.

— J'étais en train de me demander, dis-je, comment vous vous étiez connus, Jovo et vous ?

— Je l'ai sorti de la merde ! s'exclame grossièrement Jovo en éclatant de rire.

— Il m'a porté sur son dos jusqu'à l'infirmerie un jour où j'ai eu les deux genoux déchiquetés par une explosion, raconte brièvement le colonel. Un moment plus tard, un obus est tombé exactement à l'endroit où il m'avait ramassé.

— Nous avons une dette éternelle envers Jovo, confirme Antonella en lui servant une part de tarte.

Mais le colonel s'en moque, il semble encore préoccupé par le souvenir de sa confrontation avec sa fille. Il n'a visiblement pas envie de se laisser distraire.

— Dans le drame de Srebrenica, en 1995, reprend-il, nous avons de nouveau été victimes de la perversité des Musulmans.

Sa réflexion est si ahurissante, le nom de Srebrenica étant désormais associé au massacre de huit mille Musulmans, que je demeure un instant perplexe.

— Je ne comprends pas, dis-je finalement. À Srebrenica, ce sont les Musulmans qui ont été écrasés par les forces serbes.

— Je ne dis pas le contraire, mais si nous n'avions pas riposté c'est nous qui aurions eu des centaines de morts.

— Vous étiez à Srebrenica ?

— J'y étais, oui, et le jour où la justice sera prête à nous entendre, pas celle de La Haye qui nous a condamnés d'avance, mais une justice digne de ce nom, eh bien ce jour-là je montrerai les images que nous avons tournées pendant l'offensive. Je les ai, je les garde en lieu sûr, personne ne pourra contredire de telles images.

— Celles que nous avons pu voir montrent vos chars entrant dans Srebrenica sans rencontrer de résistance. On aperçoit même le général Mladić distribuant du chocolat et des bonbons aux femmes et aux enfants.

— Pensez-vous que nous aurions tué des gens pour le plaisir ? Demandez-vous pourquoi l'offensive menée contre la poche de Zepa, quelques jours après Srebrenica, s'est déroulée sans incidents. Je vais vous le dire : parce qu'à Zepa les Casques bleus ukrainiens avaient fait correctement leur travail, ils avaient désarmé les Musulmans. À Srebrenica, les Casques bleus hollandais n'avaient pas désarmé les Musulmans. Dans les semaines qui avaient précédé notre offensive, les Musulmans de Srebrenica avaient mené plusieurs attaques meurtrières contre des villages serbes autour de la ville, assassinant les femmes et les enfants, de sorte que les paysans serbes, qui avaient tout perdu, nous attendaient pour se venger. J'ai moi-même entendu Mladić protester auprès des commandants de la Forpronu. « Qu'est-ce que c'est qu'une zone protégée si on laisse tuer des familles serbes ? » hurlait-il. Quand nous sommes entrés dans Srebrenica, il y avait d'un côté ces paysans serbes désespérés qui voulaient se venger pour leurs femmes et leurs enfants assassinés, et de l'autre les Musulmans qui étaient armés. Tout était en place pour que se produise le pire.

Il s'interrompt, semble chercher le fil de son récit, et on dirait que ses yeux, si profondément enfoncés, se creusent encore dans son visage de moine.

— J'ai moi-même assisté à la mort de plus de deux mille Musulmans, reprend-il plus bas.

À ce moment-là, j'ai le sentiment qu'il préférerait éviter de devoir raconter, d'avoir à se souvenir, mais finalement il s'y résout, parce qu'il souhaite m'expliquer, sans doute, comment les choses se sont réellement passées. Comme il a dû déjà l'expliquer à ses deux enfants et à sa femme.

— Dans un quartier de Srebrenica, commence-t-il, nous avions fait sept cents prisonniers. Tout se passait bien, ils se tenaient les mains sur la tête. Nous avons entrepris de les faire entrer dans un hangar où nous comptions les garder prisonniers sans leur faire de mal. Entre eux et nos soldats, beaucoup se connaissaient, ils avaient habité le même village, fréquenté la même école, et bien que devenus ennemis ils se sont mis à bavarder, à demander des nouvelles de tel ou tel. Pendant ce temps-là, on les faisait entrer dans le hangar. Mais soudain, l'un des prisonniers a désarmé l'un de nos soldats et l'a abattu. Alors immédiatement les choses ont dégénéré et nous les avons tous tués.

Il se tait si abruptement sur cette dernière phrase, comme on s'arrête au bord d'une falaise, que je me surprends à me raccrocher à elle pour reculer le moment de me figurer la scène horrifiante qu'elle suggère.

— Vous les avez tous tués, dis-je, reprenant exactement ses mots.

Et lui :

— Oui, il n'y avait pas d'autres moyens.

Je suis si abasourdi, les premières images de ce carnage se formant petit à petit dans mon esprit – sept cents hommes. Est-ce que sept cents hommes debout n'occuperaient pas toute la place du Châtelet ? Et comment s'y prend-on pour tuer sept cents hommes en quelques secondes, comme le laisse entendre le colonel ? –, si abasourdi que je mets du temps à prendre conscience qu'aucun de ces hommes n'était donc armé, contrairement à ce qu'avait prétendu notre hôte, puisqu'il avait fallu que l'un d'entre eux désarme un soldat serbe pour l'abattre. Comment expliquer qu'à partir de ce seul incident, les militaires serbes aient anéanti sept cents hommes *désarmés* ?

— Vous disiez que le pire s'est produit parce que les Musulmans étaient armés, mais ces hommes-là ne l'étaient pas, ou ne l'étaient plus, n'est-ce pas ?

— Je faisais allusion à un autre épisode dramatique qui s'est déroulé durant la même offensive, à Bratunac, au nord de Srebrenica. Nous avions encerclé environ mille quatre cents Musulmans qui s'étaient regroupés dans un verger planté de pruniers. Nous pensions les faire prisonniers, mais au lieu de se rendre ils se sont mis à charger en nous tirant dessus. Nous avons riposté. Qu'est-ce que nous pouvions faire d'autre ?

— Et là encore..., dis-je comme il s'interrompt.

— Là encore, nous les avons tous tués, oui. Le verger était jonché de corps, nous avons dû utiliser une pelle mécanique pour les ramasser.

Je vois que le colonel est profondément atteint par ce qu'il vient de raconter, les traits tirés, les yeux rougis.

— Comment se remet-on de telles scènes ?

— On ne se remet pas. Après Srebrenica, j'ai été hospitalisé en psychiatrie. Je ne dormais plus.

À la sortie, le psychiatre m'a proposé une thérapie. J'ai accepté, durant plusieurs mois je l'ai vu, mais ça ne m'a pas guéri.

— Parfois, dans la journée, dit sa femme, il lui arrive de tomber évanoui.

— Et vous arrive-t-il aussi de pleurer ? Tout à l'heure, il m'a semblé que vous étiez tout près de pleurer.

— J'ai pleuré en 1996, quand nous avons dû abandonner Sarajevo.

Et alors il a cette phrase étrange, que je note silencieusement :

— Rien ne peut changer ce qui s'est passé. On ne peut que mentir pour s'en remettre.

Je suis tenté de lui demander de répéter. « Excusez-moi, mais vous venez de dire : "On ne peut que mentir pour s'en remettre." Est-ce un lapsus, ou est-ce vraiment ce que vous avez voulu exprimer ? » Et puis je renonce. Peu importe que ce soit un lapsus ou non, puisque c'est vrai. Ne m'a-t-il pas expliqué qu'il ne se remettait pas d'avoir vu ce qu'il a vu, et peut-être fait ce qu'il a fait ? Le seul espoir de guérison, dans une telle situation, est donc bien notre propre capacité à mentir, jusqu'à parvenir à *nous* mentir.

— Et votre fils, vous ne m'avez pas parlé de votre fils.

— Stevan. Oh, je peux vous montrer quelque chose de lui !

Évoquer son fils semble avoir le pouvoir de le ramener à la vie. À nouveau il se lève, et à nouveau il disparaît derrière la porte du fond.

— Vous avez une maison très agréable, dis-je, comme sa femme me sert d'autorité une autre part de tarte.

— C'est Stanko qui a tout fait, il est très habile de ses doigts. Regardez la cuisine, les plans de travail, le carrelage, les placards, le four intégré... il a tout construit de ses mains, sans l'aide de personne.

Puis le colonel est de retour.

— Il s'agit d'un film, me prévient-il, que j'ai fait réaliser pendant la guerre pour faciliter le recrutement des jeunes. Mon fils joue dedans, vous allez le voir.

Il glisse la cassette dans l'appareil et, sur un fond de musique militaire, défile au milieu d'une rue déserte un groupe d'hommes déguisés, kalachnikovs en travers de la poitrine. Ils portent des combinaisons militaires noires, ils ont le front et les joues barbouillés de cirage noir et leurs cheveux longs retenus par un bandana noir qui leur ceint le front. Ils sont effrayants et ils en sont fiers, cela se devine à la façon dont ils bombent le torse et frappent des talons. Celui qui marche en tête est Stevan (son père me le désigne du doigt sur l'écran), un grand jeune homme au faciès d'Indien, à la taille fine, portant un chapelet de grenades au ceinturon.

Puis ça y est, ils sont en opération. Nous les voyons bondir d'une automitrailleuse, défoncer la porte d'une maison qui n'a déjà plus de toit à coups de crosse, et arroser l'intérieur d'un déluge de feu. Nous les voyons progresser dans les étages, puis de maison en maison, la mitraille couvrant leurs hurlements sauvages et conquérants. Ils avancent dans un champ de ruines, sans jamais rencontrer le moindre ennemi, et l'idée me traverse que la scène a dû être tournée dans une rue dévastée de Vukovar.

Soudain, par un habile fondu enchaîné, les mêmes hommes, débarrassés de leur bandana et le visage rose caressé par un rayon lumineux, reçoivent la bénédiction d'un prêtre orthodoxe. Nous comprenons qu'ils n'ont fait que leur devoir et qu'ils peuvent aller maintenant prendre du bon temps, la conscience tranquille, ce que nous confirme la dernière scène qui nous montre Stevan et ses amis en compagnie de jeunes filles, tous se tenant joyeusement par la main et chantant des hymnes patriotiques à travers les rues d'un village aux balcons fleuris.

— Sur quel front a combattu votre fils ? m'enquiers-je, tandis que la cassette se rembobine.

— Mon fils n'a pas combattu, proteste vivement le colonel, comme si ma question était déplacée. Je lui ai interdit de faire cette guerre. Je lui ai dit : « Je préfère te tirer moi-même une balle dans la jambe, tout de suite, que de te retrouver mort sur le front. »

Je me tourne vers Antonella Janković, mais elle a déjà entrepris de ramasser les assiettes, le visage fermé.

— Je ne comprends pas, vous faites jouer votre fils dans un film de propagande en faveur de la guerre, et vous lui interdisez de s'engager lui-même.

Le colonel se tait, et c'est Antonella qui répond à sa place :

— Stevan a constaté avec amertume que son père avait été mis à la porte de deux armées après la guerre : celle de la République serbe de Bosnie, puis celle de la Serbie. Alors il n'y a rien à regretter, n'est-ce pas ?

Je suis tenté d'insister, de revenir à la désertion du fils, quand je devine que ce fut sans doute un débat douloureux entre le colonel et sa femme.

— En 1996, reprend le colonel, debout à côté de l'écran noir de sa télévision sur lequel un instant plus tôt son fils jouait au soldat, l'armée a été épurée. On a fait venir de nouveaux cadres qui n'avaient pas participé à la guerre. Nous, on avait vu trop de choses.

— Voulez-vous dire que les Serbes ont eu brusquement honte de vous ?

— Pourquoi faudrait-il qu'ils aient honte de nous ? rétorque-t-il après un silence qui m'a paru éternel, et comme frappé au visage. Pourquoi ? Quelle honte y a-t-il à défendre les siens ? À défendre sa maison ?

— Stanko, dit doucement sa femme, quand tu t'es présenté à Belgrade, à la caserne de l'état-major, ils ne t'ont même pas autorisé à entrer. C'est toi qui me l'as raconté.

— C'est vrai, nous sommes traités comme des vaincus, nous ne sommes pas représentés dans les commémorations militaires, mais nous n'avons pas à rougir de la guerre que nous avons faite.

Il est tard, peut-être deux ou trois heures du matin, et nous nous préparons à repartir pour Belgrade. Je remercie Antonella Janković pour le vin italien et la tarte aux pommes, essayant de dissiper le froid qu'a jeté l'évocation du fils déserteur et le souvenir des désaveux de 1996. Puis, brusquement, je reviens vers le colonel.

— Vous qui étiez proche du général Mladić, peut-être avez-vous connu sa fille, Ana ?

— Je ne l'ai croisée qu'une fois, brièvement, sur le front. Le général me l'a présentée. Et j'étais à son enterrement, bien entendu.

— Savez-vous pourquoi elle s'est donné la mort ?

— Elle ne s'est pas donné la mort, elle a été assassinée.

— Vous êtes sûr ?

— C'est ce que m'a dit son père. Le général m'a même donné les noms de ceux qui l'ont tuée.

# 2

Ljiljana Bulatović accepte de nous recevoir dans sa maison d'édition, dans le quartier résidentiel de Banovo Brdo, à Belgrade. J'écris « nous », car je suis désormais accompagné d'un jeune poète serbe, Boris Nesic, traducteur d'Eluard, qui a bien voulu me servir d'interprète.

Boris n'avait jamais entendu parler de Ljiljana Bulatović.

— Comment est-ce possible, Boris ? Elle est la biographe du général Mladić.

— Mladić ne m'intéresse pas, Marc. Je crois que j'aurais préféré qu'il n'ait jamais existé.

— Alors vous n'êtes pas un vrai Serbe.

— Les vrais Serbes, comme vous dites, nous ont précipités dans les ténèbres, et aujourd'hui ils préfèrent mourir, et que nous, leurs enfants, mourions avec eux, plutôt que de renoncer à l'idée qu'ils se font d'eux-mêmes. Ils sont ridicules, et ils nous font perdre notre temps. Si j'en avais la possibilité, je vivrais à Paris ou à Berlin, je m'efforcerais d'oublier les Serbes.

Boris a vingt-sept ans, il en avait donc neuf au début de la guerre, il est le fils d'un chauffeur d'autobus de Belgrade et je le soupçonne d'avoir appris le français pour fuir son pays par l'esprit, en attendant mieux. Il a découvert Aragon, Reverdy, Eluard et quelques autres en achetant leurs livres aux petits vendeurs qui s'installent sur les trottoirs, place Nikola Pašić, boulevard Kralja Aleksandra et dans les passages souterrains pour piétons. « Parfois, ils ont même des Pléiade, m'explique-t-il dans le taxi qui nous conduit à Banovo Brdo, et comme ils ne lisent pas le français, ils n'ont aucune conscience de la valeur des livres. C'est comme ça que j'ai eu tout le théâtre de Camus contre deux paquets de cigarettes. »

Ljiljana Bulatović se lève en nous voyant entrer. C'est une femme élégante d'une soixantaine d'années, aux cheveux blond orangé, au regard vert acéré.

— Je ne vous connaissais pas, me dit-elle en me tendant la main, mais j'ai vu sur Internet que vous aviez écrit plusieurs livres. Je suis heureuse qu'un écrivain français s'intéresse à notre cause.

— Je m'intéresse aux conséquences de la guerre, c'est pourquoi je voulais vous rencontrer.

— Malheureusement, dit-elle, tandis que nous nous asseyons, mes livres ne sont pas traduits, mais néanmoins je vous en ai préparé quelques-uns.

La pièce est curieusement meublée comme un salon, d'un canapé fatigué et de deux fauteuils. Sur la table basse, devant Mme Bulatović, on a disposé une pile de livres. Je reconnais, dans celui qu'elle me tend, « Général Mladić », sa première hagiographie du général, publiée peu après la fin de la guerre.

— J'ai lu celui-ci, dis-je, c'est d'ailleurs comme cela que j'ai découvert votre travail.

— Vous lisez donc le serbe ?

— Non, mais je l'ai fait traduire.

Alors je vois l'émotion colorer son visage.

— Vous l'avez fait traduire ! Mais c'est extraordinaire...

— Oui, j'ai demandé à une traductrice, que j'ai payée bien entendu, de me le lire à haute voix. Et ainsi, voyez-vous, c'est comme si je vous avais lue.

— Je suis très honorée, dit-elle, très honorée, vraiment...

— Mais je n'ai pas lu vos autres livres, je veux bien que vous m'en parliez.

— Avec plaisir. Et vous les emporterez, ils sont tous pour vous. Celui-ci, voyez-vous, est entièrement consacré à Srebrenica – « La Vérité sur Srebrenica », avec des photos.

— Ah, très bien.

— Ici, par exemple, on voit le général Mladić donner des bonbons et du pain aux femmes et aux enfants de Srebrenica. C'est un geste humanitaire, eh bien il s'est trouvé une femme pour venir dire à La Haye que le général n'avait fait cela que pour les caméras et qu'ensuite il avait repris les bonbons et le pain. Pourquoi aurait-il fait ça ? C'est vraiment idiot d'aller prétendre de telles absurdités.

— Oui, conviens-je, vraiment idiot.

— Et voici le second livre important que j'ai consacré au général – « À propos du commandant en chef ». Il vient de paraître. Il contient également de nombreuses photos. Tenez, regardez...

Sur plusieurs photos, Ljiljana Bulatović pose au côté du général, pendant la guerre, l'un et l'autre en treillis militaire. Et sur celle-ci, Mme Bulatović figure debout sur une tribune, dans un ensemble pantalon-veste très habillé, recevant manifestement une distinction, au côté d'un homme jeune portant une cravate argentée et un costume sombre impeccablement coupé.

— Vous avez donc reçu un prix ?

— Oui, c'était à Moscou. L'Académie des écrivains russes m'a décerné son prix le plus prestigieux pour « Général Mladić », le livre que vous avez lu. Et voyez-vous, pour la circonstance, Darko, le fils du général, avait tenu à m'accompagner.

— Je me demandais justement qui était cet homme. C'est donc Darko Mladić. Il ressemble étonnamment à son père, non ?

— Physiquement, oui, il est le portrait du général quand il avait trente ans de moins. Mais Ana était bien plus proche de son père que ne l'est Darko. Darko est un brave garçon, mais Ana, elle, était une combattante, comme son père. D'ailleurs, le général évitait d'emmener son fils sur le front, tandis qu'il avait plaisir à ce qu'Ana l'y accompagne. Quand ses études le lui permettaient, bien sûr.

Je me tais, continuant de tourner les pages du livre de Ljiljana Bulatović, tout en méditant sur ce qu'elle vient de me confier. Ana et Darko, qui avaient l'un et l'autre un peu plus de vingt ans pendant la guerre, n'auraient donc pas douté de la justesse du combat de leur père. Ana étant peut-être la plus impétueuse des deux, n'est-ce pas, la plus « combattante ». Alors pourquoi s'est-elle suicidée ? J'ai encore en mémoire la dépêche de l'agence Reuters, tombée le 25 mars 1994, quelques semaines seulement après mon retour de Serbie : « Ana Mladić, la fille du général Ratko Mladić, s'est donné la mort dans la nuit de jeudi à vendredi, à Belgrade, au domicile de ses parents. Selon la police, qui était encore sur place à la mi-journée, la jeune fille se serait tiré une balle dans la tête avec une arme appartenant à son père. Ana Mladić avait vingt-trois ans, elle était étudiante en médecine. » Pendant quelques heures, je m'étais demandé si je n'allais pas repartir pour Belgrade, pressentant que cette mort aurait pu me faire écrire un livre différent de celui que je venais d'achever. Je me remémore les doutes qui m'avaient assailli durant cette journée de mars 1994, puis je songe à Michael Frank, à l'émotion et à la curiosité qu'avait suscitées en moi son suicide lorsque je l'avais appris. Michael Frank, le second fils de Hans Frank, est le seul enfant d'un criminel de guerre à s'être donné la mort à ma connaissance, non par une arme à feu, mais de la façon la plus insidieuse, la plus étrange qui soit : en se mettant à boire chaque jour des litres et des litres de lait. « Mon Dieu, comme il était devenu obèse ! raconte son frère Niklas au journaliste allemand Stephan Leber. À la fin, il pesait quelques quintaux. Le médecin l'avertit : "Vous ne vivrez pas longtemps, à ce rythme-là, monsieur Frank." Mais il continuait à laisser couler en lui ces fleuves de lait. Et il mourut parce que tous ses organes s'arrêtèrent de fonctionner. Il est mort du père, conclut Niklas Frank, c'est évident, aucun de nous n'arrive à s'en débarrasser[1]. » Oui, je songe à Michael Frank dont la découverte de la mort, en 2002, m'avait aussitôt ramené à l'énigme du suicide d'Ana Mladić. J'avais ressorti les articles parus à Belgrade, la dépêche de l'agence Reuters qui était demeurée longtemps collée au-dessus de mon bureau, mais

1. Norbert et Stephan Lebert, *Car tu portes mon nom*, Plon, 2002.

à l'époque Hélène et moi étions très heureux ensemble et la mort d'Ana Mladić ne m'avait pas précipité en Serbie. Et voilà que je pense furtivement à Hélène, là, dans cette maison d'édition du quartier résidentiel de Banovo Brdo, et qu'insensiblement je me masse le cœur de la main droite, le tenant dans ma main, le retenant, comme si je craignais qu'il ne tombe en miettes.

Cependant, je continue de feuilleter distraitement le livre de Ljiljana Bulatović qui a allumé une cigarette et fume voluptueusement à côté de moi, et je tombe soudain sur une photo qui me sort de ma rêverie. On y voit le général, en tenue militaire de ville, calot sur la tête, tenant par les épaules sa femme Bosa. Le couple est assis dans ce qui ressemble à une salle de classe (on devine un tableau noir au fond), et une jeune fille, debout, vêtue d'un gilet orange, enlace tendrement le buste du général par-derrière.

— Ana, je suppose ?

— Oui, elle adorait son père. D'ailleurs, la photo parle d'elle-même.

Pourquoi ai-je dit « je suppose » ? J'ai parfaitement reconnu Ana dont je possède une dizaine de portraits. Pour laisser l'initiative d'un commentaire à Mme Bulatović, sans doute. Je referme le livre. C'est un lourd volume de quatre cent cinquante pages, imprimé en caractères cyrilliques.

— Il vient de paraître, me disiez-vous. Quel accueil reçoit-il, ici, en Serbie ?

— Oh, ici, c'est devenu épouvantable ! s'écrie Ljiljana Bulatović. On m'a interdit de faire la moindre réunion de promotion. Depuis que le gouvernement a décidé d'intégrer l'Europe à tout prix, je suis harcelée par la police. Ils veulent empêcher toute discussion publique autour de mon livre et du général. La police est même venue perquisitionner chez moi. Ils n'ont pas trouvé le général, ajoute-t-elle plus bas en me souriant malicieusement, comme si nous étions devenus complices, mais ils ont emporté cent quatre-vingts kilos de documents sur sa vie – qu'ils m'ont rendus huit jours plus tard.

Tandis qu'elle parlait, un homme est entré dans la pièce. Un homme grand et voûté, à l'allure modeste, aux cheveux gris clairsemés, qui nous a salués d'un petit signe de la tête.

— Mon mari, dit Ljiljana Bulatović, s'apercevant soudain de sa présence.

Puis, jetant un œil sur sa montre, elle est brusquement prise d'une grande agitation.

— Maintenant, je dois partir pour le tribunal, dit-elle en se levant. Vous l'avez peut-être entendu à la radio : Bosa Mladić doit être jugée aujourd'hui pour détention d'armes. Mais j'y pense, pourquoi ne viendriez-vous pas avec moi ? Comme ça nous pourrions continuer de bavarder dans la voiture...

Et s'adressant à son mari :

— C'est un écrivain français avec son interprète.

— Français ? s'étonne l'homme en me regardant avec un sourire amer. Eh bien, êtes-vous conscient de ce qui va vous arriver bientôt, à vous, les Français ?

— À quel propos ?

— Déjà, un Français sur quatre est musulman.

— Je vous avoue que je n'ai pas compté, dis-je en riant stupidement, tout en tentant de caser dans mon sac les cinq ou six gros livres de Mme Bulatović.

— Vous avez tort de le prendre comme ça. Dans vingt ans, ce sera votre tour d'avoir la guerre, et alors vous vous souviendrez de vos anciens amis serbes que vous avez bombardés pour venir au secours des Musulmans.

Mais déjà nous sortons, entraînés par Ljiljana Bulatović, et nous nous engouffrons dans la voiture.

— Cette histoire de détention d'armes, reprend-elle, comme nous empruntons la voie rapide qui longe les flots gris de la Save, c'est tout ce qu'ils ont trouvé pour humilier cette femme. Ce sont toutes les armes que le général a reçues en cadeaux au fil de sa carrière. La police les a saisies dans le meuble où le général les exposait depuis des années, et la justice, qui est aux ordres de ce gouvernement, est allée monter une action contre Bosa Mladić. Elle ne sait pas se servir d'un pistolet, mais elle risque dix années de prison pour détention d'armes !

— C'est ridicule, dis-je.

— N'est-ce pas ? Absolument ridicule !

Maintenant, nous sommes sur Savska, le large boulevard qui longe les voies ferrées, et déjà le palais de justice se détache sur notre droite. C'est un triste bâtiment de verre marron, construit au début de la décennie 1970, sur une vaste esplanade de béton armé. Quand notre chauffeur nous y dépose, une foule patiente devant les portes du palais, bravant le vent glacial. Cependant, nous ne restons pas dans le froid, car la foule s'écarte à la vue de Mme Bulatović, certains hommes s'autorisant à lui tendre la main, tous lui souriant et s'inclinant sur son passage. Quand nous sommes dans le hall, un attroupement se forme aussitôt autour de sa personne. Ce ne sont pratiquement que des hommes, habillés comme des ouvriers d'anoraks et de blue-jeans.

— Général, je vous présente un écrivain français, dit Ljiljana Bulatović.

Je serre la main d'un général dont je ne saisis pas le nom. Puis d'un autre général, « d'aviation celui-ci », a le temps de me glisser Boris. Ce ne sont que des généraux et des colonels.

— Les hommes qui ont fait la guerre avec le général Mladić, me précise sa biographe lorsque nous nous engageons dans le grand escalier.

La salle d'audience est au deuxième étage, un policier vêtu d'un pull-over distendu et d'un pantalon trop court en garde la porte. Un couple âgé, qui patientait sur un banc, se lève en nous voyant venir. La dame est une universitaire, historienne, amie de l'écrivain et académicien Dobrica Ćosić, l'homme qui a su réveiller « l'âme serbe » et sans lequel la guerre n'aurait peut-être pas eu lieu. Mme K., elle-même, a écrit plusieurs ouvrages de référence sur la « Grande Serbie », m'explique Mme Bulatović, et elle fut la conseillère politique du général durant toute la guerre.

Je m'incline, nous nous asseyons auprès du couple.

Bientôt, les généraux et les colonels qui étaient en bas nous rejoignent. Puis des rumeurs de bousculades montent du rez-de-chaussée, on entend des hommes s'interpeller, l'écho de cavalcades dans le hall, et quand le brouhaha s'amplifie, résonnant à travers les étages, nous nous penchons par-dessus la rampe : une foule compacte, illuminée par les projecteurs de trois ou quatre caméras, progresse de marche en marche à l'allure d'une tortue.

— Pauvre Bosa ! soupire Ljiljana Bulatović.

Mais quand l'étau se desserre, libérant sur le palier Bosa Mladić et son fils Darko, ils apparaissent intacts, les traits détendus, l'épouse du général trouvant même la force de sourire aux caméras et aux photographes qui la mitraillent. C'est une femme menue et pleine de charme, tandis qu'il flotte sur le visage impassible de Darko une expression d'aimable timidité. L'un et l'autre attendent patiemment que la curiosité des reporters s'épuise, sans manifester le moindre signe d'agacement, et je vois que Darko répond par un imperceptible sourire au salut de Ljiljana Bulatović.

C'est vers elle que la mère et le fils se dirigent, suivis par deux caméras de télévision.

— Il faudra que vous rencontriez cet homme, c'est un ami français, a le temps de leur murmurer à l'oreille Mme Bulatović en me désignant.

Nous échangeons un sourire, mais déjà le policier a ouvert la porte de la salle d'audience pour les laisser entrer.

La pièce est minuscule, ne comprenant qu'un banc pour le public, de sorte que le cortège qui suivait les Mladić se trouve aussitôt immobilisé, embouteillant le passage.

— Je vous prie de fermer la porte ! hurle la présidente du tribunal, une jeune femme au visage pointu auréolé d'un casque de frisottis dorés.

L'ordre s'adresse évidemment à l'unique policier au pantalon trop court, mais que peut cet homme contre les généraux et les colonels qui bloquent la porte ? Nous l'entendons marmotter : « *Izvinite, generale, izvinite* » (« Excuse-moi, général, excuse-moi ») mais les officiers, le regard dardé sur la présidente au visage de divinité égyptienne, ne lui prêtent pas plus d'attention que s'il était un mendiant.

Entre-temps, la foule qui était sur le parvis, attendant les Mladić pour les applaudir, a envahi l'étage et un groupe de jeunes militants, se plaçant ostensiblement devant les caméras, a déployé une banderole : « ARRÊTEZ DE TORTURER LA FAMILLE MLADIĆ ! »

— Je vous prie de fermer la porte ! recommence à hurler la présidente qui ne semble pas avoir bien pris la mesure des choses : un unique policier dépenaillé contre trois cents personnes qui entendent bien assister à l'audience.

Deux autres policiers accourent, guère plus impressionnants que le premier, et tandis que la présidente fulmine, je constate qu'ils fraternisent tacitement avec les généraux, feignant de les raisonner, mais en réalité se cachant derrière eux et abandonnant la juge à son sort.

Après une demi-heure de bousculade, et constatant qu'elle n'arrive à rien, la présidente surgit soudain derrière les manifestants, suivie de ses assesseurs, les trois magistrats prenant à l'évidence la direction d'une autre salle d'audience. Aussitôt, la foule fait mouvement pour leur emboîter le pas, les trois policiers courant derrière les Mladić que les généraux escortent. Cette fois, la salle est immense, pouvant presque nous contenir tous.

Tandis que Bosa Mladić fait face au tribunal, sur une chaise, nous nous serrons derrière elle sur des bancs disposés en arc de cercle.

La présidente prévient qu'elle fera évacuer la salle si le public ne se tient pas strictement silencieux, et je constate que l'on sourit ici et là, se demandant sans doute par quels moyens. Puis elle ordonne aux trois policiers de ramasser les pièces d'identité de toutes les personnes présentes. Les policiers s'exécutent, et chacun leur remet son passeport ou sa carte d'identité. Quand la magistrate a devant elle la pile de nos documents, elle entreprend de décliner à haute voix nos noms et prénoms. Cela prend une vingtaine de minutes durant lesquelles Darko Mladić, dont j'aperçois le profil, demeure absolument imperturbable. Que peut penser cet homme de quarante ans, me dis-je, du sort qui lui est fait : être le fils d'un homme accusé par la communauté internationale de crimes de guerre, de crimes contre l'humanité et de génocides (en particulier pour le massacre des huit mille Musulmans de Srebrenica) ? Me revient alors à l'esprit ce commentaire de Niklas Frank, qui m'avait ému par sa triste ingénuité quand je l'avais découvert : « Pour un enfant élevé en Allemagne, c'était un avantage d'être le fils de ce criminel. En étant son fils, j'avais l'impression d'être une petite célébrité. Peut-être pas aussi célèbre que le fils d'un Goebbels ou l'enfant de Goering. Bien sûr, le mieux, ç'aurait été d'être le fils d'Hitler mais, avec la situation que mon père avait eue, c'était bien d'être son fils. Les gens me trouvaient plus intéressant quand ils savaient[1]. » Devenu adulte, Niklas avait vomi son père avec une violence inégalée, et je suppose qu'il avait alors détesté l'enfant qu'il avait été, mais sans le renier puisqu'il parlait si bien, si sincèrement, de la fierté fugitive que lui avait donné son statut de fils d'un homme qui avait été pendu pour ses crimes.

1. Témoignage recueilli par Gerald L. Posner, *op. cit.*

Darko, aujourd'hui marié et père de deux jeunes enfants, s'est-il jamais trouvé « intéressant » d'être le fils du général Mladić ? Abomine-t-il secrètement son père, ou l'admire-t-il ? De quelle façon pense-t-il à lui ? Écrasé par sa haute figure, lui qui ne serait qu'un « brave garçon », selon Ljiljana Bulatović, ou profondément blessé par les dommages qu'ont engendré les activités de son père : la mort d'Ana, la peine inconsolable de milliers de familles endeuillées, la solitude de Bosa, la honte d'être traînés devant les tribunaux sous des prétextes indignes et de faire cycliquement les gros titres des journaux ? Oh, me dis-je, comme j'aimerais pouvoir bavarder avec Darko.

Quand la présidente a fini d'ânonner nos noms, elle laisse retomber le silence pendant un long moment. Puis elle reprend la parole avec solennité.

— Au cours d'une nouvelle perquisition chez les époux Mladić, annonce-t-elle, sept balles de revolver ont été découvertes. En raison de ce fait nouveau, l'audience doit être remise à une date ultérieure. La séance est levée.

Alors le public ne se gêne plus pour rire, siffler et se moquer. Ce coup de théâtre était-il prémédité, ou le tribunal l'a-t-il sorti de son chapeau quand il a pris conscience qu'il risquait une émeute à condamner Bosa Mladić sous le nez d'une foule qui lui était acquise et n'avait pas peur de grand-chose ?

On se congratule sur l'esplanade, fouettés par le vent de novembre, attendant la sortie des Mladić retenus pour une énième formalité, et tandis que j'observe silencieusement ces militaires en tenue civile auxquels se mêlent des dizaines de jeunes militants, tous solidaires d'une cause qui semble les enflammer, j'essaie de me remémorer dans quelles circonstances je me suis trouvé dupe de cette forme d'exaltation collective, moi aussi. Était-ce à une réunion de soutien aux soldats de l'OAS emprisonnés à laquelle mon père m'avait emmené, ou sur le parvis de l'église, à la sortie d'une messe à la mémoire du colonel Bastien-Thiry, l'homme qui avait failli réussir à tuer de Gaulle ? J'avais été fier d'être engagé dans un combat pour la réhabilitation d'hommes que la foi en un idéal, le souci d'obéissance, ou peut-être simplement la bêtise avaient conduits à devenir des assassins. Fier de la considération que nous prêtaient des gens que je n'avais jamais vus, mais aux yeux desquels nous semblions soudain des amis précieux. Beaucoup étaient venus me presser solennellement l'épaule et serrer la main de mon père. Un grand type voûté s'était même penché pour l'embrasser : « Ah, tu es là, mon vieux Toto. Merci d'être venu. Maintenir, c'est le mot d'ordre, hein. – Absolument, Gérard ! avait rétorqué mon père. Absolument ! » Maintenir quoi ? Je n'avais pas osé le demander, j'avais treize, quatorze ans. Quelques jours plus tard, Toto avait pâli en découvrant dans *L'Aurore* que Gérard avait été arrêté avec trois autres hommes en attaquant une banque. « Les soldats perdus de l'Algérie française », titrait le journal. J'avais parfaitement reconnu Gérard sur la photo. « Aïe ! Le pauvre bougre », s'était exclamé Toto.

C'est à cela que je songe, attendant moi aussi les Mladić, et Ljiljana Bulatović, restée auprès d'eux.

— Darko vous prie de l'excuser, dit-elle, mais il préfère rester silencieux.

— Ah, je regrette.

— Je vous l'ai dit, c'est un garçon charmant mais qui n'est pas taillé pour le combat.

Nous nous sommes retrouvés au salon de thé de l'hôtel Moscou. Mme Bulatović allume une cigarette, puis soudain s'anime.

— Il y a encore cinq ans, les gens étaient fiers d'être serbes. Quand vous les interrogiez dans la rue, vous n'en trouviez pas un pour souhaiter que le général soit livré à La Haye. Aujourd'hui, nous ne sommes plus gouvernés par des patriotes, mais par des affairistes qui cherchent à nous faire croire que lorsque nous serons dans l'Europe nous toucherons beaucoup d'argent et roulerons dans de grosses voitures. En contrepartie de cela, ils nous demandent d'oublier que nous avons gagné la guerre, et de trahir l'homme qui nous a donné la victoire. Nous l'avons aimé, célébré, il a incarné durant toute la guerre la grandeur de la nation serbe, et il faudrait le livrer à la justice de nos ennemis ! Auriez-vous livré de Gaulle aux Allemands si la communauté internationale avait pris le parti de l'Allemagne après la guerre ?

— J'entends bien votre point de vue, dis-je, mais de Gaulle n'a jamais été soupçonné d'un quelconque Srebrenica.

— Sur Srebrenica, la vérité n'est pas celle qu'on veut vous faire croire. Vous lirez mon livre, tout y est dit, et nous en reparlerons. Le général Mladić a vaincu les Musulmans, repoussé les Croates dans leurs frontières, et la communauté internationale a elle-même reconnu cette victoire en créant la République serbe de Bosnie en 1995. Les frontières de cette République ont été tracées par les troupes du général Mladić, avec le sang de nos soldats. La communauté internationale a d'abord traité le général en vainqueur et entériné ses conquêtes, avant de se raviser et de l'accuser de toutes les horreurs de la terre. Et aujourd'hui, on fait du chantage aux Serbes pour qu'ils se ravisent également et trahissent leur commandant en chef.

— Et ça marche, n'est-ce pas, puisque je lisais que quatre Serbes sur dix souhaiteraient désormais que le général soit livré à la justice internationale.

— Je ne sais pas d'où viennent ces chiffres, mais je suis bien placée pour savoir que ce gouvernement est prêt à tout pour pousser les Serbes à la trahison. Voyez comme on humilie Bosa Mladić au tribunal, et regardez ce que la police est prête à faire pour m'empêcher de vendre mon dernier livre. La Serbie est en train de perdre son âme mais, grâce à Dieu, il nous reste la République serbe de Bosnie.

— Comment êtes-vous reçue là-bas ?

— Oh, mais c'est absolument l'inverse d'ici ! Je suis allée présenter mon livre à Pale et à Banja Luka, la capitale, j'aurais aimé que vous assistiez à cela : une ovation pour le général ! Des gens qui patientaient des heures pour me féliciter... C'est bien simple, aucune salle n'était jamais assez grande pour contenir tout le monde.

# 3

Le 25 mars 2006, douze ans après la mort d'Ana Mladić, l'officier de police responsable de l'enquête a bien voulu se confier à l'hebdomadaire *Kurir*. Il sait, dit-il, que beaucoup de gens veulent croire qu'Ana a été assassinée, à commencer par son père, le général, mais aujourd'hui il souhaite rétablir la vérité. On devine qu'il a jugé plus prudent de se taire durant toutes ces années. La vérité, dit-il, c'est qu'Ana s'est suicidée, et que prétendre le contraire est « une ânerie ».

L'officier raconte dans quelles circonstances il s'est trouvé au domicile des Mladić, quelques dizaines de minutes après le drame. « C'est le patron de la Sécurité qui m'a téléphoné, me demandant de me rendre immédiatement chez le général et son épouse pour les premières constatations. Au rez-de-chaussée de la maison, j'ai découvert Mme Mladić et son fils. La dépouille d'Ana était à l'étage. La jeune fille reposait sur son lit, couchée sur le côté. Elle tenait dans sa main gauche le 7,65 de son père – une arme qu'il avait reçue en cadeau à l'Académie militaire de commandement dont il était sorti major, devait révéler l'enquête. La balle était entrée par la tempe, mais elle n'était pas ressortie. Le général, qui se trouvait sur le front, venait d'être prévenu par son fils et il était à bord de l'hélicoptère qui le ramenait à Belgrade. À son arrivée, je lui ai demandé de ne pas toucher le corps de sa fille. Il est entré dans la pièce avec son fils Darko, et je l'ai entendu crier : "Ma fille ! Ma fille unique !" Quelques instants plus tard, les deux hommes sont ressortis. Le général a bu un verre de raki et il a fait le signe de croix.

« La maison ne présentait aucune trace d'effraction, et il n'y avait aucune possibilité que quelqu'un entre sans être vu. Le quartier lui-même était gardé par des soldats Kobras qui m'ont indiqué n'avoir rien constaté d'anormal, et les chiens qui se trouvaient à proximité de la maison n'avaient pas aboyé.

« Selon Bosa Mladić, le coup de feu mortel aurait été entendu à 6 heures du matin. L'épouse du général et son fils m'ont indiqué qu'Ana n'avait pas dormi cette nuit-là, demeurant assise à son bureau devant ses livres de médecine. À 4 heures du matin, elle avait demandé à son frère, qui ne dormait pas non plus, de bien vouloir lui apporter un verre d'eau, ce que Darko a fait, m'a-t-il dit. Deux heures plus tard, lui et sa mère ont été alertés par le coup de feu et ils se sont immédiatement rendus dans la chambre de la jeune fille.

« Les conclusions de l'enquête de police sont formelles : Ana Mladić s'est suicidée. Elle n'a laissé aucune lettre pour justifier son geste. L'enquête a cependant montré qu'elle était très attachée à son père et souffrait des critiques qui lui étaient adressées dans les journaux. Plusieurs personnes ont témoigné en ce sens. Cela peut être une explication à son acte désespéré. Elle avait récemment demandé au général la permission d'interrompre ses études de médecine pour venir travailler auprès de lui, dans un hôpital du front. Selon ses proches, elle vivait dans l'angoisse que son père soit tué. »

Boris et moi nous installons à la Bibliothèque nationale de Belgrade pour consulter tous les journaux parus dans les semaines précédant la mort d'Ana Mladić. Elle souffrait des critiques qui étaient adressées à son père, dit l'officier de police, aussi voulons-nous retrouver ces critiques et nous rendre compte par nous-mêmes de l'émotion qu'elles auraient pu susciter dans l'esprit d'une jeune fille de vingt-trois ans.

La veille, bavardant avec Boris, j'avais émis l'hypothèse que le bombardement du marché de Markale, en plein centre de Sarajevo, survenu le 5 févier 1994, soit six semaines avant la mort d'Ana, avait pu contribuer à son désespoir, me rappelant l'indignation horrifiée qu'avait suscité ce massacre à travers le monde.

— Je ne me souviens pas de cette histoire, m'avait rétorqué Boris.

— C'est normal, vous n'aviez que onze ans. Mais vos parents auraient pu vous en parler.

— Mes parents ne me parlaient pas de la guerre, Marc. Un jour, ma mère est rentrée en disant que le fils d'une dame chez qui elle faisait le ménage avait été très gravement blessé, et aussitôt mon père s'est mis en colère : « Des blessés, il y en a dans toutes les familles, j'en vois monter tous les jours dans mon autobus, pourquoi faudrait-il pleurer sur celui-ci plutôt que sur les autres ? »

— Qu'est-ce qu'il voulait dire ?

— Je l'ai compris récemment quand il m'a parlé de son père qui s'est battu contre les Allemands, à Panàevo, devant Belgrade, en 1941, puis dans les montagnes. Aux yeux du monde, nous étions un peuple respecté, m'a-t-il dit, grâce à des hommes comme lui, tandis qu'aujourd'hui, après cette guerre, on nous regarde partout comme des criminels. Il voulait dire, je crois, qu'il n'y avait pas que ce garçon à être blessé, que tous les Serbes l'étaient, désormais, et que cette blessure-là ne guérirait pas.

— Ah, je comprends. Mais Markale, donc. Je dois vous raconter Markale, Boris. Le 5 février 1994 était un samedi. En fin de matinée, à l'heure où chacun sait que les femmes et les enfants se pressent en plus grand nombre le samedi pour faire les courses, les hommes du général Mladić ont tiré un obus de mortier en plein sur le marché couvert de Sarajevo. L'explosion a fait soixante-huit morts et près de deux cents blessés. Je crois que tous les Français se souviennent, aujourd'hui encore, des images épouvantables de ce massacre – des corps de femmes et d'enfants déchiquetés, mutilés, au milieu de flaques de sang et d'étals effondrés.

— Je ne savais pas, avait murmuré Boris.

Après une journée à fouiller la presse, nous comprenons pourquoi Boris ne savait pas : aucun journal de Belgrade n'évoque le drame, si ce n'est, deux ou trois semaines plus tard, pour accuser les Musulmans d'avoir tiré sur leurs propres compatriotes afin d'émouvoir l'opinion internationale et d'obtenir qu'Américains et Européens bombardent les positions serbes autour de Sarajevo.

Cependant, alors que nous désespérions de trouver dans les journaux quoi que ce soit de désobligeant à l'égard du général Mladić, nous tombons dans l'hebdomadaire *NIN* sur un véritable réquisitoire contre lui. L'article est d'autant plus inattendu qu'il survient après une série de trois longs entretiens avec le général au fil desquels celui-ci justifie sa façon de mener la guerre, sans être jamais sérieusement contredit. L'homme qui se dresse brusquement face à lui sait de quoi il parle, puisqu'il est lui-même colonel, et ancien rédacteur en chef de *L'Armée nationale*, l'organe d'information des militaires de l'ex-Yougoslavie. Gajo Petković se dit outré par la « suffisance » du général Mladić et son prétendu « courage ».

« En avril 1992, commence-t-il, *L'Armée nationale* a informé ses lecteurs que treize colonels avaient été promus généraux au cours des mois précédents. Le colonel Mladić était un des treize promus (nommé général en octobre 1991). Le grade de général-major lui a été attribué, nous a-t-on dit, pour son action et son courage. Il était alors chef d'état-major à Knin.

« Concrètement, de quoi est donc fait le "courage" du général Mladić ?

« Voici le compte rendu édifiant d'une conversation téléphonique entre Ratko Mladić, encore colonel, et le chef de la police croate de Split, les deux hommes s'étant manifestement bien connus avant que la guerre ne les oppose :

— C'est toi, Mladić ?

— Oui, c'est moi, vieille crapule, qu'est-ce que tu veux donc ?

— J'ai trois gars qui ont disparu, j'aimerais bien savoir ce qui leur est arrivé.

— Je crois qu'ils sont morts tous les trois, tes gars.

— J'ai ici les parents de l'un d'entre eux qui souhaiteraient avoir des renseignements. Je peux leur dire que leur fils est mort ?

— Oh oui, c'est certain ! Je peux te donner ma parole qu'il est mort celui-là. Et toi, comment va ta famille ?

— Tout le monde va bien, grâce à Dieu ! Les tiens aussi ?

— Ça va !

— Ah, tant mieux. À propos, puisque je t'ai au téléphone, j'en profite pour te dire que j'ai là une vingtaine de tes gars qu'on a explosés. On les a mis dans une fosse commune, et maintenant ça pue jusqu'au ciel. Est-ce que vous viendriez les récupérer, parce que ça commence à être vraiment infernal ?...

« Une vingtaine de tes gars qu'on a explosés... Et maintenant ça pue jusqu'au ciel. » Boris s'interrompt, comme pour me laisser le temps de noter, mais je vois qu'il se tortille nerveusement les cheveux sur le sommet du crâne.

— Ils parlent comme des maffieux, n'est-ce pas ? dis-je. Vous voulez bien recommencer à me traduire le dernier paragraphe ?

Ce sont les mêmes mots – « et maintenant ça pue jusqu'au ciel ».

— Merci, Boris.

Puis il poursuit :

« Cette amicale complicité entre les marchands de mort, écrit le colonel Petković, est un des phénomènes les plus épouvantables de cette guerre.

« Alors, qui est vraiment le général Mladić ?

« Ratko Mladić est orphelin de guerre. Il est né dans le village de Bozinovici, commune de Kalinovik, en Bosnie-Herzégovine, en mars 1943[1]. Il ne se souvient pas de son père, mais il ne rate

1. Ratko Mladić est en réalité né en mars 1942, l'auteur de l'article se trompe d'une année.

jamais une occasion de rappeler que celui-ci est mort héroïquement, en 1944, durant l'attaque d'un village d'Herzégovine par les oustachis du dictateur croate Ante Pavelić. La carrière de Ratko Mladić a démarré d'une manière peu ordinaire, par apprentissage. À l'âge de quinze ans, il a quitté son village pour Zemoun (banlieue de Belgrade), où il a fait l'école technique, avant d'entrer à l'Académie militaire de l'armée de terre. Son chemin de soldat commence en 1965, lorsqu'il sort sous-lieutenant de l'Académie.

« Il commande une unité à Skopje, en Macédoine, puis un bataillon à Kumanovo. Il est commandant de brigade à Stip, toujours en Macédoine, puis assistant du commandant du corps de Pristina, au Kosovo. Il est ensuite nommé chef d'état-major à Knin, en Croatie, puis commandant du corps de Knin.

« Durant ces différentes affectations, Mladić fait preuve d'une loyauté absolue au communisme et à la Yougoslavie, ce qui lui permet de grimper sans entraves les échelons de la hiérarchie militaire. À cette époque, il est risqué d'évoquer une appartenance nationale autre que yougoslave, et Mladić s'en garde bien. Il est assez malin pour savoir ce qu'on peut dire et ce qu'il est préférable de taire.

« Après cette carrière habilement menée, il est affecté en Bosnie, sa terre natale, pour y faire la guerre. Il se présente alors pour la première fois comme un combattant sans peur et sans défauts de la nation serbe. Ce n'est qu'une fois arrivé en Bosnie qu'il libère son énergie destructrice avec un sadisme qu'on ne lui soupçonnait pas, comme s'il cherchait à venger la mort de son père. Dans toutes les régions où il mène la guerre, des crimes vont être systématiquement commis.

« Dans les premiers temps, l'armée serbe était la mieux équipée, forte en particulier d'une artillerie lourde dont ne disposaient ni les Musulmans ni les Croates. Mladić a su saisir cette chance, il a disposé ses canons de gros calibre tout autour de Sarajevo et appliqué avec délectation les plans d'anéantissement mis au point à Belgrade par Milošević, et à Pale par Karadžić. Les deux hommes ont fait de lui l'exécuteur de leurs monstrueuses politiques. Mladić savait parfaitement que ses adversaires n'étaient pas équipés pour lui résister et il a semé la mort là où ça n'était pas nécessaire. Sarajevo et sa population n'avaient aucun prix à ses yeux, et c'est pourquoi il a bombardé cette ville sans scrupules, massacré et assassiné sa population. Au nom de sa haine et de son besoin de vengeance. Près de cent mille Serbes avaient choisi de rester à Sarajevo, aux côtés de leurs voisins croates et musulmans. L'artillerie de Mladić a bombardé indifféremment les populations civiles, de sorte que l'on peut dire que Mladić a assassiné son propre peuple.

« S'il doit répondre un jour de ses crimes devant les tribunaux, conclut le colonel Petković, la tragédie de Sarajevo figurera certainement en tête des accusations qui seront portées contre lui. Selon le témoignage du chef de la commune de Pale, Mladić a d'ailleurs pris soin de faire effacer les cassettes enregistrées où l'on pouvait l'entendre hurler des ordres qui ne relèvent en rien de notre déontologie militaire : "Brûlez tout ! Tirez ! Tirez ! Rendez-les fous !" Le comportement du général Mladić sur le front nous laisse penser qu'il est un chef militaire irresponsable, sans conscience, et animé d'un cynisme qui déshonore notre armée. »

Publié au milieu du mois de mars 1994, dans la semaine qui a précédé celle de sa mort, cet article a sans doute profondément bouleversé Ana Mladić. C'est une destruction implacable de l'image de son père, le présentant à la fois comme un opportuniste, un lâche et un déséquilibré aveuglé par la haine, lui qui se vantait la semaine précédente, dans le même journal, d'avoir su « inventer » une armée pour sauver de l'anéantissement les populations civiles serbes. Quant à la première scène où l'on entend parler les deux officiers de la mort de leurs hommes avec une obscénité et une désinvolture qui glacent le sang, elle anéantit la stature de père protecteur qu'a constamment voulu se donner le général Mladić, répétant que chaque soldat serbe tué était « un fils » qu'on lui enlevait.

Sans doute la jeune fille est-elle tombée sur d'autres articles que nous n'avons pas retrouvés, des articles en langue anglaise également qui circulaient alors dans l'opposition au régime de Slobodan Milošević – premiers portraits de son père en criminel de guerre pour le siège de Sarajevo, pour le bombardement du marché de Markale – et sans doute ces accusations lui sont-elles revenues aux oreilles à de multiples reprises, colportées et commentées par les étudiants de la faculté de médecine, lui donnant à chaque instant le désir de hurler que tout cela était faux, qu'elle était tout de même la mieux placée pour savoir quel homme était vraiment son père.

Ce soir-là, de retour à mon hôtel, je relis les témoignages des enfants d'autres criminels de guerre pour tenter de comprendre ce qui a pu se passer dans l'esprit d'Ana Mladić. Ainsi, je constate que ce n'est qu'après l'arrestation de leur père, au mois de mai 1945, que les enfants Frank ont soudain pris conscience du double visage de celui-ci : un homme aimant d'un côté, attentif aux siens, sensible et cultivé ; un criminel épouvantable de l'autre. Et ce sont les premières photos des camps d'extermination, publiées à ce moment-là dans les journaux, qui ont provoqué cette prise de conscience. Norman Frank, qui avait dix-sept ans en 1945, avait passé toute la guerre auprès de son père, en Pologne, sans se douter qu'il était l'un des principaux responsables de l'extermination des Juifs dans ce pays.

« Jusque-là, dit-il, personne ne pensait que nous avions fait quelque chose de mal. Je savais que les photos des journaux ne mentaient pas. Je n'ai jamais cru que c'était de la propagande soviétique, comme beaucoup d'autres l'ont cru. C'était la vérité, et je le savais. Des soldats américains montaient la garde devant chez nous parce que des personnes déplacées avaient pillé la maison. Après avoir vu les photos d'Auschwitz, je trouvais que tout cela se justifiait. Ça n'avait pas été une guerre. Ç'avait été pire qu'une guerre. Ces crimes changeaient tout. »

« Je n'avais pas encore sept ans, ajoute de son côté Niklas Frank, mais cette vision m'a accompagné toute ma vie. Ces photos de la mort, des cadavres, des corps de petits garçons, de petites filles, entièrement nus... Je savais que mon père avait été un personnage très important en Pologne et que ces camps étaient à l'est. Je compris tout de suite qu'il avait quelque chose à voir avec ces photos et, peu de temps après, j'entendis l'expression "bourreau de la Pologne"[1]. »

Ana Mladić a-t-elle vu des photos du massacre du marché de Markale dans la presse étrangère ? Ces photos épouvantables où l'on voit des corps d'enfants démembrés. A-t-elle lu une de ces phrases effrayantes que je relève au hasard dans un vieux numéro du journal *Le Monde* : « Une fois l'époque des conquêtes achevée, en 1992, le général Mladić entreprend la "purification" des territoires serbes. Ses milices, épaulées par les chiens de guerre de Serbie, "nettoient" Bijeljina, Zvornik, Foca, Visegrad, Bràko, Prijedor, Banja Luka... La liste des atrocités est longue. À Foca et Visegrad, des Musulmans sont assassinés dans les rues, des femmes sont violées dans leurs maisons, sous les yeux de leurs maris et de leurs enfants, des corps sont jetés dans la Drina. Les survivants sont chassés de la « République serbe de Bosnie » et leurs maisons sont brûlées. L'armée du général Mladić s'emploie à faire disparaître toute trace de civilisation musulmane ou catholique. Le sang des combattants serbes a coulé, un peu. Et Ratko Mladić tient sa promesse : cette terre est devenue serbe. » A-t-elle entendu l'expression « boucher de la Bosnie » pour désigner son père ?

Norman Frank, qui n'a jamais cessé d'aimer son père, au contraire de Niklas, ne s'est pas donné la mort comme leur frère Michael en se noyant sous un flot de lait, mais il n'a pas voulu avoir d'enfants, ce qui est une façon plus discrète encore de s'éteindre. « Avec tout ce que je sais, a-t-il confié à Gerald Posner, il vaudrait mieux

1. Les deux témoignages sont extraits du livre de Gerald L. Posner, *op. cit.*

que les Frank s'arrêtent là. » Ana Mladić a-t-elle pensé qu'avec tout ce qu'elle avait su, et vu, il valait mieux que sa propre vie s'arrête là ? Ou a-t-elle refusé de croire ce qu'on racontait sur son père, tout en jugeant que c'était insupportable, en tout cas pour elle qui vouait à cet homme un amour sans failles ?

Elle est partie sans un mot, laissant à chacun le choix de penser ce qu'il voudrait des raisons de sa mort.

Au début de ce mois de mars 1994 qu'elle ne devait pas achever, elle avait participé à un voyage d'étudiants à Moscou. Ce séjour en Russie continue de susciter d'obscures rumeurs chez les siens. On dit qu'elle est revenue de là-bas avec des maux de tête persistants, qu'elle s'est plainte de troubles de la mémoire, qu'elle aurait expliqué à ses parents avoir oublié une grande partie de ce qu'elle avait appris en médecine et exprimé la crainte de ne pas être capable de passer ses examens. On assure que partie en pleine forme, elle est rentrée dépressive, doutant d'elle-même, et on laisse entendre pour expliquer cette soudaine dégradation qu'elle aurait fait là-bas une mauvaise rencontre. Un homme qui l'aurait peut-être secrètement droguée. La seule preuve qu'on avance est une photo où Ana figure assise sur un banc à côté d'un homme d'âge mûr que personne n'a été capable d'identifier. Un inconnu qui se serait infiltré dans le groupe d'étudiants durant le voyage et aurait insidieusement empoisonné la fille du général Mladić.

Ana semble assurément être entrée en mars dans une phase dépressive, mais comment savoir si cette dépression était due à ce qu'on disait de son père, comme le suggère l'enquêteur de la police, ou à cet étranger apparu à Moscou, comme son entourage le murmure ?

Ljiljana Bulatović, qui était auprès de la famille Mladić le jour de l'enterrement, puis dans les semaines qui ont suivi, a reconstitué les dernières quarante-huit heures de la jeune fille.

« Le général était de passage à Belgrade, nous raconte-t-elle, quand Bosa lui fit part des problèmes d'Ana. Il décida de rester une journée de plus pour avoir le temps de bavarder avec sa fille.

« Ce soir-là, le dernier qu'ils passèrent tous ensemble, la famille joua au sous-marin, un jeu de société, et Ana blagua avec son père, lui disant que pour une fois il allait être battu à la guerre, et par sa propre fille. Cependant, de temps en temps, elle se massait les tempes, en proie à la migraine.

« Le lendemain matin, avant de s'envoler pour le front, le général eut une discussion en tête à tête avec sa fille. Selon lui, Ana ne parvint pas à lui expliquer ce qui la préoccupait. Elle lui dit que ça serait plus facile pour elle si elle pouvait l'accompagner sur le front et travailler dans un hôpital. Son père refusa, insistant sur le fait qu'elle devait impérativement passer les derniers examens qui lui restaient pour obtenir son diplôme. Ana plaida qu'elle n'était pas en état de passer ces examens avec les migraines et les troubles de la mémoire dont elle souffrait. Son père se dit certain qu'elle surmonterait ces difficultés le jour venu et, comme Ana évoquait l'hypothèse d'un échec, le général plaisanta : “Eh bien, si pour une fois tu rates tes examens, je pourrai enfin dire, comme tous les autres parents, que ma fille est un âne !”

« Ils se séparèrent là-dessus. »

Ratko Mladić devait rapporter plus tard qu'il se réveilla en sursaut, la nuit suivante, à la seconde même où sa fille mourait. « Vous avez le droit de penser que je mens, dit-il, et je douterais moi-même de ce que je prétends si le soldat qui partageait ma chambre ne pouvait témoigner. J'ai bondi du lit à l'instant où Ana rendait son dernier souffle. Une douleur au cœur effrayante m'a tiré du sommeil. J'ai réveillé le soldat et je lui ai dit : "Quelque chose d'horrible vient d'arriver. Je le sais. Téléphone immédiatement à tous les postes de commandement sur le front." Mais tous les postes ont répondu que le front était calme ce matin-là. J'ai bu un verre d'eau et je me suis recouché. Quelques secondes plus tard, le téléphone a sonné. C'était mon fils, Darko. J'ai entendu Bosa qui sanglotait à côté de lui. "Ana ! ai-je crié. Où est Ana ?" »

Outre les fusils que possédait le général, il y avait dans la maison trois pistolets en parfait état de fonctionnement. L'officier de police chargé de l'enquête sur la disparition d'Ana Mladić a constaté qu'elle s'était donné la mort avec la plus prestigieuse de ces armes : le pistolet à la crosse ciselée qu'avait reçu Ratko Mladić à sa sortie de l'Académie militaire. Ce n'est sans doute pas un hasard si la jeune fille a choisi celui-ci plutôt qu'un autre, et on se dit qu'elle a cherché de cette façon à adresser un dernier message à son père. Mais le général en tire argument, au contraire, pour dire que sa fille a bien été assassinée. « Jamais Ana ne se serait tuée avec ce pistolet-là, explique-t-il. Nous nous étions tous mis d'accord pour n'utiliser cette arme que le jour où un héritier arriverait dans la famille. Ana m'avait même assuré qu'elle conserverait son nom de jeune fille après son mariage, de façon à ce que le pistolet soit inauguré pour la naissance de son premier fils. Elle était fière de porter le nom de Mladić, et elle voulait que son garçon, si elle avait un garçon, soit un Mladić. Jamais Ana ne se serait suicidée avec ce pistolet-là. »

À moins, me dis-je, qu'elle ait voulu signifier à son père qu'elle avait désormais honte d'être une Mladić.

# 4

J'avais imaginé que pour nous rendre à Banja Luka, la capitale de la République serbe de Bosnie, nous allions pouvoir emprunter l'un de ces trains jaunes dégoulinants de rouille que j'observais depuis la fenêtre de ma chambre d'hôtel quittant la gare de Belgrade sous le ciel bas de novembre, mais lorsque je vins me renseigner à l'unique guichet et que la femme appela à son secours un homme qui parlait l'anglais (le chef de gare, me sembla-t-il), celui-ci me déconseilla vivement de prendre le train. Il y aurait bien eu moyen d'atteindre Banja Luka en passant par Sarajevo, me fit-il observer, déployant entre nous une carte routière datant de la Yougoslavie du maréchal Tito, puisque la ligne Belgrade-Sarajevo demeurait en théorie praticable, mais outre que de nombreux trains tombaient en panne, ils roulaient si lentement, en raison de l'extrême usure du réseau ferré, qu'il était largement préférable de prendre l'autocar.

— J'ai tout mon temps, dis-je, et si le train tombe en panne, j'attendrai le suivant.

— Je ne refuse pas de vous vendre un billet pour Sarajevo, se défendit alors le chef de gare, mais je ne peux pas vous dire quand partira le prochain train car nous avons des problèmes en ce moment sur la voie, et je ne peux pas vous garantir que vous arriverez à destination dans un délai raisonnable.

De la splendeur de la gare de Belgrade, que desservait autrefois l'Orient-Express reliant Paris à Istanbul, il reste néanmoins la locomotive à vapeur du maréchal Tito, frappée de l'étoile rouge, et le buffet, qui n'est plus guère fréquenté que par des chauffeurs de taxi et dont la terrasse donne sur les quais silencieux. C'est là que Boris et moi nous sommes fixé rendez-vous.

Le contraste est saisissant entre la mélancolie du buffet de la gare où l'on croise également quelques vieilles dames élégantes feignant d'attendre on ne sait qui, et la cohue des voyageurs autour des autocars tout proches. Pour aller de la gare de chemin de fer à la gare routière, on doit emprunter un large trottoir au long duquel des petits marchands sont installés à même l'asphalte. Ils vendent des livres, des films, des sandwichs, et tout un assortiment d'articles aux couleurs de la Serbie : drapeaux, écharpes, porte-clefs, pendentifs...

— Il y a encore quelques mois, me dit Boris, la plupart vendaient des effigies de Karadžić et de Mladić. Les gens, ici, étaient fiers d'offrir ça à leurs amis. Des criminels de guerre, n'est-ce pas, Marc ? Comme si les Allemands vendaient dans la rue des petites figurines d'Hitler et d'Himmler. Le gouvernement a fini par l'interdire.

J'imagine les petits bustes du général Mladić soigneusement alignés sur le trottoir et je me demande ce qu'en aurait pensé sa fille. Le général réduit à cette petite chose grotesque, vendu à la sauvette comme un souvenir, comme ces figurines en plastique de la tour Eiffel qu'on trouve au Trocadéro. Il me semble que dans un premier temps Niklas Frank, par exemple, aurait pu rire, et même ricaner avec satisfaction de voir son père résumé à cela, un souvenir bon marché, cet « assassin », ce « pitoyable lécheur de cul », ce « crétin », comme il le qualifie dans ses livres. Mais aussitôt son ricanement passé, je suis certain que Niklas Frank, se rappelant les photos des monceaux de cadavres, aurait exigé qu'on détruise immédiatement la figurine de Hans Frank, par égard pour ses victimes, comme le gouvernement serbe a fini par exiger qu'on détruise celle du général Mladić (pour ne pas compliquer un peu plus, en outre, ses négociations avec l'Europe).

C'est à cela que je songe, tandis que nous patientons dans l'autocar pour Banja Luka. Puis un peu plus tard, et alors que nous nous engageons sur l'autoroute, je repense à ce que disait Boris. Comme si les Allemands... Se peut-il que des Allemands aient vendu des figurines d'Hitler et d'Himmler ? Alors me revient l'étonnante personnalité de Gudrun Himmler, la fille unique du chef de la Gestapo, grand ordonnateur des camps d'extermination. De l'unique entretien qu'elle a bien voulu accorder, en 1959, au journaliste allemand Norbert Lebert, il ressort qu'à l'âge de trente ans (elle est née en 1929) Gudrun n'avait pas cessé d'aimer et d'admirer son père, mort l'année de ses quinze ans. Le grand projet de sa vie était alors de réhabiliter le dignitaire nazi le plus haï au monde grâce à un livre qu'elle se promettait d'écrire dans les vingt prochaines années de sa vie.

— Je sais que c'est une tâche difficile, convient-elle.

— Ne croyez-vous pas que c'est impossible ? insiste Norbert Lebert.

— Non[1].

Un « non » sans appel, ferme et définitif, comme si, de la réhabilitation du père dépendait la survie de la fille.

Le jour où elle apprit le suicide de son père, Gudrun s'effondra dans une sorte de coma. C'était le 20 août 1945, trois mois après la mort d'Himmler qu'on lui avait cachée. Elle était alors aux mains des Anglais, incarcérée avec sa mère dans une prison de fortune à Cinecittà, près de Rome. Elle fut sauvée de justesse par les médecins du camp, après trois semaines de forte fièvre et de délire.

Norbert Lebert relate la stupéfaction de l'officier britannique qui eut à l'interroger devant sa foi inébranlable en son père.

— Sais-tu, lui demande l'officier, combien de personnes ton père a brûlé à Dachau ? Ou combien il en a gazé à Oranienburg ? Bien sûr, tu le sais. Tu es quand même la fille de ce M. Himmler.

Gudrun ne prend même pas la peine de répondre, comme si ces mots-là ne l'atteignaient pas.

— Es-tu jamais allée dans un camp de concentration ? reprend l'officier.

— Une fois, à Dachau.

— Avec ton père ?

— Oui.

— Et qu'est-ce que tu as vu ?

1. In *Car tu portes mon nom* (le manuscrit de 1959), *op. cit.*

— Mon père m'a montré un jardin et il m'a expliqué les différentes herbes.

— Ah bon ! Est-ce que tu veux me faire croire que tu n'as pas vu de prisonniers ?

— J'ai vu des prisonniers.

— Et qu'est-ce que ton père t'a expliqué à ce sujet ?

— Que ceux avec le triangle rouge étaient des prisonniers politiques, et les autres des criminels.

« Si vous dites que vous vous appelez Himmler, on va vous déchiqueter », avait aimablement glissé un militaire anglais à la mère et à la fille qui ne semblaient pas mesurer la haine et le dégoût que suscitaient leur patronyme. Cependant, libérée à la fin de l'année 1946, Gudrun refusa catégoriquement de renoncer au nom de son père, en dépit de toutes les opportunités que ce nom lui fit rater. Quand elle voulut obtenir une bourse pour ses études, celle-ci lui fut immédiatement refusée au prétexte, rapporte Norbert Lebert, « qu'on ne peut pas demander au contribuable de financer des études à la fille d'Heinrich Himmler ». Quand elle voulut se faire embaucher comme vendeuse dans un magasin de vêtements, à Munich, sa ville natale, la patronne la trouva parfaite jusqu'à ce qu'il faille remplir le contrat.

— Himmler ? Vous n'avez rien à voir avec cet horrible Himmler, n'est-ce pas, chère enfant ?

— C'est mon père.

La dame la pria dans la minute de quitter son magasin.

— Si vous changez de nom, vous pouvez commencer chez moi demain, lui dit un maître tailleur.

— Non, merci.

— Alors faites un mariage blanc.

— Non, merci.

— Alors je suis désolé. Il faut tout de même que je pense à mes clientes[1].

Gudrun Himmler était secrétaire quand Norbert Lebert eut avec elle cet unique entretien. Quand, trente-cinq ans plus tard, Stephan Lebert, le fils de Norbert, devenu journaliste à son tour, voulut la rencontrer, elle ne répondit à aucune de ses sollicitations. Elle n'avait pas écrit le livre de sa vie, celui qui devait laver le nom d'Himmler aux yeux du monde, et cependant elle avait survécu au fardeau d'être la fille du plus monstrueux criminel de son siècle. Par quel subterfuge ? me dis-je, tandis que le jour décline et que nous roulons toujours en direction de Banja Luka. En adhérant à l'idéologie de son père. C'est la seule information que nous livre Stephan Lebert : Gudrun Himmler s'est mise au service de « Stille Hilfe » (« Aide discrète ») une association qui aide les vieux dignitaires nazis à échapper à la justice et à survivre, dans la clandestinité le plus souvent. Parallèlement à cette action militante, « elle apparaît volontiers, nous indique Stephan Lebert, dans des manifestations néo-nazies ».

Puisqu'elle n'a pas pu réhabiliter son père aux yeux du monde, elle a pris le parti de se glisser dans sa peau, d'endosser ses idées. De cette façon, elle a pu continuer à l'aimer. Elle n'a pas trouvé le moyen de le défendre, mais au moins ne l'a-t-elle pas trahi. Sans doute pense-t-elle aujourd'hui qu'il a bien fait d'organiser la purification ethnique à l'échelle de l'Europe en passant par les chambres à gaz toutes les populations qui risquaient de gâter le bon, le pur, l'incomparable

1. *Ibid.*

sang allemand. Et alors je repense au suicide d'Ana Mladić. Jusqu'à ce mois de mars 1994, elle aussi était fière de son nom, au point de vouloir le conserver après son mariage. Est-ce l'injustice (à ses yeux) des accusations proférées contre son père qu'elle n'a pas supportée, et en particulier cette appellation de « boucher de la Bosnie » ? Ou est-ce la conscience soudaine que ces accusations étaient légitimes et que ce père qu'elle vénérait était en vérité un assassin, un personnage abject ?

Dans la première hypothèse, je ne crois pas qu'elle se serait tuée. Tout ce qu'on rapporte d'elle me laisse penser que c'était une entêtée, une « combattante », et je me dis que si elle avait jugé que ces accusations étaient mensongères, elle serait aussitôt partie en croisade pour défendre son père, nous promettant un livre qui rétablirait la vérité, à l'image de Gudrun Himmler à l'âge de trente ans. En tout cas, si le chagrin de voir son père injustement sali l'avait submergée, au point de la conduire à se suicider, elle n'aurait sûrement pas choisi pour cela le pistolet préféré de son père. Par égard pour lui, elle aurait choisi une arme plus anodine.

Ce qui me laisse penser qu'elle a pris un chemin opposé à celui qu'a décidé d'emprunter Gudrun Himmler. Prenant conscience que son père était un criminel indéfendable, elle a préféré se suicider plutôt que de devoir choisir entre le trahir ou adhérer aveuglément à son action. Et c'est à dessein, bien sûr, qu'elle a choisi pour se tuer le pistolet qui devait célébrer l'arrivée sur la terre d'un nouveau Mladić. Le général comprendrait le message, il n'est pas nécessaire, a-t-elle dû songer, de le mettre par écrit.

De la plaine humide, baignée maintenant d'un bleu crépusculaire et glacial, s'élèvent des ombres lointaines que nous prenons un instant pour les premières montagnes de la Bosnie. Nous avons quitté l'autoroute de Zagreb, lisse et spacieuse, pour nous engager sur une route étroite en direction de Bosanska Gradiška, la frontière, nous enfonçant dans la nuit.

Après l'inhumation d'Ana, le général et son épouse avaient accueilli chez eux leurs plus proches amis. Retenant ses larmes, Bosa Mladić avait présenté les dizaines de télégrammes reçus. Et puis, comme on évoquait le rayonnement de sa fille, elle avait montré une photo d'Ana au côté de son premier petit ami. Ana avait connu ce garçon à Skopje, bien avant la guerre, à l'époque où la famille habitait la Macédoine. « Comme la vie était belle, en ce temps-là ! avait remarqué Bosa, soudain saisie d'une intense mélancolie. Tout le monde était heureux, on s'entendait tous bien, n'est-ce pas ? Qui aurait pu se douter de ce qui nous attendait... » Bien que les jeunes se soient séparés, la famille du garçon avait adressé une longue lettre aux Mladić pour les assurer qu'ils partageaient leur chagrin, ayant aimé Ana, écrivaient-ils, comme leur propre fille.

Au temps de la Macédoine, le colonel Mladić avait des ruches. Il faisait chaque année plusieurs kilos de miel que sa femme offrait aux amis de passage. Le colonel avait retrouvé ses racines paysannes. On ne lui prédisait pas un grand avenir militaire, personne n'aurait parié qu'il serait un jour promu général, mais on l'appréciait pour ce mélange de droiture et de simplicité qui semblait être sa marque. Bon vivant, gros mangeur, inépuisable buveur, Ratko Mladić exprimait souvent sa colère, autour de la table familiale, contre les apparatchiks du régime qui s'enrichissaient au détriment du peuple. Lui était un homme fruste mais intègre, disait-il, jamais il n'aurait réclamé un passe-droit quelconque, et il expliquait à ses enfants qu'ils auraient le devoir, plus tard, de servir la Yougoslavie avec honnêteté, en remerciement pour tout ce que la Yougoslavie leur avait donné. Le général était membre du parti communiste, comme la plupart des officiers, certes, mais aussi par fidélité à la mémoire de son père, tué dans les rangs des partisans du général Tito. Quand Ana avait annoncé à ses parents qu'elle envisageait de faire médecine, il avait refoulé son émotion avant de lui révéler qu'il avait voulu être médecin, lui aussi, mais qu'orphelin de père, il avait dû se rabattre sur l'Académie militaire, « l'université des pauvres ».

Rien ne semblait jamais devoir faire dérailler cet homme de la ligne morale qu'il s'était fixée, et c'était assurément un grand confort, pour des enfants, de grandir dans l'ombre d'un tel père. Darko en éprouvait parfois du dépit, tremblant de ne pas être à la hauteur, mais Ana ne craignait pas le jugement de son père, elle se nourrissait de son amour tout en ayant conscience d'être protégée par sa différence. Elle avait toujours sur elle une photo du colonel au milieu de ses ruches, le regard bleu rieur, solidement planté sur ses courtes jambes et les avant-bras recouverts d'abeilles. C'était cette photo qu'elle montrait à ses amis. Elle n'avait aucune image de son père en uniforme. En ce temps-là, juste avant la guerre, être officier n'était pas mieux considéré en Yougoslavie qu'être employé de la poste ou des chemins de fer. C'était donc cette photo du colonel en apiculteur qu'elle avait montrée à son petit ami, la veille du jour où elle l'avait amené chez elle pour la première fois.

Et soudain, je revois Hélène faisant exactement le même geste, l'année où je l'avais rencontrée, comme si les filles éprouvaient ce besoin, en préalable au premier baiser, de confronter l'homme désiré à la figure du père. Hélène, qui avait sorti de son portefeuille la photo d'un vieillard au regard clair, au front magnifique, au long nez osseux et busqué, le visage émacié recouvert jusqu'aux pommettes d'une longue barbe. J'avais immédiatement songé aux vieillards d'Isaac Bashevis Singer dans les ghettos de Pologne.

— Ton père est rabbin ?

— Non, à la fin de sa vie il était bûcheron. Cette photo a été prise quelques mois avant sa mort.

Tiens, me dis-je, tandis que nous roulons dans la nuit vers Bosanska Gradiška, voilà qu'Ana Mladić vient de me ramener à Hélène. Hélène, sans laquelle je n'aurais pas entrepris ce voyage. Il avait fallu son départ soudain, et le sentiment qu'en dépit de tant d'années heureuses nous avions échoué, pour que je repense à la guerre et au suicide d'Ana Mladić.

Par quel cheminement de l'esprit avais-je pu passer d'un événement à l'autre ? Je me revois marchant la nuit sur le boulevard de Belleville, le cœur si lourd que j'en oubliais de respirer. Je me revois pédalant de plus en plus vite sur le circuit du bois de Vincennes, si désespéré par ce qui nous était arrivé que je guettais le moment où mon cœur, que j'entendais cogner, allait brusquement se rompre et me précipiter dans le vide immense et silencieux où l'on cesse enfin d'être.

C'était au début de l'automne. Depuis le départ d'Hélène, au printemps précédent, je n'avais fait qu'écrire. Un livre impossible, où je disais et redisais inlassablement ma stupéfaction que tout ce que nous avions construit en vingt années se soit effondré en quelques semaines. En quelques semaines seulement. Mon fils qui avait ruiné notre relation en me volant et en s'enfuyant ; Anna qui allait partir faire ses études à l'étranger, suivant le chemin qu'avait emprunté Claire, et nous laissant en tête à tête avec Coline qui ne cachait pas son désir de partir le plus vite possible, elle aussi ; puis, un matin, Hélène qui m'avait dit : « Je vais m'en aller, Marc. J'étouffe. J'ai besoin de retrouver la femme que j'étais avant de te connaître. » Puis le livre avait été fini, je n'avais plus eu rien à écrire, ne faisant que pédaler sur le circuit du bois de Vincennes. Et tout en pédalant, je repensais au livre qui m'avait accompagné pendant que j'écrivais : *La Leçon d'allemand*, de Siegfried Lenz. Oui, c'était exactement comme cela que les choses s'étaient enchaînées. Je repensais à *La Leçon d'allemand*, que j'avais lu tous les soirs de l'été précédent, après ma journée d'écriture. La confession de Siggi Jepsen, enfermé dans une prison pour jeunes délinquants, près de Hambourg, et qui écrit une punition dont le sujet – « Les joies du devoir » – le ramène à son enfance, pendant la guerre. L'histoire se passe dans le bourg de Rugbüll, sur la mer du Nord. Siggi est le fils de l'officier de police de Rugbüll. Il est fier de son père qui parcourt le littoral à bicyclette, qu'il pleuve ou qu'il vente, pour veiller au bien-être de ses concitoyens. Le policier est un ami d'enfance du peintre Max Nansen, qui est connu dans le monde entier mais n'a jamais quitté Rugbüll. Le jeune Siggi aime aussi beaucoup le peintre et s'arrête souvent à son atelier en rentrant de l'école. Il le regarde travailler ; le peintre n'est pas bavard, mais le peu qu'il dit donne à la vie une dimension intense et mystérieuse qui remplit Siggi de curiosité. Cependant, le policier de Rugbüll reçoit un jour de Berlin l'ordre d'interdire au peintre de peindre. Ses toiles sont jugées subversives. On se dit que lié depuis l'enfance à Max Nansen, le policier va bien trouver le moyen de ne pas appliquer la consigne. Mais non, Jepsen est un homme de devoir, d'obéissance, et rien ne compte plus à ses yeux que l'accomplissement de son devoir. Comme le peintre n'en fait qu'à sa tête, continuant à peindre, le policier entreprend bientôt de le surveiller jour et nuit, menaçant de le livrer à la police de Berlin, et demandant à son fils d'être son auxiliaire et de lui rapporter tous les faits et gestes de leur vieil ami. Le jeune Siggi trouve un compromis, il protège le peintre, sans perdre pour autant l'estime qu'il voue à son père. Il lui faudra des mois, des années, avant de parvenir à le mépriser, puis à le haïr. C'est ce qu'il raconte dans cette rédaction de six cents pages, démontrant qu'en fait de joies, le respect aveugle du devoir peut conduire à l'anéantissement de la vie même. Me remémorant ce livre, tout en pédalant, j'avais soudain ressenti le désir de partir pour Rugbüll. Un désir ardent, qui m'avait aussitôt rendu l'envie de vivre. Mais oui, m'étais-je dit, je vais dès demain charger ma vieille Peugeot et partir pour Rugbüll. Je m'imaginais déjà prenant une chambre d'hôtel face à la mer, louant une bicyclette, et roulant en quelque sorte dans le livre de Siegfried Lenz, en devenant un personnage, découvrant pour de bon ces lieux que j'avais tellement aimés. Oui, et après ? Que ferais-je à Rugbüll une fois l'émotion passée ? Sans me l'avouer formellement, je m'étais figuré que Rugbüll allait m'inspirer un livre, à moi aussi, habité comme je l'étais du climat qu'avait su créer Siegfried Lenz. Peut-être la suite de *La Leçon d'allemand*, ou peut-être un autre livre. C'était idiot, sans doute, mais je m'étais pris à croire qu'il allait naître un livre de ce voyage et j'étais allé l'après-midi même acheter différentes cartes routières de ce coin d'Allemagne. J'étais en train de les consulter, assis à mon bureau, quand brusquement le destin de Siggi Jepsen, le fils du policier de Rugbüll, m'en avait rappelé un autre, celui d'Ana Mladić. Siggi avait déployé des trésors d'ingéniosité pour sauver le peintre sans pour autant renier son père, c'est ce qui lui avait permis de survivre dans une situation où un autre se serait peut-être donné la mort. Siggi Jepsen avait su traverser la guerre sans perdre son âme, sans se perdre, tandis qu'Ana Mladić, dont le souvenir m'était revenu intact, n'avait plus vu d'autre issue, à un moment, que de se tuer. J'avais rouvert le dossier d'Ana Mladić, recouvrant mes cartes d'Allemagne, et dans l'instant il m'était apparu que mon livre n'était pas à Rugbüll (village imaginaire inventé par Siegfried Lenz) mais entre Belgrade et Sarajevo, sur les traces du général Mladić et de sa fille. Le général n'avait-il pas, comme le policier de Rugbüll, sacrifié les siens aux « joies du devoir » ?

Les premières lumières du bourg me tirent de ma rêverie. Le chauffeur nous prévient qu'un policier va monter dans le car pour ramasser nos papiers. La frontière, dessinée par l'offensive du général Mladić quinze ans plus tôt, coupe en deux la ville : une petite partie nord est croate, tandis que tout le reste appartient désormais aux seuls Serbes de Bosnie. Autrefois, les trois communautés, croate, musulmane et serbe, vivaient harmonieusement à Gradiška ; aujourd'hui, les Croates qui habitent au nord doivent passer deux postes-frontières s'ils veulent aller se promener dans le parc du centre-ville, ou revoir la maison qu'ils habitaient avant la guerre. Et ce ne sont pas de ces postes-frontières amicaux où les douaniers lisent le journal en jetant un œil distrait sur le flot des voitures. Non, ce sont des hommes en uniforme, armés, le visage fermé, qui ont à cœur de vous démontrer que dans cet endroit du monde il existe des différences considérables, inconciliables, entre les populations qui vivent d'un côté et de l'autre. Non seulement il faut donner ses papiers à un officier qui ne vous dit ni bonsoir ni merci, mais il faut descendre des voitures et patienter dans le froid en attendant que d'autres policiers ouvrent vos bagages et regardent sous votre siège. Et, finalement, il faut se pincer pour admettre qu'il n'y a pas si longtemps ces gens qui semblent se vouer aujourd'hui une profonde détestation partageaient la même école, la même boulangerie, et se mariaient entre eux bien souvent. Oui, me dis-je, grelottant dans la nuit de novembre, mais moi aussi je dois me pincer pour me remémorer qu'il y a seulement un an, mon fils bavardait encore aimablement avec moi, passant prendre le café, m'empruntant un de mes vélos, tandis qu'Hélène semblait heureuse de me retrouver chaque soir.

# 5

— Prenez un taxi, et demandez-lui de vous conduire à l'ancienne usine Andrić, nous a dit l'homme au téléphone.

Nous étions à l'hôtel, arrivés dans la nuit à Banja Luka.

Puis il s'était repris :

— Mais vous pouvez aussi venir à pied, si vous préférez. Ce n'est pas très loin de votre hôtel. Suivez l'avenue Pierre I^er^ Karadjordjević, et quand vous arriverez au bâtiment en verre du gouvernement, tournez à droite. En suivant cette route, vous tomberez sur des usines en partie détruites. Tout ce quartier est à l'abandon depuis la fin de la guerre. Andrić est la dernière usine avant la rivière, l'enseigne est encore suspendue sur le portique, à l'entrée de la cour.

Nous allons à pied. Il fait une douceur printanière ce matin-là. De mon premier séjour à Banja Luka, durant l'automne 1993, j'ai conservé le souvenir d'une ville glaçante aux rues désertes, les grands axes fermés par des chars d'assaut disposés en chicanes, les boutiques et les entrées d'immeubles protégées par des boucliers de planches ou de rondins, et je ne reconnais rien. Peu de voitures sur le boulevard, mais sur les trottoirs des groupes d'écoliers, des gens qui bavardent, des hommes âgés qui fument une cigarette en attendant l'autobus, des jeunes femmes soucieuses qui filent sur leurs talons hauts sans jeter un regard à quiconque. L'homme que nous allons rencontrer, Miroslav Kandić, m'a adressé un mail quand il a appris ma venue par l'Institut culturel français. Il n'est pas le fils d'un militaire qui aurait servi sous les ordres du général Mladić, il était lui-même trop jeune pour avoir fait la guerre, mais néanmoins il veut me parler. Son père et son frère aîné, m'a-t-il écrit, ont été tués à Banja Luka, pendant la guerre. Il ne lui reste plus que sa mère et une sœur.

Boris et moi nous arrêtons un moment devant l'extravagante tour de verre du gouvernement de la République serbe de Bosnie. Ici travaille Milorad Dodik, le Président, l'homme qui prend soin de rappeler à chacun de ses visiteurs étrangers qu'il ne faut pas confondre la Serbie de Boris Tadić, son homologue de Belgrade, prête à vendre son âme pour entrer dans l'Europe, avec la petite République qu'il dirige, guère plus grande que la Bretagne, certes, mais irriguée du précieux sang serbe de 1991 à 1995, et qui, pour cette raison, ne cédera jamais à quiconque une once de sa souveraineté.

Puis nous tournons à droite et, en effet, très vite nous quittons la ville pour nous enfoncer dans un paysage de ruines : de longs bâtiments de brique décapités, mangés par les ronces, et au milieu desquels s'élèvent des arbustes tordus. Bientôt, la route n'est plus asphaltée, et il faut prendre garde de ne pas se tordre les chevilles dans les ravines creusées par les dernières grosses pluies. On entend des pépiements d'oiseaux ici ou là, des chats faméliques s'enfuient sur notre passage, et alors que nous commençons à descendre vers ce qui doit être le lit de la rivière Vrbas, nous apercevons le portique frappé des six grandes lettres rouillées « ANDRIĆ ».

Au milieu d'une cour, qui a dû être recouverte autrefois d'une sorte de mâchefer, se dresse un bâtiment tout en longueur et de plain-pied. Des coups de marteau résonnent à l'intérieur et, comme la porte est ouverte, nous entrons. La pièce est absolument vide mais, dans le fond, un homme agenouillé se bat avec quelques planches.

— Ah ! fait-il en lâchant son marteau et en se redressant. *Dobar dan*. Je suis Miroslav Kandić.

Il vient vers nous, et nous nous serrons la main. C'est un homme fluet aux traits fins, au regard intense, qui ne vous met pas à l'aise car on le sent à la fois tendu et sur la réserve.

— Merci de m'avoir écrit, dis-je. Vous habitez cet endroit ?

— Ah non, non. Je viens y travailler dans la journée quand je n'ai rien de mieux à faire.

— Qu'est-ce que c'était ici ?

— Une entreprise d'abattage de poulets et de conditionnement.

— Et vous voulez la relancer ?

— Pardon ? Je n'ai pas compris.

— Vous voulez refaire ici de l'abattage de poulets ?

— Oh non, non.

Mais il ne dit rien de plus et nous demeurons un instant tous les trois silencieux au milieu de cette longue pièce au sol de ciment poussiéreux.

— Voulez-vous qu'on se voie ici, ou préférez-vous qu'on s'installe en ville autour d'un café ?

— Ici, s'il vous plaît. Attendez, je vais apporter de quoi s'asseoir.

Il s'en va et revient une minute plus tard avec trois chaises métalliques emboîtées l'une dans l'autre.

Nous nous asseyons.

— Vous vouliez me voir, dis-je. Pour me parler de la guerre ?

— Oui, mais pas seulement.

— Vous aviez quel âge en 1991 ?

— Quatorze ans.

— Et comment la guerre est-elle entrée dans votre vie ?

Il réfléchit, observant un instant ses chaussures.

— Il y a eu un recensement dans les écoles, je crois que c'est comme ça que la guerre a commencé, pour nous, les enfants. Un jour, le directeur est entré dans la classe avec une liste comprenant les noms de tous les élèves. Il a expliqué qu'on devait inscrire notre nationalité en face de notre nom, et il a fait circuler la feuille. Quand c'est arrivé à moi, je n'ai pas su quoi écrire, et j'ai regardé ce que les autres avaient mis. Valentin, mon voisin, avait écrit « Croate », Selma « Musulmane », et Bojan « Serbe ». J'ai réfléchi, j'ai dû garder la feuille peut-être deux ou trois minutes devant moi, jusqu'à ce que le directeur s'énerve. « Écris ! m'a-t-il dit. – Je ne sais pas ce que je suis. Est-ce qu'il y a une quatrième catégorie ? – Écris ce que tu es, c'est tout ce que je te demande. » J'ai encore réfléchi, et j'ai écrit : « Yougoslave ». Mon voisin de droite a dit : « Moi aussi je suis yougoslave » et il a marqué comme moi. À la fin, le directeur est reparti avec la feuille. Mais un moment plus tard, il est revenu : « Vous devez mettre une autre nationalité que Yougoslave, a-t-il dit, parce que Yougoslave, ça n'existe plus. » Tout le monde a commencé à protester que si, on était yougoslaves, mais le directeur a réclamé le silence. Il a soigneusement rayé tous les « Yougoslave » sur la liste, et il a de nouveau fait circuler la feuille. « Écris ce que tu es, m'a-t-il ordonné. – Je ne sais pas, ai-je dit, je vais demander à maman. » Il m'a regardé avec un air ahuri, et il a passé la feuille à mon voisin. Mais lui aussi a dit qu'il allait demander à sa mère. « Bon, dans ce cas, on terminera demain », a-t-il dit. J'ai raconté la chose à ma mère, le soir, et il m'a semblé qu'elle perdait le souffle. Elle ne m'a rien expliqué, mais le lendemain elle m'a accompagné à l'école, elle a demandé à voir le directeur, et là, devant tout le monde, elle l'a traité de « fasciste ». « Vous n'avez pas le droit de faire une chose pareille, lui a-t-elle crié à la figure, nos parents ne se sont pas battus pendant la guerre contre les nazis pour qu'on en arrive là aujourd'hui. » Plus tard, elle m'a révélé que nous étions serbes, mais elle a ajouté que ça n'avait aucune importance qu'on soit serbes, musulmans ou croates, puisqu'on était tous yougoslaves.

— Qu'est-ce qu'ils faisaient vos parents ?

— Mon père était inspecteur de police, et ma mère juriste. Ils étaient l'un et l'autre communistes, donc athées. Quand la Slovénie et la Croatie ont annoncé qu'elles allaient prendre leur indépendance, et donc quitter la Yougoslavie, je me souviens qu'ils étaient consternés. Et puis, très vite, la guerre a commencé en Croatie. Mon frère, Dimitri, a été mobilisé en septembre 1991. Quelques jours plus tard, nous avons appris qu'il était affecté dans une unité de chars d'assaut et envoyé à Vukovar, en Croatie. Maman a pleuré. L'armée yougoslave a commencé à bombarder les villes de la côte, Zadar, Split, Dubrovnik. On voyait cela à la télévision. Les gens, ici, ont commencé à être inquiets pour leurs maisons de vacances. Et puis on a vu arriver les premiers réfugiés, des familles serbes de Zadar et de Zagreb, chassées par les Croates. Les premiers Croates sont partis à leur tour de Banja Luka. En quelques jours, plusieurs enfants qui devaient être croates ont disparu de l'école. Les amis musulmans de mes parents n'ont pas voulu partir. Je me souviens de Mirza, l'ami de mon père. Il avait été témoin au mariage de mes parents. Comme l'armée, ici, ne voulait pas de lui parce qu'il était musulman, ils l'ont enrôlé de force pour creuser des fossés autour de la ville. Mirza, qui était ingénieur, creusait maintenant des fossés.

Il s'interrompt, semble réfléchir à la meilleure façon de poursuivre son récit.

— Un jour, reprend-il, mon père est rentré le visage en sang d'une réunion publique dont il avait assuré la sécurité. Il nous a raconté ce qui s'était passé. C'était un meeting électoral organisé par Dobrica Ćosić, l'écrivain nationaliste serbe qui allait devenir président de la Yougoslavie[1]. Des gens des trois communautés, Serbes, Musulmans et Croates, étaient venus l'écouter. Mais soudain des nationalistes serbes, conduits par un collègue de mon père, l'inspecteur Doutchko, s'étaient mis à prendre à partie les Musulmans et les Croates et à les menacer. Papa avait tenté de s'interposer. Il avait voulu raisonner Doutchko, mais celui-ci

1. Dobrica Ćosić fut président de la Yougoslavie de juin 1992 à juin 1993.

l'avait frappé au visage et tous les deux s'étaient battus. Mon père était parvenu à passer les menottes à Doutchko, mais par la suite le chef de la police de Banja Luka, qui est en prison à La Haye, aujourd'hui, a refusé de porter plainte contre Doutchko, de sorte que mon père a eu la réputation d'être un mauvais Serbe pour être intervenu.

Il s'interrompt de nouveau.

— Bien plus tard, reprend-il, je suis devenu policier à mon tour, et j'ai travaillé sous les ordres de ce Doutchko. Il regrettait ce qui était arrivé. Un soir, il m'a fait entrer dans son bureau pour me raconter à son tour cette réunion où il avait frappé mon père. Il m'a dit que tout ça c'était de la merde, qu'il avait cru servir une grande cause, mais qu'en réalité il avait gâché sa vie pour des criminels.

— Vous m'écriviez que votre père a été tué.

— Oui, il a été assassiné, ici, dans notre ville, le 10 avril 1992. J'ai su plus tard que, constatant combien les choses se dégradaient dans la police de Banja Luka, il s'était mis secrètement au service de la Sécurité d'État, à Belgrade, croyant servir les intérêts de la Yougoslavie. Je me souviens du jour où il a rapporté de Belgrade un poste de radio avec un cryptogramme. Sur le moment, je n'ai pas compris à quoi ça servait. Dans le même temps, on a vu des têtes nouvelles à la maison, des hommes qui venaient voir mon père et qu'il ne nous présentait pas. J'ai demandé à ma mère ce que faisait papa avec sa radio. « Je ne sais pas, Miroslav, m'a-t-elle répondu, et le mieux est de ne rien savoir. » C'étaient vraiment des temps très troubles. Je me souviens qu'un jour, en voiture avec mon père, nous avons été arrêtés à un barrage par un civil armé d'une mitraillette. L'homme a regardé mon père et il a eu un mouvement de recul, comme s'il le reconnaissait. « Qu'est-ce que tu fous là, connard ? a demandé papa. Qui t'a fait sortir de prison ? – Je suis venu combattre pour mon peuple, a rétorqué le type. – Ah oui, a dit mon père, eh bien c'est un pauvre peuple que celui qui a de tels combattants pour le servir. » Parmi les gens qui avaient pris le pouvoir, à Banja Luka, figuraient des criminels qui avaient obtenu des postes de responsabilité dans le parti de Karadžić, et même dans la police. Mon père voyait tout cela, il en savait trop, sûrement, et il envoyait des renseignements à Belgrade. D'ailleurs, les deux hommes qui travaillaient avec lui, un capitaine et un colonel, ont été également assassinés durant l'été 1992.

Il marque encore un temps d'arrêt, se passe les mains sur le visage.

— Le matin du jour où il a été tué, poursuit-il, mon père a reçu un coup de téléphone. « D'accord, d'accord, j'y serai », l'ai-je entendu répondre. En fin d'après-midi, ce jour-là, il nous a dit, à maman et à moi : « J'ai un rendez-vous au café, mais ça ne va pas être long. » On avait loué un film qu'on devait regarder en famille. Un peu plus tard, on a entendu les sirènes d'une ambulance. Puis Mirza, l'ami de mon père, est venu nous annoncer qu'il venait d'être tué, sur le trottoir, devant le café. D'autres amis ont commencé à entrer chez nous. J'étais dans une espèce de brume, je voyais les gens pleurer mais je ne réalisais pas encore. Vers minuit, des soldats avec des bérets rouges sont entrés chez nous. Ils ont commencé à fouiller l'appartement sans rien nous demander, comme s'ils étaient chez eux. Le patron de mon père, le chef de la police qui est aujourd'hui à La Haye, les a laissés faire. J'ai su plus tard que ces hommes étaient les assassins de mon père, ils cherchaient la radio équipée du cryptogramme, mais elle avait été emportée un peu plus tôt par les amis de papa. Le lendemain de sa mort, la police militaire a diffusé un communiqué, qui a été repris par les journaux, indiquant que mon père avait été assassiné par deux familles dont on donnait les noms, l'une croate, l'autre musulmane. C'était évidemment un mensonge, mais ça a permis aux autorités d'arrêter ces familles et de confisquer leurs biens.

— Vous m'écriviez aussi que votre frère a été tué.

— Dimitri est mort trois mois après mon père. Après la destruction de Vukovar par notre armée, il n'était plus le même. Il voulait être professeur de sport avant la guerre, mais au retour de Vukovar il n'avait plus de projets. Je sais que son premier char a été détruit, et qu'il est le seul de l'équipage à avoir survécu. Il n'avait que dix-neuf ans, il a sûrement vu des choses qu'il n'aurait pas dû voir. Il s'est acheté un chien à son retour, il sortait beaucoup, il ne dormait plus. Il a été tué accidentellement par un ami alors que tous les deux manipulaient un fusil. Survivre à Vukovar, et mourir dans son salon, tué par un ami...

— Comment avez-vous su qui étaient les assassins de votre père ?

— Les collègues de papa ont fait leur propre enquête, sans se préoccuper des mensonges de la police militaire. Les assassins avaient bu dans le café et laissé leurs empreintes sur les verres. Ils ont relevé ces empreintes et conservé le dossier. En 1994, l'un d'eux a eu une promotion importante.

Il a repris le dossier et fait arrêter quatre hommes : le chauffeur et les tireurs. Ils ont avoué. Ils ont donné le nom de la personne qui avait commandité le meurtre. Ils ont expliqué qu'ils étaient venus tout exprès de Knin, et que des voitures avaient été mises à leur disposition pour les y ramener. Tous ces renseignements ont été remis entre les mains du procureur et du Premier ministre de la République serbe de Bosnie. Le procureur a prétendu s'en préoccuper, mais en 1996 nous avons appris qu'il avait clos le dossier. Il occupait désormais une fonction politique auprès de Karadžić. Avec ma mère et ma sœur, nous avons décidé d'arrêter là parce que les hommes qui sont désignés dans le dossier comme les assassins sont aujourd'hui riches et puissants dans notre petite ethnocratie. L'un d'eux est même député.

— C'est cela qui vous a décidé à entrer à votre tour dans la police ?

— Peut-être. Mais aujourd'hui je ne suis plus dans la police, vous voyez bien... Je ne serais pas là à clouer des planches si j'étais dans la police. En 1996, j'ai été admis à l'Académie de police et on m'a accordé une bourse. Comme jeune inspecteur, j'ai demandé à travailler sur les crimes commis contre les Musulmans et les Croates pendant la guerre. Personne ne voulait de ces dossiers, d'autant moins que la police serbe avait détruit tous les documents permettant de les élucider. Or, à partir de 2002, Musulmans et Croates ont commencé à revenir à Banja Luka pour tenter de savoir qui avait assassiné les leurs. En dépit des difficultés, je suis parvenu à élucider trente-quatre affaires criminelles. Quand ma hiérarchie a constaté que je m'accrochais et que j'obtenais des résultats, elle m'a retiré cette mission.

— Et vous avez quitté la police.

— Oui, quelque temps plus tard, pour reprendre mes études. Ensuite, je suis parti pour la Croatie travailler avec un metteur en scène de théâtre.

— Et pourquoi revenir dans cette ville où vous avez perdu la moitié de votre famille ?

— Pourquoi je n'ai pas voulu fuir Banja Luka... À seize ans, je me souviens avoir posé la même question à ma mère : « Maman, pourquoi papa ne nous a pas emmenés vivre ailleurs dans les premiers mois de la guerre ? Il n'aurait pas été tué, et peut-être que Dimitri serait encore vivant. » Nous sommes d'ici. Certains de nos amis croates et musulmans sont parvenus à traverser toute la guerre en se cachant. Nous-mêmes les avons souvent cachés. Si eux ont pu rester, pourquoi moi je partirais ? J'aime cette ville, je suis chez moi ici. Ma mère et ma sœur également.

Il se tait. Et brusquement :

— Connaissez-vous cette phrase d'Ivo Andrić : « Quand vient le temps de la guerre, les gens intelligents se taisent, les fous monopolisent la parole et les canailles s'enrichissent » ?

Boris s'y prend à deux fois pour traduire exactement la citation, et tandis que je la note, l'ancien policier poursuit :

— Ce n'est plus la guerre, mais ce n'est pas la paix non plus, ici, dans notre petite république ethniquement pure. Les fous continuent de parler et les canailles de s'enrichir, mais j'ai l'espoir de pouvoir m'exprimer, moi aussi, sans être certain de me faire assassiner sur un trottoir. Il y a quelques mois, je suis tombé par hasard sur cette ancienne entreprise d'abattage de poulets, « Andrić ». Je me promenais par là, quand j'ai vu l'enseigne, sur le portique. Je me suis souvenu des blancs de poulet « Andrić » quand j'étais enfant, avant la guerre, au temps où nous étions heureux tous ensemble, et dans la seconde qui a suivi j'ai pensé à Ivo Andrić : *Le Pont sur la Drina*... Vous savez, l'histoire du pont de Visegrad, construit au temps des Turcs, qui permet de relier la Bosnie à la Serbie, et l'idée que les Musulmans et les Serbes fassent connaissance et apprennent à vivre ensemble... Vous savez, n'est-ce pas, vous connaissez cette histoire ? J'ai demandé l'autorisation d'ouvrir une sorte de théâtre dans cet endroit qui ne sert plus à rien ni à personne. Un théâtre dédié à Ivo Andrić, notre grand écrivain serbe, qui était en réalité croate par ses origines et bosniaque par sa naissance. Un théâtre où je lirais chaque soir un extrait de son œuvre, accompagné par un ami violoniste. On ne va pas me donner cette autorisation, on ne va même pas me répondre, je ne suis pas un ami du président Dodik ou de l'un de ses ministres, mais qui osera m'interdire de lire Andrić ?

# 6

Pourquoi est-ce que je songe à Martin Bormann, le fils, tandis que regardant distraitement par la fenêtre de notre hôtel les gens aller et venir sur les trottoirs de l'avenue Pierre I$^{er}$ Karadjordjević j'attends une femme qui dit s'appeler Eva Müller et veut me rencontrer ? Une bonne partie de la nuit, j'ai repensé à ce Miroslav Kandić construisant seul la scène de son futur théâtre, là-bas, à l'autre bout de la ville, parmi les ruines de la guerre, dans l'espoir de lire un jour Ivo Andrić à ses concitoyens de Banja Luka, accompagné par son ami violoniste. Je me suis répété les propos de cet homme, ne parvenant pas à trouver le sommeil, jusqu'à me replonger dans mes notes pour mettre au propre notre conversation, me souvenant alors de détails que je n'avais pas pris soin de noter et que j'ai aussitôt mentionnés. Puis je m'en suis voulu de n'avoir pas su lui dire combien il m'avait ému. Et voilà que ce matin, après cette nuit complètement habitée des mots de ce Miroslav Kandić, je songe à Martin Bormann, le fils, me demandant pourquoi le premier m'évoque le second. Martin Bormann junior, l'aîné des huit enfants de Martin Bormann, le bras droit d'Hitler condamné à mort par contumace à Nuremberg, se convertit au catholicisme et fut ordonné prêtre de la communauté des missionnaires du Sacré-Cœur de Jésus en 1958. Il partit alors pour l'Afrique. Oui, me dis-je, me remémorant son destin si bien raconté par Norbert et Stephan Lebert, mais ça n'a rien à voir avec le chemin que suit Miroslav Kandić. Lui, au contraire, ne part pas, il demeure volontairement parmi les siens, à Banja Luka. Mais alors, fouillant dans ma mémoire, et toujours penché à ma fenêtre, je me rappelle autre chose : bien après ses années en Afrique, revenu en Allemagne, Martin Bormann junior avait fait plusieurs voyages en Israël pour rencontrer des enfants de survivants des camps d'extermination. Il avait participé à des rencontres entre enfants de criminels nazis et enfants de victimes, et c'est comme cela qu'il avait noué des liens de confiance et d'amitié avec le psychologue israélien Dan Bar-On qui dirigeait ces rencontres. Et soudain, me revient à l'esprit cette confidence que fait Martin Bormann à Dan Bar-On, rapportée dans le livre de ce dernier, *L'Héritage du silence*[1].

« Quelqu'un vous a-t-il jamais confessé avoir commis des atrocités, lui demande Dan Bar-On qui s'intéresse à la culpabilité chez les criminels de guerre, quelqu'un qui aurait participé au programme d'extermination ? Ou avez-vous des amis qui ont reçu de telles confessions ?

— Non, je ne me rappelle rien de tel, rétorque d'abord Martin Bormann. Attendez, si, se reprend-il, il y a eu un cas. Mais je ne sais pas

1. Dan Bar-On, *L'Héritage du silence. Rencontres avec des enfants du III^e^ Reich*, Harvard University Press, 1989, pour la première édition ; puis L'Harmattan, 2005.

si c'est ça que vous recherchez. Un homme est venu me voir peu de temps avant sa mort. Il m'a confessé que depuis des années il était hanté par un souvenir qui ne lui laissait pas de repos, celui des yeux bruns d'une petite fille de six ans. C'était un soldat qui avait servi dans la Wehrmacht à Varsovie, lors du soulèvement du ghetto. On les avait chargés de débusquer les Juifs qui se cachaient dans les bunkers et, un matin, une petite fille de six ans est sortie de l'un des bunkers et s'est jetée dans ses bras. Il se rappelait encore l'expression de ses yeux, à la fois terrifiés et confiants. Et puis le commandant lui a ordonné de la tuer d'un coup de baïonnette, ce qu'il a fait. Il l'a tuée. Mais l'expression de ses yeux ne l'a plus jamais quitté. *(La voix de Martin Bormann se brise, note Dan Bar-On, et ses yeux se remplissent de larmes.)* Il est venu me faire cette confession avant de mourir. Il ne l'avait jamais dit à personne.

Voilà, me dis-je, c'est d'avoir recueilli cette confession qui rapproche Martin Bormann de Miroslav Kandić, et qui fait que l'un me fait songer à l'autre. Après l'Afrique, Bormann était donc revenu se préoccuper du chagrin des siens, les bourreaux, comme Miroslav Kandić s'apprête à panser les blessures secrètes des Serbes de Banja Luka, ses concitoyens qui ont chassé de leur ville leurs anciens voisins croates et musulmans, quand ils ne les ont pas massacrés. En leur lisant Andrić. « La vie, écrit Ivo Andrić, est un prodige incompréhensible, car elle s'use sans cesse et s'effrite, et pourtant dure et subsiste, inébranlable, comme le pont sur la Drina. »

Le téléphone sonne. Une femme m'attend à la réception.

— Elle ne souhaite pas donner son nom, me précise en anglais l'homme de l'accueil.

— Très bien, je descends.

Eva Müller est manifestement confuse de devoir patienter dans le hall de l'hôtel sous le regard des rares clients qui vont et viennent. Elle a le rouge au front et ne répond pas à mon sourire quand je la salue. C'est une femme blonde d'une trentaine d'années à la mise élégante. Tandis que nous regagnons ma chambre par l'escalier, il me revient qu'après m'avoir écrit la première pour m'assurer qu'elle souhaitait me rencontrer, elle n'avait plus répondu à mes mails, jusqu'à ce que je prenne l'initiative de lui téléphoner. Alors elle avait accepté qu'on se voie, mais sans enthousiasme, m'avait-il semblé, et peut-être même à contrecœur.

Quand Boris nous rejoint et lui parle dans sa langue, elle paraît se détendre un peu et je la vois sourire à un moment. Boris a beaucoup d'humour et de charme, peu de femmes lui résistent. Nous commandons des cafés, puis je demande à Eva Müller si elle a entendu parler de Miroslav Kandić et de son théâtre dans l'ancienne entreprise d'abattage de poulets « Andrić ».

— Non, dit-elle.

Et un moment plus tard :

— Je ne crois pas que les gens iront au théâtre dans cet endroit.

— Pourquoi dites-vous ça ?

— Parce qu'ils ont emprisonné beaucoup de personnes, là-bas, pendant la guerre. Des Croates qui ont disparu par la suite.

— Chez Andrić ?

— Chez Andrić ou à côté, je ne sais pas exactement.

Elle plonge le regard dans sa tasse, boit son café à petites gorgées, du bout des lèvres, et à ce moment-là seulement me revient le souvenir de l'évêque de Banja Luka, rencontré à l'automne 1993. Je l'avais attendu un dimanche matin à la sortie de la messe, comme il me l'avait demandé, et nous avions gagné ensemble le presbytère. « Nous étions trente et un mille catholiques dans mon diocèse avant la guerre, croates pour la plupart, m'avait-il expliqué, et aujourd'hui nous ne sommes plus que quinze mille. – Les gens s'en vont, ils ont peur, n'est-ce pas ? – Nous avons tous peur ! avait-il répliqué gravement. Deux cents catholiques et deux de mes prêtres ont été assassinés ici, la nuit, chez eux ou devant chez eux. À l'arme à feu, parfois à la hache ou au couteau. Pour chaque assassinat, je réclame systématiquement des nouvelles de l'enquête. La police n'a jamais arrêté aucun suspect. Si je m'adresse aux dirigeants politiques locaux, ils me répondent : “Nous n'avons rien contre vous, vous n'avez rien à craindre.” En réalité, les catholiques n'ont plus aucun droit à Banja Luka, de même que les Musulmans, mais rien n'est dit officiellement. – Pourquoi ne pas encourager les gens à partir ? – Non, je leur demande au contraire de rester. C'est pour nous la seule façon de signifier que nous refusons cette guerre. Je l'ai d'ailleurs écrit au président Karadžić. » Arrivés au presbytère, il m'avait lu cette lettre adressée quelques jours plus tôt à Radovan Karadžić : « Monsieur le Président, ce diocèse n'a été détruit ni par les Turcs ni par les communistes. Sera-t-il détruit par nos frères serbes ? Je ne peux pas croire que vous souhaitiez cela. Ce serait une telle honte pour votre peuple et pour son Église. »

— Oui, dis-je à Eva Müller, en 1993 l'évêque de Banja Luka m'avait indiqué que beaucoup de ses paroissiens croates avaient été assassinés.

— Mon père est croate, dit-elle alors. Il s'est enfui en 1992.

— En vous laissant à Banja Luka ?

— Mes parents étaient divorcés. Je suis restée avec ma mère, qui est serbe, et mon père, qui était remarié, s'est enfui une nuit avec sa seconde femme et leurs deux jeunes enfants. Par sécurité, il n'avait prévenu personne, même pas moi. Quand je l'ai appris, il était déjà parti.

— Vous aviez quel âge ?

— Dix-sept ans. J'aurais pu essayer de le rejoindre, mais je n'ai pas voulu laisser ma mère toute seule.

— De quelle nationalité êtes-vous ?

— Je ne sais pas. Je ne me sens pas d'attirance pour ces questions de nationalité. Ni de haine contre les uns ou les autres.

— On peut donc vivre ici en se revendiquant « sans nationalité » ?

— Pendant la guerre, c'était très difficile pour moi, parce que, avec mon nom, on voyait tout de suite que je n'étais pas serbe. À l'école, quand on partait en excursion, les professeurs préféraient ne pas m'emmener. Les militaires contrôlaient les autocars aux barrages et ils m'auraient sans doute arrêtée. Si on me demandait quelque chose dans la rue, jamais je ne répondais, de peur d'être obligée de dire mon nom. Depuis, je me suis mariée. Avec un Serbe. Je n'ai pas voulu abandonner le nom de mon père, mais je donne celui de mon mari si je sens que le climat... que le climat n'est pas bon.

Elle se tait abruptement, demeure le regard fixé sur sa tasse de café. Quand elle parle, les mots lui viennent par saccades, comme malgré elle. Peut-être même contre son gré, nous parlant par politesse, tout en regrettant d'être venue.

— En tout cas, votre nom n'a pas dissuadé votre mari de vous épouser, dis-je d'un ton léger, en souriant.

— Je pense que mon mari n'est pas nationaliste, remarque-t-elle. Nos deux enfants et moi nous avons la double nationalité, un passeport serbe et un passeport croate. S'il était nationaliste, il ne le permettrait pas.

— Vous disiez : « Je donne le nom de mon mari si le climat n'est pas bon. » Je me demandais ce que vous entendiez par « climat » ?

— Ce ne sont pas des choses qui s'expliquent. Quand je vais en Croatie voir mon père, c'est la même chose. À certains moments, dans certains endroits, je ressens que les Croates ne veulent plus rien avoir à faire avec les Serbes, alors je donne le nom de mon père.

— Ah, je comprends. Vous n'êtes pas tentée, certains jours, de partir élever vos enfants ailleurs ?

— Si. On en a parlé avec mon mari. Moi, je partirais volontiers pour le Canada, j'aimerais que nos enfants fassent leurs études là-bas, mais lui a peur de l'incertitude.

Elle explique alors que son mari et elle sont architectes, mais qu'ils n'ont jamais pu décrocher le moindre contrat. Ce pour quoi ils ont fini par créer une petite entreprise d'importation d'outillage en provenance de Hongrie, une petite entreprise « clandestine », précise-t-elle en baissant la voix, qui leur permet juste de survivre.

— Ici, ajoute-t-elle, c'est impossible de travailler si vous ne connaissez personne au gouvernement.

Elle allait poursuivre, mais elle s'interrompt de nouveau.

— Mon mari n'était pas content quand il a su que je vous avais écrit. Il a très peur d'avoir des ennuis. Est-ce qu'on ne risque pas de nous entendre, ici ?

— Non, dis-je, à moins qu'ils n'aient installé des micros, mais je ne vois rien de suspect.

Elle lève les yeux au plafond, puis regarde en direction de la porte.

— Les gens de Dodik ne donnent du travail qu'à ceux qui soutiennent son parti. Par exemple, ils organisent un concours entre les jeunes diplômés : chacun doit apporter cinq cartes d'identité de personnes qui s'engagent à adhérer au parti de Dodik. Seuls ceux qui y parviennent obtiennent un stage. Les autres n'ont aucune chance de travailler. Tout est comme ça, ici, tout le monde est corrompu. Si un policier vous donne une amende, vous lui glissez trente ou quarante marks et il vous la retire. Bon, dit-elle soudain, maintenant je dois m'en aller.

Banja Luka est une ville élégante et lumineuse sous le soleil d'hiver. C'est une réflexion que nous nous faisons avec Boris, le matin suivant, tandis que nous arpentons le centre à la recherche d'un endroit où lire les journaux autour d'un café. Arrivant de la sombre Belgrade aux ruelles défoncées, aux immeubles délabrés et noirs de suie, le voyageur peut avoir le sentiment de débarquer dans la Suisse des Balkans en découvrant le lustre de Banja Luka, remplissant machinalement ses poumons aussitôt qu'il lève le nez et aperçoit les montagnes basses qui enserrent la ville, comme si l'air, ici, était plus pur qu'ailleurs. Les façades des immeubles et des maisons ont été nettoyées des scories de la guerre. Les avenues ont été asphaltées de neuf pour effacer les traces laissées par les chars d'assaut. Les trottoirs ont été élargis et de nouveaux réverbères, élancés et gracieux, ont été installés. Sur les places publiques, on a disposé des bancs et planté des massifs de gazon et d'arbrisseaux. Dans les rues piétonnes, si semblables à celles que l'on trouve dans nos riches pays d'Europe, des salons de coiffure et des bijouteries ont ouvert, et rue du gouverneur Milosavljević (1882-1960), le baron Haussmann de Banja Luka, on a le choix entre le Kafe Dionis, le Vitaminka ou le Capriolo dont les terrasses sont étonnamment désertes à cette heure de la journée.

Une fois dissipé le flot des écoliers, on dirait que la ville tombe soudain en léthargie. Sur la large avenue Pierre I^er^ Karadjordjević la circulation semble se ralentir et s'espacer, tandis que les trottoirs et les rues transversales se vident d'un seul coup. Alors on repère d'un matin sur l'autre les mêmes visages aux traits alourdis. Des femmes qui ont un cageot de légumes à vendre, deux ou trois poissons de la rivière ou quelques vêtements, et qui étalent discrètement leur marchandise dans un renfoncement, ou sur un banc. D'autres qui proposent de vous changer de l'argent, de vous entraîner je ne sais où pour un petit négoce. Des hommes au teint gris, également, auxquels on donne largement la soixantaine, tous habillés du même anorak et chaussés de gros godillots, qui n'ont rien à vendre, eux, mais qui font quelques pas dans un sens, puis dans un autre, comme s'ils attendaient quelque chose ou quelqu'un. Et c'est un ami qui arrive, avec lequel ils échangent une forte poignée de main avant de fumer leurs premières cigarettes, là, sur le trottoir, bavardant puis méditant tout en acquiesçant gravement. Un peu plus tard, on les retrouve tous dans le vaste café de l'hôtel Palace. Ils le préfèrent au Dionis ou au Vitaminka qui ne sont fréquentés que par des jeunes, les gosses de riches de Banja Luka, et le soir, découvrirons-nous bientôt. Au café de l'hôtel Palace, grand comme un hall de gare, les hommes occupent les tables par grappes de cinq ou six, buvant des cafés turcs, puis des bières ou des petits verres de raki, n'ayant presque plus rien à se dire au fil du temps, la plupart le regard tourné vers l'une des télévisions suspendues dont les sons croisés font un brouhaha de stade de football, d'autres les yeux dans le vague, mais tous fumant, fumant sans répit, et découvrant par instants leurs dents gâtées lorsque l'un des serveurs parvient à les faire sourire.

— Boris, dis-je, je ne peux pas les regarder sans penser à l'inspecteur Doutchko. Vous vous souvenez, n'est-ce pas, ce policier qui avait avoué à Miroslav Kandić qu'il avait cru servir une grande cause mais qu'en réalité il avait gâché sa vie pour des criminels.

— Vous vous trompez, Marc. Je crois que ceux-là ne regrettent rien. Hier, quand Dodik a dit à la télévision que jamais il ne s'excuserait pour Srebrenica, comme vient de le faire Boris Tadić à Belgrade, il y a eu comme un souffle de satisfaction à travers tout le café. J'ai failli vous le faire remarquer, mais vous étiez en train de lire, je n'ai pas osé vous déranger.

Le lendemain, il se passe un événement qui semble donner raison à Boris.

Nous sommes de nouveau dans le grand café enfumé de l'hôtel Palace au sol jonché de mégots, occupés à feuilleter les journaux, quand, sur le coup de midi, de puissantes sirènes nous font lever le nez. C'est justement le président Dodik qui traverse à vive allure la capitale de sa petite république au milieu d'un cortège d'Audi noires aux vitres teintées. Tous les visages suivent le cortège, et il se trouve plusieurs hommes pour se lever et se découvrir.

— Il va à la citadelle, me glisse Boris dans le creux de l'oreille quand les sirènes s'éloignent.

— Comment le savez-vous ?

— Je viens de le lire dans le journal. Un des ministres marie sa fille et Dodik doit participer à la fête.

— Pourquoi n'irions-nous pas, nous aussi ? C'est peut-être la seule occasion qu'on aura jamais de voir cet homme.

— Vous voulez qu'on essaie, Marc ?

Mais quand nous sortons sur le boulevard, la police est déjà en train de le fermer à la circulation, interdisant le passage vers la citadelle. Boris propose que nous prenions par la rivière. Quelques jours plus tôt, nous nous sommes promenés dans la citadelle, construite au temps des Turcs, sur un promontoire, au-dessus de la rivière Vrbas, et nous avons bavardé avec les pêcheurs qui se tiennent en contrebas, accroupis dans l'herbe. L'un d'eux nous a expliqué que la plupart des gens de Banja Luka ont de la famille à la campagne. « Ils rapportent des pommes de terre, des œufs, des oignons, parfois un poulet, c'est grâce à cela qu'ils ne meurent pas de faim », nous a-t-il dit. Lui n'avait personne à la campagne et c'est pourquoi il venait chaque jour ici, sous la citadelle, attraper deux ou trois poissons pour nourrir les siens.

La police n'a pas fermé les berges de la rivière, de sorte qu'en remontant le cours de l'eau par le chemin de halage nous parvenons à rejoindre la citadelle. Un petit attroupement s'est formé sous le mur d'enceinte, qui n'est pas très élevé à cet endroit. Les hommes ont remonté des pierres de la rivière, construisant une sorte d'échafaudage avec tous les morceaux de bois qu'ils ont pu rassembler, et ainsi ils parviennent à passer la tête au-dessus du mur. Ce sont des pêcheurs pour la plupart, des hommes sans travail aux cheveux ternes et au visage sombre et creusé. Ils nous font signe d'être discrets, et bientôt nous laissent les rejoindre sans protester.

Un immense dais blanc frangé d'un galon doré a été dressé sur la pelouse, abritant une table de banquet autour de laquelle les convives ont pris place. Eh bien oui, me dis-je, découvrant ce spectacle, c'est à peu près ce que je m'attendais à voir, et cependant quelque chose fait que je retiens mon souffle. Est-ce le contraste saisissant entre l'éclat et la magnificence d'un côté du mur, tandis que de l'autre les hommes sont misérables ? Non, ce qui fait que nous demeurons interdits c'est que tous ces gens se tiennent absolument silencieux autour de la table, étrangement figés, comme s'ils étaient des figurants attendant le signal d'un metteur en scène pour s'animer. Oui, voilà, ce qui fait que nous demeurons interdits, c'est le silence stupéfiant de tous ces gens.

Tel que le dais est disposé, une moitié d'entre eux nous tourne le dos, dont les jeunes mariés, mais ceux qui leur font face, et qui pourraient éventuellement surprendre nos regards, tournent la tête dans la direction opposée. On devine qu'il se passe là-bas, à l'entrée principale de la citadelle, un événement d'importance car les notes d'une musique militaire, hachées par le vent léger, nous parviennent par intermittence. Sur la gauche, alignés le long d'une tente close aux parois tendues et immaculées, se tiennent au garde-à-vous les gens du service, femmes et hommes habillés de noir sur des cols blancs amidonnés qui semblent leur allonger le cou. À y regarder de plus près, on remarque que de petits radiateurs ont été disposés sous la table du banquet, alimentés par des fils électriques qui courent à travers le gazon.

Et soudain, tous les convives se lèvent, car voilà enfin celui qu'ils attendaient : le président Milorad Dodik en personne. C'est un homme d'une corpulence exceptionnelle, habillé ce jour-là d'un costume bleu, et dont le visage massif prête immédiatement à sourire tant il semble bonhomme et peu assorti à la fonction. Avec ses cheveux châtains gominés, cette mèche de premier communiant soigneusement laquée sur le front qui a fait qu'un caricaturiste musulman de Sarajevo l'a récemment dessiné en Hitler, et cette cravate rouge qui l'étrangle, visiblement, on dirait un paysan endimanché. Il voit nos têtes par-dessus le mur, je crois qu'il surprend mon sourire, et il me semble qu'il sourit intérieurement, lui aussi, avant d'écarter largement les bras tout en inclinant sa colossale personne devant les mariés, et de lancer une phrase que Boris me traduit approximativement et que je résumerais ainsi : « Longue vie à nos jeunes époux et faites-nous rapidement de vrais petits Serbes car notre *Republika Srpska* en a besoin. »

Alors tous les invités rient et applaudissent, cependant qu'un homme au visage coupant et aux tempes argentées, surgi d'on ne sait où et qui doit être le père de la mariée, vient tendre un verre au Président. Tous, aussitôt, cessent de battre des mains pour brandir leur propre verre, hurlant d'une seule voix : « Soyez le bienvenu, président Dodik, et vive notre *Republika Srpska !* » Ils boivent à la santé de leur cher leader, de leur petite République serbe conquise dans le sang, puis le maître de cérémonie présente sa chaise au Président et tandis que celui-ci y loge tant bien que mal son énorme postérieur, la rumeur enfle et s'élève autour de la table. Elle dit la fierté et le bonheur d'être là, sous ce dais frangé d'or, en si considérable compagnie, les pieds au chaud et l'estomac bientôt rempli.

Comme nul ne nous prête attention, nous ne bougeons pas, observant le ballet des gens du service qui maintenant surgissent de la tente à une cadence vertigineuse, brandissant à bout de bras de longs plats d'argent chargés de victuailles. Premier servi, à quelques secondes devant les jeunes mariés, le Président enfourne sa portion avant de se lever tandis que le maître de cérémonie appelle aussitôt au silence.

— Il annonce que le Président va parler, me traduit Boris.

Et le Président parle, en effet. Ou plutôt il lit – une feuille de papier qu'il a sortie de sa poche. Il dit l'amour qu'il porte aux siens, à sa femme, à son peuple, l'amour que les jeunes mariés « ici présents » se portent, et il est bien placé, dit-il, pour savoir combien cet amour entre deux enfants issus de foyers serbes « à cent pour cent » est solide (« quelle vulgarité ce “cent pour cent”, n'est-ce pas, Marc ? », trouve le temps de me glisser Boris), bien placé, dit-il donc, pour savoir combien cet amour entre les deux jeunes mariés « ici présents » est solide, puisqu'il est le parrain de la jeune épousée, Biljana, fille unique d'un de ses ministres (l'homme au visage coupant, que l'on voit acquiescer), et que le marié est le fils d'un de ses plus proches conseillers pour les affaires extérieures. « En somme, lance le Président, ils sont l'un et l'autre mes enfants ! » À cet endroit, il marque une légère interruption pour laisser aux convives le temps de s'esclaffer joyeusement, puis d'applaudir. Alors il reprend, lisant toujours sa feuille : « Cependant, nous savons tous combien l'amour est éphémère, puisque la vie elle-même est éphémère. » Nouvelle interruption, mais cette fois ni rires ni applaudissements. Les visages se figent. Que veut donc dire le cher leader en évoquant à demi-mots notre mort, le jour où justement on aimerait tellement croire en l'éternité ? « La seule chose qui est immuable ici-bas, poursuit-il gravement, et qui transcende la mort même, c'est l'amour de tout notre peuple pour la *Republika Srpska*. Sans elle, scande-t-il, il n'y aurait pas d'amour possible entre les hommes et les femmes, pas de mariages possibles, pas de vie de famille possible. Sans notre *Republika Srpska*, qui est notre mère bienfaitrice à tous, nous serions des êtres déracinés, cherchant l'amour dans un monde hostile et sans valeurs. Nous ne serions rien. »

Est-ce fini ? Il y a un instant de flottement. Puis, quand les gens constatent que le Président replie soigneusement sa feuille avant de la glisser dans sa poche, ils se lèvent comme un seul homme pour l'applaudir.

D'où sort-il ce Milorad Dodik ? me dis-je un peu plus tard, l'observant maintenant ingurgiter à la cuillère ce qui ressemble de loin à un plat de viande en sauce. Les journalistes que nous avons rencontrés à Banja Luka l'ont tous qualifié de « paysan enrichi », ricanant parfois avec suffisance au seul énoncé de son nom (« Ah, Milorad Dodik ! »), mais aucun n'a su nous expliquer l'origine de son immense fortune. Quand nous leur avons demandé s'ils songeaient à enquêter sur son passé, ils nous ont répondu qu'une telle chose n'était pas envisageable en République serbe de Bosnie (en *Republika Srpska*) si l'on souhaitait conserver son travail, ou même ne pas finir écrasé sous un poids lourd. « Dodik n'est pas un homme politique, nous ont-ils dit, il est là pour faire de l'argent et caser ses amis. » Ils nous ont expliqué qu'il faisait toujours le même discours autour de la défense de l'identité serbe et des frontières sacrées de la *Republika Srpska*, et que cela suffisait pour lui assurer le soutien de son peuple.

Les diplomates occidentaux n'en savent pas beaucoup plus. Ils notent que Milorad Dodik est apparu peu avant la guerre dans l'entourage de Radovan Karadžić. (Possédait-il déjà son ranch et ses 4×4 ? Ils n'en ont aucune idée.) Il est bientôt député du parti de Karadžić, élu à Banja Luka, quand Karadžić mène la guerre avec Mladić depuis Pale, ce gros bourg de montagne au-dessus de Sarajevo, alors choisi comme capitale de la petite République serbe en construction. Mais en décembre 1994, dans le conflit qui oppose Slobodan Milošević à Karadžić, Dodik prend soudain le parti de Milošević, alors soucieux de finir la guerre, contre Karadžić qui souhaite la poursuivre. C'est ce qui vaut à Dodik d'être rapidement choisi par les Américains et les Européens comme interlocuteur pour remplacer Karadžić, devenu par ailleurs infréquentable depuis son inculpation pour crimes contre l'humanité et génocides. Et voilà comment ce Milorad Dodik, dont on ne sait à peu près rien, se retrouve bientôt à la tête de la petite République ethniquement pure des Serbes de Bosnie.

On dessert rapidement les assiettes sous le dais, et les hommes ont allumé leurs cigarettes en attendant la pièce montée, quand, me tournant vers Boris, je reconnais Miroslav Kandić parmi notre petit groupe de curieux accrochés au mur d'enceinte de la citadelle. Il se tient absolument silencieux, sérieux et tendu, comme il nous était apparu dans son futur théâtre, le regard fixé sur les convives.

— Vous avez vu, dis-je à Boris, Kandić est là-bas. Essayons de nous rapprocher de lui.

Ce que nous faisons, passant les pêcheurs un à un comme des équilibristes, tout en prenant bien garde de ne pas tomber de l'échafaudage.

— Bonjour, dis-je tout bas, ça me fait plaisir de vous revoir. Depuis notre rencontre, je relis *Le Pont sur la Drina*.

Il nous répond à peine, me donnant le sentiment que nous le dérangeons, à moins qu'il ne nous reconnaisse pas.

Pendant quelques minutes, nous restons côte à côte, sans échanger un mot.

Puis c'est lui qui rompt le silence.

— Comptez six personnes sur la droite de Dodik, souffle-t-il à Boris à mon intention. Vous voyez le type chauve avec les lunettes, qui se cure les dents ?

— Oui, je le vois.

— C'était le chauffeur des hommes qui ont assassiné mon père. Il est député aujourd'hui.

Un moment plus tard, l'ancien policier saute de l'échafaudage et je l'aperçois qui s'en va le long de la rivière sans que nous ayons pu échanger une phrase de plus.

J'observe le député qui se cure les dents, puis je reviens au large visage de Milorad Dodik, dont les joues tremblent lorsqu'il rit, et je me fais la réflexion qu'il semble bien plus sympathique ici, à table, que sur ses affiches qui couvrent les murs de Banja Luka. Pour l'affiche, on a dû lui retoucher le menton et les joues afin de lui donner l'air plus viril, et voilà que cette idée m'évoque une scène inoubliable de *Kaputt*, mon livre préféré de Malaparte. Arrivant de Belgrade, et traversant toute la Croatie pour se rendre à Zagreb, en 1942, Malaparte croise tant de portraits du dictateur croate pronazi Ante Pavelić, qu'il a bientôt le sentiment de le connaître intimement. « C'est pourquoi, écrit-il, lorsque, pour la première fois, je vis Ante Pavelić à Zagreb, assis derrière son bureau dans un palais de l'ancienne ville, j'eus l'impression de rencontrer un vieil ami, je croyais le connaître depuis un temps immémorial. J'observai son large visage plat, aux traits durs et grossiers. Ses yeux brillaient d'un feu noir et profond dans un visage pâle, légèrement ocre. Un air de stupidité indéfinissable était imprimé sur son visage ; sans doute émanait-il de ses énormes oreilles qui, vues de près, semblaient encore plus grandes ; plus ridicules, plus monstrueuses que dans ses portraits. (...)

— Le peuple croate, disait Ante Pavelić, veut être gouverné avec bonté et avec justice.

« Tandis qu'il parlait, j'observais un panier d'osier posé sur le bureau, à la droite du Poglawnik[1]. Le couvercle était soulevé : on voyait que le panier était plein de fruits de mer. (...)

— Ce sont les huîtres de Dalmatie ? demandai-je.

« Ante Pavelić souleva le couvercle du panier, et me montrant ces fruits de mer, cette masse d'huîtres gluante et gélatineuse, il me dit avec un sourire, son bon sourire las :

— C'est un cadeau de mes fidèles oustachis : ce sont vingt kilos d'yeux humains. »

1. Poglawnik, titre équivalent à celui de Führer.

# 7

Le ciel se couvre la veille du jour où nous devons quitter Banja Luka pour Pale, et le matin de notre départ, un mardi de décembre, il se met soudain à neiger. Tandis que nous buvons un dernier café à l'hôtel Palace, nous observons avec quelle violence le vent qui descend des montagnes fait tourbillonner la neige sur l'avenue Pierre Ier Karadjordjević que n'empruntent plus que les autobus, qui roulent au pas, et quelques taxis aux feux allumés. Celui qui nous conduit à la gare routière est en panne d'essuie-glaces, de sorte qu'il roule avec sa vitre baissée pour pouvoir sortir le bras à intervalles et dégager son pare-brise à l'aide d'une raclette qu'il a ficelée au bout d'un fil de fer.

À la gare routière, nous avons rendez-vous avec Branko Luburić, un homme que sa jeune femme nous a décrit comme blond aux yeux bleus, et « plutôt baraqué ». Elle est venue nous voir à l'hôtel quelques jours plus tôt, disant qu'elle avait appris mon passage par l'Institut culturel français, et qu'elle ne désespérait pas de convaincre son mari de nous rencontrer. « Moi, nous a-t-elle dit, j'ai vécu la guerre de loin, à Belgrade, mais lui était en Bosnie et je suis certaine que ça lui ferait du bien de vous parler. » Ce qui était touchant, chez elle, outre l'espoir qu'elle plaçait en cette rencontre, c'était l'amour manifeste qu'elle portait à son mari, nous répétant sans cesse, et comme malgré elle, combien il était séduisant avec ses yeux bleus et ses belles épaules. Cependant, nous n'avions plus eu de nouvelles, jusqu'au dimanche soir où cet homme nous avait téléphoné.

— Je n'aurai pas le temps de vous voir, nous avait-il expliqué, parce que je pars mardi rendre visite à mes parents, mais à mon retour peut-être, si vous voulez...

— À votre retour, nous ne serons plus là. Où habitent-ils vos parents ?

— Mrkonjić Grad.

— Ah oui, avais-je dit, c'est près de Jajce, sur la route de Pale. Pourquoi n'irions-nous pas ensemble, nous devons bientôt partir pour Pale ?

Il y avait eu un long silence.

— Nous pourrions prendre le car ensemble jusqu'à Mrkonjić Grad, avais-je proposé.

— Je ne pense pas que mes parents accepteraient de vous voir, ils ne veulent plus parler de tout ça.

— Je comprends. Mais nous pourrions en parler avec vous seulement, non ?

Je m'étais senti honteux d'essayer de le coincer, tout en songeant hypocritement que je le faisais pour sa femme que j'imaginais près de lui.

— D'accord, m'avait-il finalement lâché, faisons le voyage ensemble, mais malheureusement je ne pourrai pas vous héberger à Mrkonjić Grad.

— Ne vous faites pas de souci pour ça.

La gare routière est méconnaissable au milieu de ce désert blanc. Deux autocars patientent, stationnés en épi, le nez sous le auvent. À l'intérieur de la salle d'attente, quelques voyageurs se tiennent emmitouflés sur l'unique banc, tandis que les derniers arrivés secouent la neige de leurs capuches et tapent des pieds. Le carrelage est jonché de flaques d'eau.

Nous achetons nos billets, et lorsque nous nous mettons discrètement en quête d'un homme jeune aux yeux bleus, c'est lui qui vient vers nous.

— Je vous entends parler français, dit-il à Boris, je suppose... Je suis Branko Luburić.

C'est un garçon joufflu au teint rose, de taille moyenne, prématurément empâté, si différent de l'homme que nous avions imaginé que nous ne l'aurions sûrement pas découvert tout seuls.

Nous parlons de la tempête de neige, si soudaine, alors que quelques jours plus tôt on se promenait en ville avec un simple pull, n'est-ce pas, et il remarque que c'est habituel, en décembre, à Banja Luka. Puis nous montons dans l'autocar et comme, par chance, nous ne sommes imités que par une poignée de voyageurs, nous nous installons sur la confortable banquette du fond.

Très vite, c'est lui qui demande si nous savons ce qui s'est passé, pendant la guerre, à Mrkonjić Grad. Mais non, nous ne savons pas, et je vois combien il a l'air surpris. Aujourd'hui, averti du drame de Mrkonjić Grad, je me dis que nous avons dû le blesser, ou du moins l'agacer profondément, comme je l'aurais été moi-même tombant sur un visiteur étranger qui m'aurait avoué ne rien savoir de Verdun, par exemple, ou d'Oradour-sur-Glane.

— Mrkonjić Grad est la ville où je suis né, dit-il.

— Oui.

— Où mes parents sont nés, où mes grands-parents sont nés, où nous avons toujours vécu.

— Je comprends.

— La fin de la guerre a été terrible là-bas.

Il se tait. Il va devoir nous raconter ce que nous devrions savoir, au lieu, sans doute, de nous parler de ces choses plus secrètes qu'évoquait sa femme et dont elle aimerait tellement qu'il se débarrasse.

— Durant toute la guerre, commence-t-il, les Serbes, qui étaient majoritaires à Mrkonjić Grad, sont parvenus à garder la ville. Les Musulmans et les Croates en ont été rapidement chassés, la ville est devenue complètement serbe.

— En dépit de plusieurs offensives pour la reprendre, voulez-vous dire ?

— Oui, en dépit de plusieurs offensives des Croates et des Musulmans. Je me souviens qu'en avril ou mai 1994, le général Mladić est venu en personne à Mrkonjić Grad parler à la population et soutenir nos soldats. On n'était pas très contents de le voir parce qu'on disait, à l'époque, que toutes les villes qu'il visitait tombaient ensuite aux mains de l'ennemi. Enfin, c'était une remarque qu'avaient faite mes parents. Le général venait de perdre sa fille, et il avait dit devant toute la population : « Je vous fais le serment, sur la tombe de ma fille Ana, que Mrkonjić Grad ne tombera pas. » Je me rappelle qu'une femme, qui était debout à côté de moi, s'était mise à pleurer en entendant ça. Moi, personnellement, j'avais trouvé ça ridicule.

— Vous aviez quel âge en 1994 ?

— Seize ans.

— Et la ville est tombée, n'est-ce pas ?

— Oui, un an et demi plus tard, Mrkonjić Grad est tombée, en dépit du serment de Mladić. Au mois de septembre 1995, les Croates ont lancé une offensive de grande ampleur sur Mrkonjić Grad. Les troupes serbes ont tenu jusqu'au 10 octobre, puis elles ont dû reculer et abandonner la ville.

— Vous y étiez ?

— J'étais seul avec ma mère, mon frère aîné et mon père faisaient la guerre sur d'autres fronts. Nous avons pu nous enfuir en même temps que l'armée serbe, en abandonnant tout derrière nous.

— Et les Croates ont pris possession de la ville ?

— Oui. Mais pas comme des soldats... je veux dire pas comme des soldats auraient dû le faire. Pour expliquer la façon dont ils se sont comportés, on a dit qu'ils avaient été rendus fous par la mort du général qui les commandait, Andrija Matijas, tué pendant l'offensive. À mes yeux, ce n'est pas une excuse. Rien ne peut justifier qu'ils se soient conduits... comme des assassins. Avec une telle cruauté.

Il se tait, et je m'aperçois que nous roulons maintenant au milieu d'un paysage ouaté, tandis que la neige continue de tomber.

— Ils ont tué toutes les personnes, civiles et militaires, qui se trouvaient encore en ville, reprend-il. Ils ont tué les vieux, les femmes et les enfants qui ne les menaçaient pas, ils ont tué tout le monde. Les militaires serbes qui ont voulu se rendre ont été abattus.

— Comment l'avez-vous su ?

— On a retrouvé les charniers trois mois plus tard. Mes parents ont dû aller reconnaître...

Mais il coupe court et sort son paquet de cigarettes. Boris en prend une ; je vois que les mains de Branko Luburić tremblent en la lui allumant.

— Parce que trois mois plus tard, reprend-il, au terme des accords de paix, les Croates ont dû nous rendre Mrkonjić Grad. Ils étaient si furieux qu'ils ont tout détruit avant de partir. Quand nous sommes revenus, le 4 février 1996, avec ma mère et tous les habitants qui avaient pu fuir, la ville était un champ de ruines. Toutes les maisons avaient été incendiées, et la nôtre aussi évidemment. Je n'ai pas pu m'empêcher de pleurer en voyant ce qu'ils avaient fait de notre ville. C'était quelque chose d'inimaginable, tout était détruit, brûlé, pillé. Ils avaient même démonté les machines dans les usines pour les emporter. Sur les rares maisons encore debout, ils avaient écrit : « Maison croate ». Ils s'imaginaient donc qu'ils pourraient revenir, en dépit de ce massacre, en dépit de tout le mal qu'ils nous avaient fait.

Il se tourne vers la fenêtre pour qu'on ne voie pas qu'il pleure, comme quinze ans plus tôt, tout en tirant sur sa cigarette.

— C'est donc à ce moment-là que les charniers ont été exhumés.

— Oui, quelques jours plus tard. Mon père et mon frère venaient de rentrer. La guerre était finie. On a demandé à mes parents de venir identifier des corps qui avaient été retirés d'une fosse commune. Mon père a retrouvé son plus vieil ami qui avait été son témoin de mariage. Il avait eu la tête fracassée à coups de marteau. Le lendemain, il a dû accompagner à la morgue la femme de cet homme pour qu'elle confirme que c'était bien lui.

— Dans quel état sont-ils rentrés de la guerre votre père et votre frère ?

— Vous savez, remarque-t-il, nous ne faisons pas partie des gens qui ont voulu cette guerre. Mes parents étaient contre. Quand j'étais enfant, c'est une nourrice musulmane qui me gardait. Je l'appelais « mère ». Je lui écris encore aujourd'hui, elle habite maintenant le Danemark. Je revois encore mon père, un soir, alors qu'il regardait le journal télévisé, dire à ma mère : « Tu crois qu'un jour on va vraiment se mettre à tirer sur les Musulmans et les Croates ? Ça me paraît inconcevable. Comment pourrions-nous faire une chose pareille ? »

— Et pourtant, votre père n'a pas déserté quand la guerre a commencé.

— Non. Il s'est battu contre son gré, mais il n'a pas déserté. Il avait le sentiment de nous défendre, de défendre sa famille. Comment aurait-il pu penser différemment puisque les Croates et les Musulmans cherchaient effectivement à nous tuer ?

— Je comprends.

— C'est ça la logique de la guerre, dit-il après un silence : même pour ceux qui ne veulent pas la faire, elle devient indispensable.

— Et la haine ? Est-ce que votre père, qui n'imaginait pas pouvoir un jour tirer sur des Musulmans et des Croates, a finalement éprouvé de la haine pour eux ?

— Je ne sais pas. Ce n'est pas une chose dont nous pouvons parler. Au début de la guerre, la haine était portée par les gens qui arrivaient de l'extérieur, les réfugiés serbes qui avaient été chassés de Croatie, ou les paysans qui venaient en ville chercher un peu de sécurité et qui avaient dû abandonner leurs exploitations. Ceux-là étaient pleins de ressentiment, et ce sont eux qui ont poussé à ce qu'on chasse les Musulmans et les Croates qui étaient nos voisins, et nos amis, bien souvent. Ensuite, nous avons tous ressenti de la haine à un moment ou à un autre.

— Comment vit-il, votre père, aujourd'hui ?

— Difficilement. Il a été opéré du cœur, il ne doit plus fumer, mais en dépit des recommandations du médecin, il continue de fumer trois paquets par jour.

— Et votre frère ?

— Avec mon frère, nous n'avons que trois ans d'écart, mais quand on compare nos visages, on dirait qu'il a dix ans de plus que moi. Il a été mobilisé à dix-huit ans, dès la fin du lycée. Certains de ses amis ont déserté, mais lui n'a pas voulu, il estimait que c'était son devoir de partir. Il a fait la guerre jusqu'à la fin. Je crois qu'il a participé à l'attaque contre la poche musulmane de Bihać, mais je ne lui ai jamais demandé s'il avait tué. Il a tiré, ça c'est sûr. Mais a-t-il tué ? On parle très rarement de la guerre, lui et moi.

— Et aujourd'hui, qu'est-ce qu'il fait ?

— Rien. Il ne fait rien. Il n'a pas de travail. Et il ne bénéficie d'aucune aide particulière pour en trouver.

Il se tait, rallume une cigarette.

— Je me souviens que pendant la guerre, reprend-il, on disait que les déserteurs, ceux qui s'arrangeaient d'une façon ou d'une autre pour ne pas partir, s'en sortiraient mieux après. Eh bien on s'aperçoit que c'est vrai. Je connais des gens qui ont fait fortune pendant que les autres se battaient et qui, aujourd'hui, continuent à gagner de l'argent. Ils ont des amis au gouvernement, ils font des affaires, et personne ne leur reproche de ne pas avoir fait la guerre.

Quand il nous quitte, à la gare routière de Jajce, pour prendre un autre car en direction de Mrkonjić Grad, tandis que le nôtre continue vers Pale, le jour décline déjà sans avoir pu réellement se lever, nous donnant le sentiment qu'en nous enfonçant dans le long hiver bosniaque, nous nous enfonçons aussi dans la nuit. Les flocons forment des capuchons cotonneux et tremblants autour des lampadaires de Jajce. Nous traversons la place de l'église où des enfants jouent aux boules de neige sur le parvis, tandis que sur le trottoir un homme coiffé d'une chapka tire une petite fille sur une luge, puis nous longeons ce qui ressemble à une centrale électrique, de longs bâtiments sombres ponctués de flaques de lumière crue, avant que soudain la nuit nous enveloppe. Nous avons quitté Jajce, maintenant nous roulons vers Zenica par une route de montagne étroite et sinueuse qui remonte le cours de la rivière Vrbas. Il faut aller vers l'avant du car pour trouver la lumière. Là, dans le faisceau des phares brouillé par la neige qui continue de tomber dru, la route apparaît soudain virginale et dorée, étonnamment proche, comme si nous pouvions la toucher en tendant simplement le bras.

— C'est par une nuit comme celle-ci, dit Boris, que mon père a eu son accident. Avant de conduire des autobus à Belgrade, il était chauffeur de poids lourds. Il a dit à ma mère qu'il ne s'était pas endormi mais qu'il avait eu la sensation soudaine d'entrer dans un monde où tout allait être merveilleux. Il a lâché son volant, comme s'il n'y avait plus d'obstacles nulle part, comme si le monde se résumait à cette étendue neigeuse, l'incarnation de la beauté, de la pureté, n'est-ce pas, Marc ?

— C'est la première fois que vous me parlez de cet accident.

— C'était bien avant la guerre, j'étais encore à l'école primaire.

— Il a lâché le volant de son camion...

— Oui, et le monde n'a pas été merveilleux puisqu'il est tombé au fond d'un ravin. Mais j'aime cette histoire qui me fait aimer mon père en dépit de son drôle de caractère ; il a pu s'illusionner durant quelques secondes au point de se croire ailleurs et de lâcher son volant.

— C'était peut-être une façon de vouloir mourir, non ?

— Je ne crois pas, il était heureux en ce temps-là. Chaque fois que j'écris de la poésie, je pense à son accident. J'ai le même vertige, ou la même hallucination. Je lâche le volant, mais quand je reprends pied sur terre, je ne suis pas au fond d'un ravin, couvert de bosses et de sang, je suis toujours tranquillement assis à ma table.

— Et vous avez écrit quelques vers de plus. C'est aussi un accident, mais plus enthousiasmant.

— Oui, voilà, Marc. C'est aussi un accident, mais tellement plus enthousiasmant.

Il se tait, puis il reprend abruptement :

— Mon père aurait mérité mieux que de conduire toute sa vie des camions et des autobus.

— Trouve-t-il que vous êtes plus heureux que lui ?

— Je ne sais pas. Je lui ai offert les deux petits recueils que j'ai publiés, mais il ne m'a pas fait de commentaires.

— Quelle langue parlez-vous ? demande soudain à Boris l'homme qui est assis à côté du chauffeur sur un siège escamotable et qui a chargé nos bagages et contrôlé nos billets au départ de Banja Luka.

— Le français.

— Ah, je pensais que c'était de l'italien.

Il lève les yeux sur moi, nous nous sourions poliment.

— Monsieur doit être un fonctionnaire européen, dit alors le chauffeur.

— Il demande si vous êtes un fonctionnaire européen, me traduit Boris. Qu'est-ce que je lui réponds ?

— Dites-lui que je visite la république Srpska. Dites-lui que je suis en vacances.

— Touriste, dit alors le chauffeur.

— Oui.

— Il faut voir le mont Jahorina ! lance-t-il. Là-bas, des touristes du monde entier venaient skier avant la guerre.

Tous les deux, le chauffeur et son adjoint, se mettent soudain à se remémorer les Jeux olympiques de l'hiver 1984 sur la montagne Jahorina, au-dessus de Pale et de Sarajevo. Ils en parlent calmement, au début, comme s'ils étaient étonnés, et peut-être même interloqués, de tomber par hasard sur ce vieux souvenir, à cause de nous, et puis petit à petit ils s'enflamment et ils ne se préoccupent plus du tout de nous qui sommes penchés au-dessus d'eux, les écoutant tout en suivant les tourbillons de la neige dans le faisceau des phares.

— Ils s'aperçoivent qu'ils ont tous les deux travaillé sur la montagne pendant les Jeux olympiques, m'explique Boris. Sans se connaître. Le chauffeur était étudiant et il orientait les spectateurs, l'autre tenait une buvette avec son père.

— Ça alors ! Tu as dû me servir à boire, dit le chauffeur, et tant d'années après on se retrouve là !

Un peu plus tard, ils s'enquièrent de savoir si nous allons skier, et je dis que je ne sais pas skier, que je compte rester à Pale et me promener aux alentours.

— À Pale ? s'étonne le chauffeur. À Pale, vous allez vous ennuyer, Lukavica est bien plus vivant.

— Où est-ce Lukavica ?

— À côté de Sarajevo. Lukavica est le Sarajevo serbe, dit-il. Là-bas, on trouve tout, il y a un marché, des commerçants, un cinéma... C'est le terminus du car.

— Comment ça, dis-je, vous n'allez pas jusqu'à Pale ?

— Non, il n'y qu'un autocar par jour qui grimpe jusqu'à Pale. Tous les autres s'arrêtent à Lukavica.

— Ah bon. Mais pourtant nous avons pris des billets pour Pale.

— C'est le même prix, Lukavica ou Pale, dit-il. Mais Lukavica est plus vivant. Là-haut, il n'y a rien à faire.

Nous nous arrêtons longuement à Travnik, bien avant Zenica, pour permettre au chauffeur et à son adjoint de dîner confortablement. Ils ont visiblement leurs habitudes dans une vaste station-service flanquée d'un restaurant. Ils commandent des saucisses avec des haricots blancs, imités par nos dernières compagnes de voyage, deux dames âgées qui les tiennent à l'œil comme si elles craignaient qu'ils ne repartent sans elles. Nous achetons des gâteaux secs et des canettes de Coca-Cola et sortons marcher au bord de la route en direction des lumières de la ville. Mais la neige a tout recouvert, à deux ou trois reprises nous glissons dans le fossé, enfonçant une jambe jusqu'au genou, et finalement nous retournons nous mettre au chaud sans avoir pu atteindre les premières maisons.

Il est tard lorsque nous découvrons le halo lumineux jaune sale au-dessus de Sarajevo. Tapie au fond d'une vallée, sous ce ciel nocturne bas et cotonneux à l'intérieur duquel disparaissent les étages supérieurs des quelques tours de bureau du centre, la ville semble surgir des limbes glaciaires, engloutie sous le manteau neigeux. L'autocar la contourne prudemment par un chemin de crête escarpé, mais à un moment, tandis qu'il descend vers un viaduc tendu entre deux parois rocheuses à pic, il nous offre une vue plongeante sur la rivière Miljacka qui traverse Sarajevo, et là, soudain, la vie est bien présente, incarnée par les lumières chaudes et dorées de ce qui doit être un café, ou un grand restaurant, et aussi par le ballet de quelques voitures qui nous semblent minuscules vues de là-haut, les unes enjambant la rivière par des ponts en dos d'âne, les autres remontant les quais sous le chapelet sinueux de lampadaires pas plus gros que des perles.

Puis l'autocar laisse Sarajevo derrière nous pour grimper péniblement la pente raide d'une colline construite de maisons basses dont les petits jardins se confondent sous la neige, avant de dévaler de l'autre côté et de doubler bientôt de longues barres d'immeubles figées dans une plaine ténébreuse piquetée de cristaux. « Lukavica ! » annonce le chauffeur. Un moment plus tard, nous tirant brutalement de la nuit, il s'engage sur une de ces larges avenues trop vivement illuminées qu'on trouve généralement dans les villes nouvelles. Nous croisons un centre commercial dont l'enseigne lumineuse est en caractères cyrilliques, puis c'est la gare routière.

La salle d'attente et les guichets sont fermés, seul le quai est encore éclairé. Trois ou quatre taxis patientent, stationnés le long des grilles, dans la neige, sous un lampadaire. Nous traînons nos valises vers le premier d'entre eux.

Lui ne veut pas grimper à Pale à cette heure de la nuit, mais le dernier de la file est un habitant de Pale et il ne cache pas sa satisfaction.

— Il dit que c'est le ciel qui nous envoie, me traduit Boris en riant. Il pensait devoir remonter à vide.

La voiture prend le chemin que nous venons d'emprunter mais, juste avant le viaduc, elle s'engage sur une bretelle suspendue au-dessus d'un gouffre pour rejoindre bientôt une route de montagne soigneusement balisée.

Cette fois, nous nous éloignons rapidement de Sarajevo par un col en lacets. « Han Pijesak, 48 km », lis-je soudain dans le faisceau des phares. Han Pijesak, le lieu qu'avait choisi le général Mladić pour installer son état-major durant le siège de Sarajevo. Alors, me revient cette image extravagante du général brandissant son pistolet et menaçant de se tirer une balle dans la tête, là, devant tous ses officiers, parce qu'il ne parvenait pas à prendre le dessus sur les Musulmans et que trop de soldats serbes mouraient chaque jour. Mais qui nous a donc raconté cette anecdote ? me dis-je, assis seul à l'arrière du taxi, tandis que devant Boris bavarde avec le chauffeur. Je l'ai associée à Han Pijesak, je suis pratiquement certain que la scène se passait là-bas, mais comment l'avons-nous su ? À ce moment, ressurgit dans ma mémoire le souvenir du colonel au catogan rencontré dès mon arrivée à Belgrade, grâce à mon ami Jovo. Était-ce lui, le colonel, qui nous avait mimé la chose ? Nous nous étions perdus dans les faubourgs et, tandis que nous cherchions la maison de cet homme, Jovo, pourtant si secret, n'avait pas caché la douleur et le désarroi dans lesquels l'avait précipité le départ de sa femme. Tiens, me dis-je, songeant alors au départ d'Hélène, qui brusquement me serre le cœur, il faut que j'appelle Jovo depuis Pale pour lui dire que je pense à lui, que nous nous reverrons plus tranquillement lors de mon retour à Belgrade. Puis je reviens au colonel, pour ne pas me laisser absorber par le souvenir si douloureux d'Hélène. N'était-ce pas le colonel qui nous avait parlé d'Han Pijesak et de la tentative de suicide du général Mladić au cours de cette longue nuit où nous avions évoqué le massacre des Musulmans de Srebrenica tout en buvant le vin italien que nous servait sa femme ? Cette rencontre me paraît infiniment lointaine, brusquement, et je ne peux pas demander à Boris de m'aider puisqu'il n'était pas présent cette nuit-là. Mais oui, maintenant les choses me reviennent petit à petit, c'est le colonel au catogan qui avait évoqué la tentative de suicide de Mladić sous le poids des revers, et qui nous avait décrit ses officiers le désarmant de force. Mais oui. Le général avait rapidement repris le dessus par la suite, écrasé les populations civiles musulmanes sous ses obus, mais alors c'est sa fille qui n'avait pas supporté. Tandis qu'il gagnait sur tous les fronts, qu'il se couvrait de gloire aux yeux des Serbes, Ana avait été la première de son camp à lui signifier sa défaite, à la lui annoncer en se tirant une balle dans la tête. Et comme je me fais la réflexion qu'à ma connaissance aucun enfant de criminels de guerre, avant Ana Mladić, n'avait eu la force, et la lucidité, de signifier à son père qu'il commettait le mal, le mal absolu, *dans le temps même* où il le commettait, et non pas après, me revient à l'esprit la description que fait Niklas Frank du comportement de son frère aîné, Norman, *pendant* la guerre. « Nous ne jouions jamais avec Norman, raconte Niklas. Pour nous, c'était déjà un adulte. Je me souviens de lui vers cette époque ; il se mettait dans la peau d'un vieillard avec une canne, tout courbé et marchant avec peine. Il était seul dans un champ et faisait ça pendant des heures. Je crois qu'il a fait ça pendant la guerre et après aussi. C'était son jeu à lui[1]. »

Norman n'avait alors qu'une quinzaine d'années, puisqu'il est né en 1928, mais comment ne pas discerner son accablement, et sans doute son désir d'en finir, de quitter ce monde au plus vite, dans ce jeu où il endosse la dépouille d'un vieillard ? Il ne se tire pas une balle dans la tête, mais il signifie aux siens, et à son père en particulier, qu'il est épuisé moralement par ce qu'il sait, ou devine.

Que sait-il ? Presque rien. Il n'a qu'un « soupçon », raconte-t-il à Gerald Posner, né du dessin d'un camarade de classe représentant un Juif entrant dans une machine et en sortant sous

1. *Les Enfants d'Hitler, op. cit.*

forme de savonnettes. « Le professeur, ajoute Norman, trouva le dessin tellement bon qu'il le fit circuler dans toute la classe. »

Norman raconte aussi que voyageant avec son père à travers la Pologne, il lui arrivait souvent d'apercevoir des camps de concentration depuis les fenêtres de leur wagon-salon privé. « Nous passions toujours devant Auschwitz en revenant de Vienne, précise-t-il. (...) Je savais que c'étaient des KZ *(Konzentrationslager)* avec des barbelés et tout, mais je pensais qu'il s'agissait de camps de prisonniers normaux en temps de guerre. C'est seulement après la guerre que j'ai appris ce qui s'y passait[1]. »

Passant devant Auschwitz, il n'en a pas moins, dans un coin de sa mémoire, le dessin de son camarade sur le Juif et la machine infernale, de sorte qu'il en sait sans doute plus que sa raison ne l'imagine. Pas au point d'attenter à sa vie comme Ana Mladić, ni même de signifier verbalement à son père son immense désarroi, mais suffisamment pour se projeter en vieillard, ce qui aurait dû alerter son père. Alors que celui-ci est au faîte de la gloire, gouvernant la Pologne d'une main de fer, sur le point de réussir la mission d'extermination de tous les Juifs de Pologne que lui a confiée Hitler, son fils de quinze ans donne le spectacle d'un très vieil homme attendant la mort comme une délivrance. Oui, me dis-je, le spectacle du fils aurait dû alerter le père sur sa défaite imminente, inéluctable.

Nous franchissons maintenant de longs tunnels, deux ou trois, me semble-t-il, qui se succèdent rapidement, puis nous tombons sur un barrage de police, mais les hommes, approchant

1. *Ibid.*

leurs lampes et reconnaissant notre chauffeur, lui font signe de passer.

La route fait encore quelques lacets, puis soudain nous sommes en plein ciel, comme suspendus au-dessus d'un vaste cirque dont on devine au loin, dans la nuit cristalline, les sombres confins – l'ombre de hauts sommets, de montagnes aux dents acérées, de forêts aussi, qui construisent une sorte d'écrin chaotique au plateau qui se tient là, sous nos yeux.

— Oh, Boris, dis-je, faites arrêter le chauffeur et sortons un moment s'il vous plaît.

— Pale ! annonce le chauffeur.

Il immobilise sa voiture, nous descendons, faisons quelques pas dans le froid intense, sous les étoiles frottées par le vent, et jamais je n'oublierai ma stupeur en découvrant toute une ville à nos pieds, sur ce haut plateau. Toute une ville, n'est-ce pas, sur ce haut plateau balayé par le vent glacé des sommets. Des barres d'immeubles à perte de vue, de larges avenues desservant des rues transversales tracées au carré, ici et là quelques monuments surmontés de hautes antennes allumées de rouge pour les avions, des enseignes lumineuses aussi. Et tout cela, figé dans le silence, comme dans la mort, à cette heure de la nuit.

— Regardez comme c'est étrange, Boris, les feux qui continuent de passer du rouge au vert sur l'avenue, alors que pas une voiture ne circule. Voyez-vous une seule voiture circuler dans toute cette ville ?

— Non, vous avez raison, Marc. On dirait que plus personne n'habite ici.

# 8

Boris et moi prenions notre petit déjeuner dans la salle à manger de l'hôtel quand il était entré – un homme immense au beau visage allongé, aux cheveux gris plantés dru, habillé comme un bûcheron. Aujourd'hui, me souvenant combien je l'ai aimé, et combien sa mort m'a rendu triste, j'essaie de me remémorer chacun de ses gestes, chacune de ses expressions. Il avait promené un regard halluciné et nerveux sur les quelques consommateurs attablés (des cantonniers, pour la plupart, qui avaient garé devant l'hôtel leurs camions chasse-neige et leurs sableuses), mais ne trouvant pas celui qu'il cherchait, il était allé s'adresser au serveur, derrière le bar. Le serveur avait aussitôt passé un coup de fil, et dans la minute l'hôtelier était apparu. Un homme rond, au visage rose et jovial, qui la veille au soir, et en dépit de l'heure tardive, avait tenu à nous faire visiter toutes les chambres de son établissement (nous étions, manifestement, les seuls clients), afin que nous puissions choisir celles que nous préférions. Ils avaient échangé quelques mots, et l'hôtelier nous avait désigné du doigt : c'était donc nous que le bûcheron voulait voir. Il était venu jusqu'à notre table.

— C'est vous, l'écrivain français ? s'était-il enquis, l'air de douter malgré tout.

— Oui, c'est lui, avait rétorqué Boris en riant, la bouche pleine.

— Pavlusko Vusković, s'était-il alors présenté en me tendant une large main rugueuse.

— Ah, vous êtes l'ami de Ljiljana Bulatović.

Il avait souri à l'énoncé de ce nom.

— Ici, tout le monde admire Ljiljana Bulatović, avait-il dit. C'est une grande dame, une patriote. Ses amis sont nos amis. Soyez les bienvenus à Pale.

Il n'avait pas voulu s'asseoir avec nous, prétextant que du café chaud nous attendait chez lui, qu'il avait tout préparé « là-haut » pour nous accueillir, le poêle à bois allumé depuis 6 heures ce matin, le café, les gâteaux... des explications confuses qui avaient fait dire à Boris, en aparté, que Pavlusko avait sans doute escompté nous emmener prendre le petit déjeuner chez lui et qu'il était dépité d'être arrivé trop tard.

— En tout cas, avais-je dit pour tenter de rattraper la chose, l'hôtel est parfait, merci d'avoir pris la peine de nous réserver des chambres.

— C'est également ici qu'est descendue Ljiljana Bulatović quand elle est venue présenter à Pale son dernier livre sur le général Mladić, m'avait rétorqué Pavlusko.

— Ah, très bien.

Il avait de nouveau refusé de s'asseoir, disant qu'il préférait nous attendre dans sa voiture et, là-dessus, il était sorti.

— Finissons vite, avais-je dit à Boris, pour ne pas le laisser patienter dans le froid.

— Il est bizarre, vous ne trouvez pas, Marc ?

— Si.

Mais quand nous l'avions rejoint dans sa voiture, une petit Golf noire aux ailes cabossées, aux flancs crottés de boue congelée, nous avions compris pourquoi il n'avait pas voulu s'asseoir : il n'étais pas seul, une femme attendait avec lui.

Comme c'était une Golf sans portières à l'arrière, ils avaient dû l'un et l'autre sortir pour nous permettre de monter, et nous avions salué cette femme que Pavlusko Vusković ne nous avait pas présentée.

Il ne neigeait plus, ce matin-là, et de pâles rayons, douloureux pour les yeux, dardaient d'un ciel laiteux.

Sortant du parking de l'hôtel, Pavlusko avait tourné le dos à Pale pour s'engager bientôt sur un chemin pentu très enneigé.

— Vous habitez là-haut ?

— Oui, en lisière de la forêt.

Il avait fait un geste pour nous indiquer une direction, heurtant sans le vouloir son pare-brise de la main, et j'avais mesuré à ce moment-là combien cette voiture était petite pour lui. Il se tenait écrasé contre la portière, obligé de casser l'échine pour loger sa tête sous le toit ; on aurait dit un homme encagé.

Nous avions patiné dans les ornières, mais il s'en était sorti avec adresse, riant parfois de ce que lui disait la femme, avant de marmonner dans sa langue tout en manœuvrant son volant, et bientôt il avait dévalé un raidillon pour venir nous immobiliser devant une porte de garage, sous le balcon d'un chalet.

Il faisait une chaleur ahurissante dans la petite pièce où il nous avait fait entrer. Un poêle à bois ronflait, et des gâteaux étaient disposés sur la table. Pendant qu'on se défaisait de nos anoraks, il avait eu un coup de fil et tout en nous signifiant de prendre place autour de la table, il s'était mis à hurler dans son téléphone portable, à tel point que je m'étais discrètement inquiété auprès de Boris :

— Que dit-il ? Il est arrivé quelque chose de grave ?

— Je ne crois pas, Marc, il parle d'un article qu'il va écrire sur le reboisement des montagnes dans le massif de la Romanija.

Nous nous étions assis pendant qu'il continuait de tempêter, mais la femme ne s'était pas jointe à nous ; elle était allée se lover dans le canapé, tout contre le poêle, et après avoir ouvert un petit ordinateur qu'elle avait posé sur ses genoux, elle s'était mise à frapper sur les touches sans plus se préoccuper de nous.

— Vous travaillez dans la forêt ? m'étais-je enquis auprès de notre hôte quand il avait enfin raccroché.

Il s'était ensuivi un discours tonitruant dont Boris n'avait pu attraper que des bribes.

— Il édite une revue sur la forêt, mais il doit aussi vous montrer des livres, m'avait soufflé Boris pendant que Pavlusko Vusković continuait de hurler.

— Des livres à quel propos ? Je ne comprends pas...

— Moi non plus, Marc. Je vous traduis ce que je parviens à saisir.

— Reprenez. Demandez-lui quel est son métier. Non, demandez-lui d'abord comment il a connu Ljiljana Bulatović.

Boris était arrivé à l'interrompre. Durant trois ou quatre secondes Pavlusko Vusković l'avait écouté, le regard enflammé, la bouche ouverte, laissant pendre son menton, mais à peine Boris s'était-il tu qu'il avait quitté la pièce.

— Où va-t-il ?

— Je ne sais pas, Marc.

— Vous ne pouvez pas lui demander de parler plus bas ?

— Je vais essayer.

— Quand il revient, dites-lui que j'ai du mal à suivre.

Mais l'homme n'avait pas laissé Boris reprendre la parole. Il était reparu avec une pile de livres dont il avait étalé les exemplaires sous notre nez, se remettant aussitôt à hurler tout en frappant l'une ou l'autre couverture de son index.

— Qu'est-ce qu'il dit, Boris ?

— Ce sont apparemment des livres qu'il a écrits.

— Comment ça, apparemment ? avais-je repris, agacé.

— Non, excusez-moi, Marc, ce sont bien des livres dont il est l'auteur, puisque je lis son nom sur la couverture.

— Là, en caractères cyrilliques, c'est son nom ? avais-je insisté.

— Oui, Marc, c'est bien son nom.

Toute cette conversation chuchotée pendant que Pavlusko Vusković, debout au-dessus de nous, et frappant alternativement tel ou tel de ses livres, continuait de nous haranguer.

— Bon, mais qu'est-ce qu'il dit ?

— Je ne sais pas, Marc. Il parle des Serbes, de la disparition des Serbes... C'est très confus.

— Dites-lui que je ne comprends rien, que vous ne comprenez rien vous-même.

— D'accord, Marc, je vais essayer.

Cependant, Boris n'avait pas réussi à l'interrompre, de sorte qu'après dix bonnes minutes de ce discours assourdissant, et tandis que la température dans la pièce devait avoisiner maintenant les 40 degrés, je m'étais levé et m'étais mis à parler en français.

— S'il vous plaît, monsieur, pouvons-nous reprendre cette conversation depuis le début.

Ma sortie l'avait arrêté net. Il s'était alors tourné vers Boris.

— Boris, avais-je dit, expliquez-lui que nous devons tout reprendre depuis le début. Qu'il veuille bien se présenter, nous expliquer qui il est.

Boris avait très bien parlé, calmement, et pour la première fois j'avais été touché par le regard de Pavlusko Vusković. Il s'était voilé de tristesse, ou de dépit.

— Et demandez-lui, au passage, si on ne peut pas entrouvrir la fenêtre, avais-je ajouté, on étouffe ici.

Pavlusko Vusković s'était aussitôt précipité pour ouvrir. Puis la femme, qui avait sans doute perçu qu'il se passait quelque chose d'insolite, lui avait adressé quelques mots rapides depuis le canapé.

— Excusez-moi, avait-il dit, je ne vous ai pas demandé si vous vouliez du café ou de la bière ?

Nous avions opté pour la bière, lui aussi, et il nous avait paru plus calme, et comme rasséréné, au moment de trinquer. D'ailleurs, cette fois-ci, il s'était assis.

— Ljiljana Bulatović ne nous avait pas dit que vous étiez écrivain, avais-je repris.

— Écrivain et chercheur, avait-il rétorqué vivement. Sous tous les régimes, j'ai eu le tort d'avoir raison. Bien avant la guerre, j'ai écrit que l'usine de cornières métalliques où je travaillais, à Sarajevo, était infiltrée par les Musulmans. À l'époque, j'étais encore ouvrier, membre du parti communiste, et le parti m'a exclu pour cela. Les communistes voulaient m'empêcher de dire la vérité, mais le peuple, lui, voulait m'entendre, et j'ai pris la parole. Quand on veut nous étouffer, piétiner notre âme, nous, les Serbes, nous avons le sang qui bout. Tenez, regardez, touchez les veines de mon bras !

Il nous avait tendu son bras nu après avoir relevé la manche de sa chemise à carreaux de bucheron pour qu'à tour de rôle nous puissions éprouver combien son sang bouillait à la seule évocation de ceux qui envisageaient de piétiner l'âme serbe.

— Vous avez donc été exclu du parti communiste ?

— Tout est écrit dans ce livre : « Serbes, regardons-nous ! Survivre ou disparaître ». Tout est écrit là !

Haussant encore le ton, il s'était emparé dudit livre et s'était mis à en lire un passage.

— Attendez, avais-je protesté, n'allons pas trop vite. Racontez-nous d'abord dans quelles circonstances vous avez découvert que les Musulmans...

— Mais le parti communiste m'avait sous-estimé, s'était-il remis à hurler en refermant le livre et sans prêter aucune attention à ma remarque. Quand l'usine a voulu me licencier, j'ai amené cinq mille personnes devant l'Assemblée de Bosnie-Herzégovine. J'avais préparé un discours et j'ai pris la parole. Toute la presse de Sarajevo était présente. Aujourd'hui, quand je les croise, les journalistes me disent : « Pavlusko, tu avais raison. Tu es le premier à avoir vu juste, et on ne t'a pas écouté. » C'est ce jour-là que Karadžić m'a repéré.

— Attendez, avais-je répété, peut-on revenir à l'époque où vous étiez ouvrier dans cette usine de Sarajevo.

Boris avait tenté de l'interrompre pour traduire ma phrase. En vain. Pavlusko Vusković était reparti dans sa harangue confuse et enflammée, et je m'étais entendu murmurer : « On ne va pas y arriver, Boris, ce type est complètement cinglé. » Je regrette ces mots, aujourd'hui. Pavlusko n'était pas cinglé, non, j'en ai eu de multiples preuves par la suite, il était seulement terriblement impatient d'expliquer le combat qu'il menait depuis tant d'années, de convaincre l'étranger que j'étais de sa justesse, mais devant l'immensité de tout ce qu'il y avait à dire il ne savait plus par où commencer.

Nous avions pris le parti de le laisser parler, Boris me traduisant une phrase de temps en temps par politesse, tout en guettant le moment où nous pourrions nous lever sans que cela paraisse discourtois, le remercier chaleureusement pour son hospitalité, et nous en aller.

La femme avait-elle perçu qu'il était en train de rater une chose qui lui tenait à cœur ? En tout cas, c'est elle qui avait renversé la situation. Levant les yeux de son ordinateur, et profitant de ce que Pavlusko Vusković reprenait haleine et buvait une longue gorgée de bière, elle s'était soudain mise à parler très vite, d'une voix chantante tantôt sévère, tantôt charmante, ponctuant finalement son discours d'un rire léger qui m'avait paru si troublant, sur le moment, que durant quelques secondes je l'avais dévisagée, me demandant quelle personne se dissimulait donc sous le masque d'indifférence, presque de mépris, qu'elle affichait à notre égard depuis l'hôtel.

— Que dit-elle, Boris ?

— Elle lui explique que vous venez de loin pour découvrir la République Srpska, et qu'elle-même, l'écoutant, ne comprend rien à ce qu'il nous raconte. « Ensuite, le Français va écrire que nous sommes tous fous », a-t-elle dit à la fin. Et elle a ajouté : « Remarque, il n'aurait pas complètement tort. »

Tout en niant poliment – « Non, je n'écrirai pas une chose pareille, madame » – je n'avais pas pu m'empêcher de rire à mon tour, de sorte que Pavlusko avait semblé penaud.

Il s'était frotté le visage de ses deux grosses mains.

— Une autre bière ? avait-il proposé.

— Un café plutôt.

Alors il s'était relevé pour mettre la cafetière sur le feu.

— On aura tout le temps de parler, avais-je dit en l'observant de dos, sa chemise à carreaux rentrée dans un pantalon en velours côtelé que retenait un ceinturon et qui pochait sous les fesses, avant de me tourner vers la femme et d'ajouter à son intention : Je ne suis pas pressé, vous savez, nous allons rester quelque temps à Pale.

Pour la première fois, j'avais croisé son regard – un peu moqueur, m'avait-il semblé.

— Vous, avais-je repris à l'intention de Pavlusko, depuis quand habitez-vous Pale ?

— Depuis le début de la guerre à Sarajevo – mars de l'année 1992... Quand Karadžić a décidé de quitter Sarajevo pour installer son gouvernement à Pale, je l'ai suivi. Les Musulmans nous tiraient dessus depuis les toits, ils nous auraient tous tués si nous étions restés là-bas. J'avais prévenu, je l'avais écrit...

— Attendez, l'avais-je interrompu vivement, pressentant qu'il allait de nouveau se laisser emporter par son exaltation, expliquez-nous pourquoi Karadžić a choisi Pale, qui n'était alors qu'un petit village de montagne, pour installer le gouvernement des Serbes de Bosnie, plutôt qu'une ville digne de ce nom, comme Banja Luka par exemple. Que ce village de montagne soit devenu une ville, c'est incompréhensible.

— Avant la guerre, Karadžić avait déjà des affaires, ici, à Pale. Des affaires un peu louches. Dans une entreprise de Sarajevo où il intervenait comme médecin, il avait donné des congés maladie fictifs à des ouvriers, en échange de quoi les ouvriers lui avaient construit gratuitement une maison à Pale. Il avait pas mal de choses, ici, c'est pourquoi il a choisi Pale plutôt que Banja Luka.

— Vous parlez de Karadžić comme d'un homme pas très honnête, et en même temps vous dites que vous l'avez suivi...

— J'étais membre du gouvernement.

— Vraiment ? m'étais-je écrié, à la fois amusé et surpris.

— Pavlusko était ministre ! avait alors lancé la femme depuis le canapé, et de nouveau elle avait eu ce rire léger et troublant, comme si elle ne prenait pas tout cela très au sérieux.

— Ministre de quoi ? m'étais-je enquis.

— De l'Information.

— Et ça ne vous a pas dérangé d'être le ministre d'un... d'un homme « un peu louche », comme vous dites ?

— Quand les Serbes de Bosnie ont cherché un leader, Karadžić s'est présenté et il a été élu. Certains savaient qu'il était corrompu, mais il était prêt à se battre pour que notre peuple survive, et à ce moment-là c'est tout ce qui comptait. Karadžić n'a pas manqué de courage au début.

— Je comprends.

— Plus tard, il y a eu un schisme entre lui et Mladić, et j'ai pris le parti de Mladić. Mladić est notre conscience, un homme intègre, une icône. Il est le témoin de notre innocence devant l'Histoire. Sans lui, les Serbes de Bosnie auraient tous été massacrés par les Musulmans, et je ne serais plus là pour vous parler. Après le schisme, j'ai écrit que Karadžić était corrompu, qu'il nous trahirait tôt ou tard, et ses hommes de main ont essayé de me tuer.

— De vous tuer, vraiment ? Dans quelles circonstances ?

— Ici, à Pale, ils ont assassiné quatorze personnes. Je suis le seul à leur avoir échappé.

— Ce sont qui les hommes de main de Karadžić ?

— Des policiers. Personne n'osera vous le dire, mais moi je le sais. La police de Pale est restée fidèle à Karadžić jusqu'à aujourd'hui.

— De quelle façon ont-ils essayé de vous tuer ?

— Ça s'est passé ici, dans le garage de la maison. J'allais monter dans ma voiture pour sortir, un matin, quand j'ai reçu trois coups violents sur la tête. Je me suis retourné et j'ai vu le visage masqué d'un homme qui tenait un pistolet. « C'est la dernière fois », m'a-t-il dit. Et il est parti avec mon sac et tous les dossiers que j'avais sur Karadžić, après m'avoir enfermé à clé dans mon garage. Il a fouillé la maison, mais il n'a rien pris d'autre que ce que je détenais sur Karadžić.

— Et vous avez prévenu la police ?

— Bien sûr. Ils sont venus, ils ont constaté que j'avais été agressé, mais ils n'ont jamais arrêté personne.

Comme Boris paraissait fatigué, j'avais proposé que nous allions déjeuner quelque part dans le centre. J'avais hâte de quitter cette pièce exiguë et surchauffée et de découvrir Pale dont j'avais en mémoire l'image nocturne qui nous avait stupéfaits, la veille au soir.

Nous nous étions réembarqués dans la Golf cabossée et j'avais été surpris par le calme qui régnait dans cette grande ville aux rues recouvertes de neige. Il était aux environs de midi mais on aurait pu compter les voitures qui circulaient, étonnamment lentement, de surcroît, comme si une catastrophe nucléaire venait de se produire et que les premiers curieux s'aventuraient au volant pour voir la chose de plus près. Quant aux piétons, ils ne se bousculaient pas non plus, marchant dans les pas les uns des autres pour profiter d'un sentier damé au milieu des trottoirs, enfermés dans leurs pensées, m'avait-il semblé, et donnant le sentiment qu'on ne flânait guère à Pale, comme on le fait habituellement dans toutes les villes du monde. Nous étions entrés dans une sorte de pizzeria à la façade verte criarde, et de nouveau j'avais été surpris par le calme de l'endroit à l'heure du déjeuner – une seule table était occupée par deux hommes qui pouvaient être le père et le fils. Ils avaient fini de manger et ils fumaient silencieusement au-dessus de leurs assiettes sales. En un éclair, je m'étais revu avec mon fils dans notre petit restaurant de la rue Orfila, à Paris. Mon fils qui avait disparu de ma vie six mois plus tôt en me laissant ses dettes. Puis j'avais détourné le regard et tenté de chasser ce souvenir effrayant – le monumental échec qu'avait été l'éducation de cet enfant, au point qu'après des années de tentatives malheureuses pour nous comprendre, il avait décidé de rompre de la façon la plus triste qui soit. Sur le coup, il m'avait semblé que j'allais en mourir. Mais non, je m'étais mis à écrire. C'était durant ce même printemps, quelques semaines après la fuite de David, qu'Hélène était partie. Pendant trois mois et dix jours, je n'avais plus fait qu'écrire. Un livre impossible, je l'ai dit déjà, plein de désarroi et de colère. Contre la vie, contre moi-même surtout. Mon impuissance à garder Hélène, mon impuissance à aider mon fils, mon impuissance à être le père qu'il avait espéré... Par bonheur, pris par la nécessité de devoir choisir ce que je voulais manger, là, tout de suite – car entre-temps nous nous étions assis autour d'une table – j'étais parvenu à chasser le souvenir de ce livre.

Nous avions commandé des soupes et du poulet.

— Nous ne savons même pas votre nom, avais-je dit à la femme en m'efforçant de sourire, et Boris aussitôt avait traduit.

Elle avait ri brièvement, l'air de penser que ça n'avait aucune importance.

— Jelica. Jelica Jasnić, s'était-elle présentée.

Et avec à-propos et humour, elle m'avait tendu la main au-dessus de la table.

— Ce matin, pendant que nous bavardions, je vous ai vue absorbée devant votre écran d'ordinateur...

— Je travaillais pour ce monsieur, avait-elle dit, frappant familièrement de son poing l'épaule colossale de Pavlusko qui était assis à sa droite.

— Ah bon. Mais quelle sorte de travail, si ce n'est pas indiscret ?

— J'ai une petite maison d'édition, nous avait expliqué alors Pavlusko Vusković, et Jelica s'occupe de la diffusion des livres.

— Je vends les livres de ce monsieur sur Internet, avait-elle résumé.

Nous nous étions tus pour recevoir nos bols de soupe. J'avais observé à la dérobée Jelica Jasnić, intrigué par ce mélange d'indifférence et d'effronterie qui ne semblait pas être une posture. Elle avait d'assez jolis yeux violets, mais sinon un visage d'une grande banalité, la peau très blanche sous des cheveux blonds aux mèches décolorées qui bouclaient naturellement et qu'elle portait à mi-longueur au-dessus des épaules. C'était aussitôt qu'elle parlait, riait ou se moquait, que son visage retenait l'attention. Alors elle nous laisse entrevoir son âme, m'étais-je dit, pour aussitôt nous claquer la porte au nez.

— Et vous, Jelica, avais-je repris, depuis quand habitez-vous Pale ?

— Mais depuis toujours !

J'avais pensé qu'elle se moquait, de nouveau, et j'avais ri stupidement.

— Vous êtes donc arrivée au début de la guerre, comme Pavlusko ?

— Non, moi je suis née ici, je suis une fille de Pale.

— Jelica est de Pale, nous avait confirmé Pavlusko. Elle est née là-bas, dans une ferme, près du torrent.

Il avait désigné du menton la direction.

— Vous avez donc connu Pale au temps où c'était un village ?

— Je me suis mariée en 1990 dans notre petite église, mon mari n'avait pas d'argent, il m'a emmenée chez lui pour notre voyage de noces, dans le petit appartement qu'il occupait au-dessus de l'école, et quand nous nous sommes réveillés de notre longue nuit d'amour et que nous avons ouvert les volets, Pale était devenue cette grande ville affreuse de plus de trente mille habitants.

Elle avait dit cela d'une traite, avant d'ajouter :

— Il n'y a que les Serbes pour faire des choses pareilles.

— Vous vous êtes mariée en 1990, à la veille de la guerre ?

— Oui, avec l'instituteur. Nous nous étions croisés à la bibliothèque et, trois semaines plus tard, il est venu voir mes parents pour me demander en mariage. J'avais seulement dix-sept ans, je n'étais pas encore majeure.

— Il ne t'avait vue qu'une fois et ça lui a suffi, avait remarqué Pavlusko, sans cesser de laper sa soupe.

— Non, il y a eu une deuxième fois, mais celle-là je ne veux pas te la raconter ! lui avait alors lancé Jelica en riant, mais très vite, comme en confidence, n'escomptant pas, m'avait-il semblé, que Boris saisirait sa réflexion et me la traduirait.

— Et vous êtes toujours la femme de l'instituteur ? m'étais-je enquis.

— Oui, nous avons un garçon de vingt ans.

— Ah. Qu'est-ce qu'il fait, dans la vie, votre fils ?

— Il s'ennuie.

Elle avait encore ri, secouant ses boucles blondes, avant de me considérer tranquillement d'un regard dur, comme si j'étais le dernier des ploucs.

— Qu'est-ce que vous croyez ? avait-elle ajouté. Ici, ce n'est pas comme chez vous, il n'y a rien d'autre à faire qu'à s'ennuyer. Regardez donc autour de vous et dites-moi si vous voyez des gens qui ne s'ennuient pas à Pale.

Plus que les mots, c'était l'expression de dédain que j'avais croisée dans ses yeux qui m'avait laissé un moment sans voix.

— Mais donc, étais-je revenu un peu plus tard, vous avez assisté à la construction de tous ces immeubles, de toute cette ville...

— Oui. Nous avons prétendument gagné la guerre, mais pendant que les Musulmans vivent tranquillement à Sarajevo dans les maisons des Serbes, nous, les vainqueurs, nous mourons de faim et de froid sur notre montagne.

Quand elle avait dit cela, ponctuant ses derniers mots d'un haussement de sourcils sarcastique, Pavlusko avait eu ce tic qui lui faisait soulever l'épaule et vriller le buste dans une même convulsion, ce tic que je n'avais pas remarqué jusqu'à présent et qui avait aussitôt éveillé en moi un élan de sympathie pour cet homme.

# 9

Je sors marcher seul après le dîner. Boris est fatigué, il préfère monter se coucher, et puis il ne voit pas l'intérêt de m'accompagner alors que je ne vais rencontrer personne, pense-t-il.

— Hein, Marc, qui voulez-vous rencontrer dans la rue à cette heure-ci ? Par ce froid ? Vous allez vous promener tout seul, vous n'aurez pas besoin de moi.

Notre hôtel est situé à l'entrée de Pale, sur la route qui arrive de Sarajevo, quelques centaines de mètres après l'éminence d'où nous avions contemplé la ville, le premier soir. Pour atteindre le centre, il faut encore marcher près de deux kilomètres sur le bas-côté où s'est accumulée toute la glace rejetée par le chasse-neige. Parfois, des cantonniers ont pris soin de répandre un peu de sable ici ou là, parfois l'endroit est damé par les militaires qui font tous les jours de l'auto-stop au bord de cette route, mais le plus souvent ce qui tient lieu de trottoir est une patinoire.

Je progresse prudemment, encapuchonné et l'écharpe remontée jusqu'aux yeux. Ah tiens, une voiture. C'est la première depuis que j'ai quitté l'hôtel. Je l'aperçois qui tourne là-bas, au grand carrefour désert de la gare routière, pour venir dans ma direction. C'est une fourgonnette de la police, elle ralentit à ma hauteur, semble se demander si elle ne va pas s'arrêter, puis le chauffeur réenclenche la seconde et je me retourne pour suivre un moment ses feux dans la nuit. J'imagine qu'elle amène la relève, ou apporte du café chaud, aux hommes qui tiennent le barrage avant les tunnels, quand on vient de Sarajevo, ceux qui ne nous avaient pas causé d'ennuis, le premier soir, parce qu'ils avaient reconnu comme un des leurs notre chauffeur.

La gare routière marque le début de la ville avec ses bâtiments rouges et son quai surplombé par les premiers immeubles d'habitation. Si l'on continue tout droit, on tombe bientôt sur les usines Famos, qui fabriquaient autrefois des pièces mécaniques pour des moteurs Mercedes assemblés en Croatie, mais qui ne fabriquent plus rien depuis longtemps après avoir hébergé durant la guerre le gouvernement de Radovan Karadžić. Si l'on tourne sur la gauche, on entre dans Pale par une avenue élégante bordée de bâtiments résidentiels plus ou moins luxueux. C'est ce que je fais, je prends sur la gauche, empruntant le sentier étroit creusé par les piétons au milieu du trottoir recouvert d'une épaisse couche de glace. Levant les yeux, je peux voir que des dizaines de fenêtres sont encore illuminées à tous les étages des immeubles, et cependant l'avenue est absolument déserte, je suis le seul encore dehors à cette heure de la nuit. Mais non, voilà là-bas qu'une petite flaque de lumière rouge, tombant sur deux chaises métalliques, semble signaler un bar. En approchant, je constate qu'on a pris la peine de dégager la neige sur un espace minuscule du trottoir pour pouvoir disposer ces deux pauvres chaises en « terrasse ». C'est un bar, oui, mais si faiblement éclairé que j'hésite à entrer. Je colle mon visage sur la devanture, je devine des silhouettes à l'intérieur, et comme il me semble que l'une d'entre elles m'a repéré, je renonce à m'enfuir, et je pousse la porte.

— *Dobar dan,* dis-je, aussitôt suffoqué par la fumée de cigarettes, sa densité, son âcreté.

Je crois que des trois hommes et de la femme – qui se trouve seule derrière le zinc – aucun ne me répond. Tous les quatre semblent sidérés par ma venue.

— Bonsoir, dis-je alors à la femme, en anglais, puis-je avoir un Coca-Cola ?

— Coca-Cola, répète-t-elle, mais sans cesser de me dévisager, et comme si ce nom ne lui disait rien.

— Oui, dis-je, mais peut-être le bar est-il fermé, non ? Je ne sais pas, je me promenais, j'ai pensé que c'était ouvert, j'ai hésité à entrer...

J'éprouve le besoin de me justifier, parce que, croisant furtivement le regard des hommes, je vois qu'ils m'observent avec suspicion derrière les volutes de fumée de leurs cigarettes, comme si je n'avais rien à faire ici. Je parle, je parle, et pourtant, j'ai la conviction que ni la femme ni eux ne comprennent un mot de ce que je dis.

La femme m'écoute, puis lentement elle se retourne pour ouvrir la porte d'un réfrigérateur dont elle sort une bouteille de Coca-Cola.

— *Hvala,* merci, dis-je avec soulagement, en lui tendant un billet.

Elle décapsule la bouteille, pose un verre à côté, me rend la monnaie. Alors je m'écarte du zinc pour m'installer derrière les trois hommes, dans un coin reculé de la pièce, posant mon

Coca-Cola et mon verre sur une petite étagère disposée à cet effet.

La femme garde un œil sur moi, je peux par instants croiser son regard dans la pénombre, derrière les trois ou quatre bougies qui brûlent sur le comptoir, elle est encore jeune, très maquillée, les sourcils outrageusement dessinés, les cheveux tirés en chignon, sans doute se demande-t-elle qui je suis, ce que je fais là, mais j'ai le sentiment que si je le lui disais, si je prenais la peine de me présenter, elle hausserait les épaules sans arrêter d'astiquer ses verres, tandis que les hommes, eux, ne se préoccupent plus de moi. Je les reconnais, là, de profil, ce sont les mêmes qu'à Banja Luka, des cinquantenaires qui en paraissent dix de plus avec leurs cheveux gris clairsemés, leurs yeux profondément enfoncés dans les orbites, leurs nuques plates, et ce long nez des Serbes, si lourd qu'il semble tirer leur visage vers le bas, renforçant cet air de dépit, ou de colère, qu'ils ont tous.

Je bois mon Coca-Cola très vite parce que la fumée me donne la nausée et que je n'aimerais pas faire un malaise dans cet endroit.

— *Dobro vece,* bonsoir, dis-je en sortant, selon la formule que m'a apprise Boris.

Et comme l'un des hommes me répond une chose que je ne comprends pas, je lui souris vaguement avant de m'enfuir.

Je continue de m'enfoncer dans Pale, et soudain je découvre l'église. L'église orthodoxe avec son dôme unique surmonté de la croix. Elle surgit, blanche et lumineuse, les cimaises élégamment soulignées de gris, minuscule au milieu d'une vaste étendue de neige immaculée que l'on a pris soin d'entourer d'un muret, comme pour en défendre l'accès aux promoteurs immobiliers, ou peut-être aux enfants des écoles qui pourraient être tentés de venir jouer là au football. Il faut faire le tour de cette étendue neigeuse pour atteindre un petit portail. Je le pousse, il n'est pas fermé, puis je remonte l'allée jusqu'aux deux bancs disposés de part et d'autre du porche. Je déneige une partie de celui de droite, et je m'y assois. Pourquoi suis-je venu jusqu'ici ? Pourquoi ai-je eu tellement envie de m'asseoir là, soudain, en dépit du froid coupant ? C'est qu'à l'instant où j'ai vu l'église, j'ai songé à Jelica Jasnić, je l'ai revue nous racontant son mariage avec le jeune instituteur – « dans notre petite église », avait-elle dit. Sur le moment, je n'avais pas saisi toute la poésie du récit de Jelica Jasnić, c'était ensuite, après les avoir quittés devant la pizzeria, elle et Pavlusko, et tandis que Boris et moi marchions silencieusement, que sa longue phrase m'était soudain revenue à l'esprit et que je m'étais arrêté pour la noter : « Je me suis mariée en 1990 dans notre petite église, mon mari n'avait pas d'argent, il m'a emmenée chez lui pour notre voyage de noces, dans le petit appartement qu'il occupait au-dessus de l'école, et quand nous nous sommes réveillés de notre longue nuit d'amour et que nous avons ouvert les volets, Pale était devenue cette grande ville affreuse de plus de trente mille habitants. »

Assis là dans la nuit, je n'ai aucune difficulté à me figurer Jelica au bras de son jeune époux, riant à sa façon sous le porche de la petite église tandis que la foule applaudit les mariés. Il n'est que midi, c'est un samedi de juin, ils se demandent où ils vont bien pouvoir trouver la force de manger, de rire et de danser avec tous ces gens, avant de pouvoir enfin se retrouver seuls. Toutes ces heures à combler, n'est-ce pas, avant de pouvoir enfin se mettre au lit et s'aimer. Des tables ont été dressées sur l'herbe, au soleil, aux portes mêmes de l'église. Après le banquet, à l'instant où tous se lèvent, un peu ivres, Jelica est saisie de vertige quand son mari lui souffle à l'oreille un mot d'amour, qu'il l'aime, qu'elle est sa femme désormais. « Oh oui ! » soupire-t-elle, se suspendant à son cou et collant furtivement ses lèvres sur les siennes. « Oh oui ! », comme me le murmurait Hélène, à moins que je ne sois en train de prêter à Jelica les mots d'Hélène. Je me rappelle notre impatience, à nous aussi, c'était si facile les premiers temps d'écouter notre désir. On était soudain pris de vertige, sortant du restaurant ou du cinéma, on pressait le pas sans se lâcher la main, parfois même on entrait dans un hôtel parce qu'on n'avait plus la force d'attendre. C'était si facile. « Quand nous nous sommes réveillés de notre longue nuit d'amour, avait-elle dit, et que nous avons ouvert les volets... » À quel moment nous étions-nous réveillés ? Il me semble que plusieurs années avaient passé, et que nos filles avaient commencé à bien grandir, déjà, quand j'avais éprouvé la curiosité, un matin, de retrouver les mots d'Hélène. Hélène qui m'écrivait sans cesse, les premiers mois, dans un cahier qui était à ma disposition dans son sac mais que je ne lisais pas, ou dans des lettres cachetées que je n'ouvrais pas. Bien sûr, cette curiosité subite n'était pas tombée du ciel, il avait dû se passer quelque chose pour qu'une fois seul dans la maison, et au lieu de me mettre à écrire, comme tous les autres matins, je me mette à ouvrir nerveusement tous nos placards, tous nos tiroirs, toutes nos boîtes, à la recherche de ce cahier et de ces lettres. Bien sûr, il avait dû se passer quelque chose, un événement minuscule, imperceptible, indicible peut-être, qui avait introduit en moi la conscience soudaine de notre fragilité. Mais quoi ? Peut-être Hélène, comme elle s'endormait, avait-elle simplement oublié de me dire bonsoir. Ou peut-être n'avait-elle rien trouvé à répondre, pour une fois, à l'une des mes déclarations d'amour – « Je t'aime, Hélène, je t'emporte dans mon sommeil. – Oh oui, mon chéri, soupirait-elle, oh oui, emporte-moi, garde-moi. » Peut-être, ce soir-là, s'était-elle tue. Je ne sais pas, je ne saurai jamais, et néanmoins, tant d'années après, assis là devant l'église de Pale, sur ce haut plateau venteux et glacé des montagnes de Bosnie, j'essaie de reconstituer ce qui a pu se passer dans notre chambre, dans le secret de notre chambre, pour qu'un matin je me mette brusquement à la recherche des premiers mots d'Hélène.

Je me rappelle mon émotion en les découvrant, en lisant pour la première fois des lettres qui m'avaient été écrites près de dix années plus tôt. À quelle allure nous nous étions aimés ! Et combien Hélène était pressée, comme si le temps allait nous manquer, m'écrivant que passant devant tel hôtel elle avait songé à me téléphoner pour que je l'y rejoigne mais n'avait pas osé, m'écrivant que ce qu'elle aimerait c'est qu'on se retrouve à l'aéroport de Barcelone, elle arrivant de Bogota et moi de Bombay où nous nous trouvions respectivement cet automne-là, et que nous passions vingt-quatre heures à faire l'amour dans un de ces hôtels en marbre aux vitres teintées construits sur le tarmac, « et pour se reposer, mon chéri, on regarderait les avions en buvant du thé », m'écrivant que marchant l'autre jour rue Saint-André-des-Arts elle avait pensé si intensément à moi qu'elle avait eu un étourdissement et avait dû s'asseoir à une terrasse de café, m'écrivant qu'en reportage à Madrid elle avait emporté le roman que j'avais publié quelques semaines avant notre rencontre et l'avait relu dans l'avion, m'écrivant qu'elle savait que j'étais l'homme de sa vie, qu'elle l'avait su dès notre première rencontre, dans la salle de rédaction de son journal. Elle n'avait que vingt-cinq ans cette année-là, et me remémorant son visage, cette première fois, justement, ce visage qu'aurait aimé peindre le Greco, avais-je aussitôt songé, tant il était habité de gravité, de cette beauté ardente et triste des jeunes filles de Tolède, je me demande comment j'ai pu alors aimer Hélène sans trembler. Car jusqu'à cette matinée où je m'étais mis à rechercher fébrilement ses lettres, jamais je n'avais tremblé en aimant Hélène.

L'idée de lui consacrer tout un livre m'était venue ce jour-là, tandis qu'assis par terre dans notre grande pièce je découvrais ses lettres, en proie à une nostalgie abyssale mêlée de dépit. Songer qu'elle avait osé, à ce moment-là de notre vie, exprimer son désir pour moi, l'exprimer crûment, parfois, et même presque durement, elle, devenue si pudique par la suite, et que je n'en avais rien su. Je prétendais écrire parce que je ne supportais pas que les choses meurent – combien de fois m'étais-je entendu le dire ? – mais quel homme étais-je donc si j'avais pu passer ainsi à côté des choses les plus précieuses, les plus secrètes ? Je m'étais dit qu'en écrivant ce livre j'allais peut-être pouvoir rattraper ce que j'avais perdu, donner vie à ce qui n'avait pas été vécu. « Répondez-moi franchement, Curtis, avais-je demandé à mon éditeur, croyez-vous qu'un livre qui récrirait l'histoire puisse combler dans notre mémoire le vide que nous y avons laissé par distraction, par bêtise ? – Je ne comprends pas, Marc, essayez d'être plus clair. – Ces lettres d'Hélène dont je vous ai parlé, Curtis, si j'y réponds dans mon livre, si je réinvente ainsi tout le début de notre histoire, eh bien croyez-vous que, petit à petit, la vérité de ce livre en viendra à se substituer à la vérité de la vie, au point qu'Hélène et moi pourrions en venir à croire que les choses se seraient passées comme je vais les écrire ? – Rien ne vous interdit de réinventer votre propre histoire, Marc, d'exprimer dans un roman ce qu'aurait pu être votre vie si vous aviez fait d'autres choix à tel ou tel moment, mais je ne suis pas certain que vous ayez le pouvoir – exorbitant, allais-je dire – de réécrire par ce biais la mémoire d'Hélène. Ni même la vôtre. Vous vous consolerez peut-être, avec ce livre, de n'avoir pas répondu à temps aux lettres d'Hélène, mais vous n'effacerez pas vos regrets et vous continuerez, je crois, de vous en vouloir. »

En vérité, me dis-je, assis là dans le froid et me remémorant cette conversation avec Curtis, ce projet de livre était une tentative aberrante et désespérée de revenir à nos premiers mois avec Hélène, à ce temps béni où je n'avais aucun doute sur l'immensité de la place que je tenais dans son cœur. C'était un réflexe d'enfant gâté soudain saisi d'une incertitude : est-ce qu'Hélène n'était pas en train de s'éloigner silencieusement ? Elle ne m'écrivait plus, ou seulement des petits mots très tendres sur des pages d'un carnet à spirale qu'elle arrachait et me déposait, ici ou là, pliées en quatre. Elle ne me parlait presque plus. Cependant, j'avais renoncé à l'idée de ce roman affabulateur pour me rabattre sur un long portrait d'Hélène qui me permettrait d'exprimer à la fois mes regrets et combien je l'aimais. J'avais écrit ce livre porté par la nostalgie, prenant mieux conscience au fil des pages de l'émotion qu'éveillait en moi Hélène et, ce faisant, je l'avais auréolée du mystère et de la lumière ombrée des portraits du Greco. J'avais fait d'elle un œuvre, « ma plus belle œuvre », avais-je dit ingénument à Curtis un soir où nous dînions ensemble, sans soupçonner encore combien les conséquences de ce livre allaient être destructrices.

« Comment as-tu pu croire que je m'éloignais, Marc ? m'avait dit Hélène dans notre dernière conversation, alors qu'elle venait de m'annoncer qu'elle s'en allait, qu'elle avait loué un appartement. Comment as-tu pu croire que je m'éloignais ? Je n'ai jamais cessé de t'aimer, d'être là. Et aujourd'hui encore, alors que je pars pour ne plus vivre dans le même espace que toi, je continue de t'aimer. Mais tu es parvenu à me transmettre ton angoisse et à mon tour je ne peux plus t'approcher, je ne peux même plus entendre ta voix au téléphone sans avoir le ventre serré et le cœur qui se met à cogner. J'ai essayé de lutter, de ne pas me laisser gagner par cette peur effrayante qui te ronge, mais je ne suis pas de taille. Je m'en vais pour te protéger, mon chéri, parce que ma seule présence va finir par te tuer. Je vois bien comme tu trembles aussitôt que j'apparais. Et moi aussi, je dois me protéger. Moi aussi, je me mets maintenant à trembler intérieurement à la seule idée de te voir. Nous nous aimons, Marc, et cependant je crois que nous sommes en train de nous tuer mutuellement. Comment une telle chose est-elle possible ? »

# 10

Il y avait eu cette étrange soirée chez Pavlusko.

Quand il était passé à notre hôtel au milieu de la matinée, au volant de sa Golf cabossée, pour nous inviter à dîner, Boris et moi sortions tout juste, de sorte que nous avions bavardé un moment sur le parking, à sa portière, enfoncés jusqu'aux chevilles dans la neige qui tombait depuis la veille. Jelica n'était pas avec lui, ce matin-là, et j'avais failli m'en inquiéter tout haut.

— Vous avez remarqué que Jelica n'était pas dans la voiture ? avais-je demandé à Boris un peu plus tard, comme nous marchions sur la route en direction de Pale.

— Jelica ! avait répété Boris. Je crois qu'elle le trouve un peu fou, non ?

— J'espère qu'elle sera là ce soir. Quand je pense à Pavlusko, je vois aussitôt Jelica avec lui. Pas vous, Boris ?

Il avait ri, de ce rire de grand adolescent qui me faisait sourire intérieurement.

— On dirait que vous avez oublié qu'elle a un mari, Marc.

— Non, non, je n'ai pas oublié l'instituteur, mais je ne le connais pas, tandis que Pavlusko...

Je n'avais pas terminé ma phrase, et Boris avait laissé tomber la conversation.

Tandis que Pavlusko me touche, avais-je songé. Et brusquement, j'avais su pourquoi : Pavlusko avait dans le regard quelque chose de mon père, un éclair d'incertitude, de détresse. Mais bien sûr ! C'était cela qui avait fait qu'en dépit de mon agacement, le premier matin, j'avais supporté jusqu'au bout ses diatribes de malade mental. Mais bien sûr ! J'avais été intrigué par cet homme, puis ému, sans en comprendre la raison. Et aussi, m'étais-je dit, illuminé par ma découverte, Pavlusko a exactement le même tic que Toto – ce truc qui lui fait soulever l'épaule et vriller le buste dans un même mouvement. Combien de fois avais-je vu mon père, pris soudain de cette convulsion, s'écraser contre la portière de la Peugeot comme s'il voulait l'ouvrir d'un coup d'épaule ? Mon père, militant de tous les combats perdus, vichyste quand il fallait être gaulliste, antisémite quand les Juifs venaient de perdre six millions d'entre eux, Algérie française quand les peuples colonisés se libéraient partout à travers le monde... Au physique, cependant, les deux hommes ne se ressemblent pas, l'un immense, au long visage chevalin, l'autre petit, le front bas et la mâchoire carrée. Mais tous les deux le teint gris, l'air éreinté, « vanné », disait mon père de retour de ses tournées en porte à porte pour placer ses aspirateurs, ah oui, oui, « je suis vanné, mon petit vieux, tiens, sers-moi donc un verre d'eau », et beaucoup de cheveux, indociles et raides, en dépit de l'âge. Vers la fin de sa vie, Toto tentait encore de les domestiquer en s'appliquant de l'eau, ou du « cosmétique », s'il en avait sous la main.

Mais le soir, quand il était passé nous prendre pour nous emmener chez lui, Pavlusko était accompagné de Jelica. Quand nous avions grimpé le chemin pentu vers son chalet, que la voiture s'était mise à patiner et que Jelica avait eu son rire léger, se tournant vers lui, l'air de se moquer, je nous avais revus le premier matin dans la même situation. J'avais immédiatement aimé cet homme, tandis que la femme, qu'il ne nous avait pas présentée, m'avait été plutôt antipathique. Combien notre regard change en quelques jours, m'étais-je dit, observant Jelica l'asticoter tandis qu'il se battait avec son volant – aujourd'hui, j'ai le sentiment réconfortant d'être avec de vieux amis, et je souris, alors que la même scène exactement m'avait mis mal à l'aise la première fois.

Une bonne odeur de viande en sauce flottait dans la petite pièce quand nous y étions entrés. Pavlusko avait allumé toutes les lampes, nous avait débarrassés de nos bonnets, écharpes et anoraks, et comme il remettait du bois dans le poêle j'avais observé que Jelica se laissait traiter comme une invitée. Elle avait retiré ses chaussures et était allée se pelotonner dans le coin du canapé le plus proche du poêle. Il était clair qu'elle n'avait pas aidé Pavlusko à préparer le repas, et d'ailleurs il était allé seul soulever le couvercle de la marmite et touiller son contenu.

— Ça sent bon, demandez-lui ce qu'il nous a préparé, Boris, s'il vous plaît.

— Du sanglier ! avait rétorqué Pavlusko.

Jelica avait de nouveau ri, de ce rire de cristal légèrement chevrotant, en l'entendant raconter que le garde-chasse de Han Pijesak lui avait apporté ce quartier de sanglier à son bureau quand il avait appris qu'il recevait un Français.

— Pourquoi Han Pijesak ? lui avais-je demandé, me souvenant que le général Mladić avait installé là-bas son état-major.

— Toutes mes affaires sont à Han Pijesak, avait-il répliqué depuis la cuisine, le visage dans les vapeurs du sanglier en sauce.

— Vos affaires... Votre maison d'édition, vous voulez dire ?

— Oui, et aussi la revue qu'il dirige sur la forêt, m'avait traduit Boris.

— Mais pourquoi travailler à Han Pijesak alors que vous habitez Pale ? avais-je insisté. Han Pijesak est à une demi-heure de voiture d'ici, non ?

— Une heure, quand la route est enneigée, m'avait-il corrigé, mais j'avais noté qu'il ne m'avait pas expliqué pourquoi il avait installé ses bureaux là-bas plutôt qu'à Pale.

Nous nous étions mis à table et j'avais dû me pincer pour reconnaître en cet homme calme, au regard voilé de tristesse, le dément surexcité du premier jour. Après nous avoir rappelé qu'il avait annoncé dans ses livres tout ce qui était advenu – la prise de Sarajevo par les Musulmans, le démantèlement de la Yougoslavie par la faute des mêmes Musulmans et des Croates, le repli salvateur des Serbes sur leur identité – il avait eu cette phrase que j'avais aussitôt notée : « Pour moi, un écrivain est quelqu'un qui parvient à pénétrer les secrets de la vie. » Oui, allais-je convenir, quand le téléphone de la maison avait sonné.

Il était allé répondre mais, curieusement, il n'avait fait qu'écouter, interdit, avant de lâcher quelques mots sourds et de raccrocher.

— Qu'est-ce qu'il a dit, Boris ? avais-je glissé à mon voisin.

— Quelque chose comme : « Va te faire foutre ! »

— Ah. Merci.

Et c'est au moment où il s'était rassis, le visage impénétrable, que s'était produit cette chose inattendue : Jelica avait posé sa main sur la sienne, là, sous nos yeux, et l'y avait laissée, enchevêtrant ses longs doigts dans les siens.

— Jelica, avais-je dit alors, croyez-vous que nous pourrions rencontrer vos parents ?

— Mes parents ?

— Pavlusko disait que vous étiez née dans une ferme, près du torrent. Vos parents habitent-ils toujours là-bas ?

— Bien sûr, ils n'ont jamais eu que cette maison.

— Accepteraient-ils de nous recevoir ?

— Je ne sais pas.

Elle m'avait appelé à l'hôtel le lendemain pour me dire que son père nous attendait dans l'après-midi. Elle n'était pas passée par Boris, elle m'avait demandé, moi, directement, si bien que j'avais pu constater que son anglais était aussi médiocre que le mien.

— Attendez, avais-je dit, alors qu'elle s'apprêtait à raccrocher, vous ne m'avez pas donné l'adresse.

— Pavlusko vous conduira.

— Vous êtes sûre ? Je crois que je préférerais prendre un taxi.

— Un taxi ? Oh non, certainement pas...

J'avais reconnu les premières notes de son rire avant que la communication soit interrompue.

La ferme des Jasnić est située sur une éminence, au-dessus des usines Famos, derrière un rideau de hauts sapins que l'on peut apercevoir depuis la route, paraît-il. Pavlusko nous le montre du doigt, tordant le cou sous son pare-brise, mais je doute qu'on puisse le voir entre les flocons serrés qui ne cessent plus de tomber et tandis que le crépuscule a déjà commencé à noyer les sommets.

À un moment, la Golf se met en travers du chemin et nous devons sortir pour la pousser. Je ne sais pas ce que dit Boris, mais Jelica éclate de rire, si bien que nous rions tous les trois en remontant dans la voiture.

— Le mulet des Balkans ! s'exclame Pavlusko, faisant ronfler son moteur en attendant que nous soyons tous à bord.

— Un vrai mulet ne serait sûrement pas reparti en arrière comme ta voiture, rétorque Jelica, essoufflée.

Nous n'entendons pas ce que dit Pavlusko, mais Jelica le saisit brutalement par les cheveux, comme si elle voulait lui donner une correction, et il hurle dans l'habitacle avant d'être secoué d'un fou rire.

Nous sommes encore excités lorsque, suivant Jelica, nous franchissons le portail du jardin de sa maison d'enfance. Pavlusko est aussitôt reparti. C'est un long corps de ferme qui s'offre à notre regard dans la lumière finissante, à travers les flocons fanés de la neige, entièrement de plain-pied et percé en son milieu d'une sombre porte au-dessus de laquelle brûle une ampoule. Après avoir secoué la neige de sa capuche et vaguement arrangé ses cheveux bouclés, Jelica sonne.

Je suis frappé par la sobre élégance du vieil homme qui nous ouvre. Il ne porte qu'une chemise à carreaux rouge de grosse laine et un blue-jean, mais il se tient très droit sur son seuil, dans une attitude de réserve prudente, ne souriant pas, attendant de voir, me semble-t-il, quelle surprise lui réserve sa fille.

Je ne saisis aucun des mots qu'elle emploie pour nous présenter, mais je croise à un moment le regard du père sur moi - bleu, glacial.

— Français, dit-il en français, *da, da.*

Et un instant plus tard, me tendant la main :

— Slobodan Jasnić. Soyez le bienvenu, monsieur.

Sa femme survient à l'instant où nous entrons dans une vaste cuisine, après nous être débarrassés de nos manteaux. De nouveau, Jelica nous présente, puis tandis que le père nous fait asseoir autour de la table, je vois qu'elle et sa mère s'installent sur un canapé, dans la pièce attenante, une sorte de petit salon ouvert sur la cuisine dont un angle est occupé par la télévision. L'image est là, mais on a coupé le son, et la mère a déjà repris le tricot qu'elle avait dû poser pour nous accueillir.

— Jelica nous racontait qu'elle a vu le jour dans cette maison, dis-je à Slobodan Jasnić, demeuré debout.

— Oh !... fait-il. Mon père lui-même est né ici, en 1902. Ils étaient quatre garçons, et tous les quatre ont grandi et se sont mariés dans cette maison. Voulez-vous... Voulez-vous un peu de vin de mûre ? C'est ma femme qui le fait.

Il remplit trois petits verres, s'assoit enfin, et nous trinquons.

— C'est délicieux, dis-je. Merci.

Puis je me tais. Je comprends que les policiers et les journalistes aient sans cesse besoin de poser des questions parce qu'ils recherchent une chose précise, et qu'ils n'ont pas trop de temps pour l'obtenir, mais moi j'aimerais savoir tout ce qui traverse l'esprit de cet homme, qu'il me fasse partager ses souvenirs et ses soucis, et je ne sais pas par où commencer. Les questions sont toujours si petites, si déplacées, au regard de ce que nous sommes. « J'aimerais être chez les gens comme invisible, ai-je dit un jour à Curtis, et parvenir à entendre la petite musique qui les occupe. Nous avons tous en nous une petite musique qui nous occupe, n'est-ce pas, Curtis, et seule cette musique-là rend compte de ce que nous sommes, de la vérité que nous portons. » Bien sûr, les questions peuvent parfois nous mettre sur la voie, mais elles risquent aussi de provoquer des réponses de circonstance, en partie mensongères, *involontairement* mensongères, et que nous regretterons aussitôt que nous serons seuls. C'est pourquoi je me tais, espérant secrètement que notre hôte, aussi embarrassé que moi par le silence, va se mettre à parler.

Mais il ne parle pas, non, et je vois que Boris commence à s'impatienter. J'ai soudain peur de ce silence, moi aussi, qu'il n'aboutisse à rien, et je le romps.

— Votre père lui-même est né ici, disiez-vous.

— Oui, reprend-il, mon père et ses trois frères ont été élevés dans cette maison. Tous les quatre se sont mariés ici même, au printemps. J'ai des photos de ces quatre mariages. Mais les photos vous intéressent-elles ?

— Oh, énormément !

— Ah bon, je pensais que puisque vous écriviez... Jelica me disait que vous écriviez des romans.

— Des romans, oui, mais j'aime les photos. D'ailleurs, j'ai toujours avec moi une loupe, dis-je, en la sortant de mon sac.

— Dans ce cas, si vous voulez bien m'attendre...

Il revient avec une boîte plate en carton qu'il ouvre sous nos yeux. Il a des mains soignées, aux ongles jaunis, dont les veines énormes font songer à de puissantes racines tandis que ses doigts fouillent parmi des photos dont je peux reconnaître l'époque suivant le support, les unes tirées sur d'élégants petits cartons à la tranche dorée, frappées au dos de la marque du studio, d'autres sur du papier fort qui jaunit mais résiste au temps, d'autres enfin, les plus récentes, sur un papier léger aux marges dentelées qui a tendance à s'enrouler et à se racornir.

— Le mariage de mon père... et de ses trois frères, dit-il, alignant quatre photos pratiquement identiques sous nos yeux.

— Oh !

Je les examine l'une après l'autre à la loupe. Une longue table a été dressée sur l'herbe autour de laquelle chacun s'est arrêté de manger pour fixer l'objectif, les convives assis en face des mariés tournant leur chaise pour ne pas avoir à tordre le cou. Les quatre frères portent le même chapeau à large bord, leurs jeunes femmes en robe de mariée se tenant à leur gauche. La mère de Slobodan, dont les cheveux tressés ceignent le front à la façon d'une couronne, me semble avoir la grâce d'Audrey Hepburn. Sur la photo de son banquet de mariage, un chien est couché sur l'herbe. Sur une autre photo, un enfant joue à côté du même chien. Un petit garçon, qui peut avoir deux ou trois ans.

— C'est vous cet enfant ?

— Mon frère aîné. Mes parents ont eu cinq enfants et je suis le plus jeune. Celui-ci, Bojan, est né en 1927, moi en 1938.

— Où disposaient-ils la table pour le repas de mariage ?

— Là, devant la maison, dans l'enclos que vous avez traversé.

Il me tend une autre photo.

— Mes parents devant l'église après la cérémonie de mariage.

Le marié semble un peu gauche, tenant son chapeau à la main, tandis que la jeune femme, qui a une tête de moins que lui, l'observe d'en dessous, son visage de porcelaine illuminé par un sourire.

— Ils sont émouvants, dis-je, avant que mon regard soit attiré par ce qu'on devine de l'église sur la photo. C'est l'église où s'est également mariée Jelica, n'est-ce pas ?

— Oh oui, nous n'en avons qu'une. Nous avons fêté ses cent ans il y a trois ou quatre ans. Elle a été construite en 1907.

Je prends le temps d'examiner encore la photo.

— Vos parents se sont mariés, et puis quelle a été leur vie alors ?

— Je ne comprends pas.

— Je veux dire : de quoi ont-ils vécu ?

— De la terre, du bétail. Les quatre frères et leurs femmes sont restés là, dans la maison. Avant la guerre contre l'Allemagne nazie, nous avions beaucoup de bétail ici : douze vaches, quatre bœufs. On ne manquait de rien, on vivait du lait et des veaux. Tenez, regardez, mes parents en 1936, deux ans avant ma naissance, photographiés sur le quai de la gare. Ils partent pour Belgrade. Ils avaient décidé de faire ce voyage pour leurs dix années de mariage. Ma mère me l'a raconté, plus tard. D'ailleurs, voyez, c'est écrit au dos de la photo...

« Rastko-Ljubica, jul 1936 », a-t-on écrit à l'encre marron d'une longue écriture bouclée. Le jeune homme de l'église s'est voûté et il porte maintenant la moustache, tandis que l'épouse s'est arrondie. Elle est de nouveau la seule à sourire sous une ombrelle qui lui donne l'air d'une bourgeoise.

— Quel dommage que le chemin de fer n'existe plus, dis-je.

— Ce sont les communistes qui l'ont supprimé, mais la gare est toujours là.

— Dans ces années 1930, la maison devait être pleine d'enfants...

— Non, parce que sur les quatre couples, deux n'ont pas eu d'enfants. Le troisième en a eu deux seulement, un garçon et une fille qui a été fusillée à l'âge de dix-sept ans, en 1941, par les oustachis. Mes parents ont été les plus féconds.

— Fusillée à dix-sept ans... Les oustachis sont donc venus jusqu'à Pale pendant la guerre ?

Disant cela, me revient aussitôt à l'esprit la rencontre de Malaparte avec le dictateur croate Ante Pavelić, allié de l'Allemagne nazie et si fier de montrer à l'auteur de *Kaputt* les vingt kilos d'yeux humains que venaient de lui offrir ses « fidèles oustachis ». Apercevant le panier d'yeux sur le bureau du dictateur, Malaparte avait cru un instant, écrit-il, qu'il s'agissait « d'huîtres de Dalmatie ».

— « Venus », dites-vous ? reprend Slobodan Jasnić en me regardant curieusement. Les oustachis ne sont pas seulement « venus », ils ont occupé Pale durant quatre ans.

— Pardonnez-moi, je savais que les Allemands étaient présents dans tout le massif montagneux autour de Sarajevo, mais je ne savais pas que les oustachis étaient à Pale précisément.

— Ici, ce sont eux qui ont commis tous les massacres. Les Allemands et les Italiens étaient présents, dans des forteresses, mais ils étaient plutôt corrects. Il est même arrivé qu'ils interviennent pour nous défendre contre les oustachis. C'est un officier italien qui a sauvé la vie de ma mère alors qu'un groupe d'oustachis s'apprêtait à l'emmener.

De nouveau, je songe à Malaparte, officier italien engagé au côté de la Wehrmacht, sur le front de l'Est, comme correspondant de guerre, et sauvant quelques familles juives à Jassy, en Moldavie, avec l'aide du consul d'Italie, tandis que débute le pogrome. Un instant, je suis tenté de demander à notre hôte s'il a lu Malaparte, mais il reprend, sortant soudain de sa méditation :

— L'esprit de la guerre animait les Allemands, mais les Croates poursuivaient un objectif différent. Les Croates avaient en tête d'exterminer les Serbes. Vous comprenez cela ?

— Je vous écoute.

— Ils menaient à l'intérieur de la guerre une autre guerre. Une guerre indigne, criminelle.

Puis il se tait et m'observe, comme s'il doutait encore que je puisse comprendre. Mais j'acquiesce.

— J'avais trois ans en 1941, reprend-il, je n'ai donc aucun souvenir de mon père ni de sa disparition. Je sais que le plus âgé des quatre frères, mon oncle Jovo, a été tué dans les heures qui ont suivi l'arrivée des oustachis. Le lendemain, ou le jour même, mon père et ses deux frères ont rejoint la Résistance dans les montagnes. Ils ont combattu quelques mois, je crois. Pale, qui était peuplé de Serbes à quatre-vingt-dix pour cent, était alors tenu par les oustachis. On ne pouvait ni en sortir, ni y entrer, c'est pourquoi mes parents ne se sont jamais revus. Un soir, mon père et ses frères ont été aperçus dans les bois, là-bas, au-dessus. Ma mère a toujours pensé qu'ils avaient dû envisager de revenir chez nous pour une nuit, nous embrasser, embrasser leurs femmes. Mais ils ont été dénoncés et arrêtés. Après la guerre, nous avons appris par un prisonnier de retour à Pale qu'ils avaient été vus au camp de Jasenovac où ils seraient morts. Nous sommes allés avec ma mère et mes tantes à Jasenovac pour tenter de retrouver leurs traces, savoir ce qui s'était passé, mais les oustachis ont détruit une grande partie du camp à la fin de la guerre et ils ont brûlé les archives, si bien que nous n'avons rien trouvé.

— Votre père et vos oncles n'ont donc pas de tombes.

— Non, ils ont disparu. On ne sait pas dans quelles conditions. Six cent mille prisonniers auraient disparu à Jasenovac, des Serbes, des Juifs et des Roms.

— Vous disiez qu'une de vos cousines a été fusillée à l'âge de dix-sept ans, en 1941...

— Par les oustachis, oui. Jela avait été arrêtée avec seize autres jeunes, dont une de mes sœurs qui n'avait que onze ans. Par chance, ma sœur est parvenue à s'enfuir. Mais Jela est morte.

Il cherche une photo dans la boîte et me désigne la jeune fille parmi un groupe d'adolescents, garçons et filles, en costumes folkloriques.

— La fête du village. Le garçon qui la tient par la main est son frère. Lui est mort bien plus tard, après la guerre.

Les visages sont minuscules, même à la loupe on ne distingue pas clairement l'expression de chacun.

Je lui rends la photo.

— Mais comment avez-vous survécu durant toutes ces années de guerre, sans les hommes ?

— Comment s'est-on débrouillés ? Je ne sais pas. Les oustachis ont emporté nos vaches et nos quatre bœufs, nous sommes restés sans plus rien à manger. Mon frère aîné, Bojan, a trouvé du travail dans un atelier de coupe de bois. Les femmes ont semé du blé, des pommes de terre... Nous avons survécu.

— À quelle année remontent vos premiers souvenirs ?

— 1943. Je me souviens de musulmans arrivant de Gorazde avec leurs femmes et leurs enfants et pillant les maisons des Serbes. J'ai cette image, mes frères et sœurs et moi les regardant piller. Les oustachis les laissaient faire – les Musulmans étaient leurs alliés. Ante Pavelić voulait exterminer les Serbes, mais il considérait que les Musulmans étaient des catholiques islamisés, et d'ailleurs il avait rattaché la Bosnie à sa Grande Croatie catholique.

— Et de quoi vous rappelez-vous d'autre ?

— De la libération de Pale, le 3 avril 1945. Les oustachis s'étaient enfuis dans la nuit, emportant avec eux plusieurs jeunes qu'ils avaient arrêtés la veille, dont mon frère aîné, Bojan. Je me souviens de notre joie quand Bojan est rentré à la maison, quelques heures plus tard. Il était parvenu à s'évader. Et puis une de mes tantes, qui était descendue à Sarajevo pour essayer de vendre quelques affaires, est revenue les pupilles dilatées par la peur en racontant qu'avant de partir les Allemands avaient pendu beaucoup de personnes dans les allées, aux branches des arbres et aux réverbères. Elle décrivait les corps qui se balançaient tout en parlant fort et sans pouvoir se calmer. Elle semblait devenue folle. Je me souviens de cette scène, alors que nous étions tous si contents, un moment plus tôt, que Bojan soit vivant.

Il se tait, les yeux baissés sur les photos en désordre, absorbé par ce souvenir.

— Avez-vous pensé que votre père allait également revenir ?

— Ma mère et mes tantes l'ont sûrement espéré, oui. Mes frères et sœurs aussi, peut-être. Mais pas moi. Je n'ai aucun souvenir de mon père, je n'ai de lui que ces photos d'avant la guerre que je vous ai montrées.

— Vous aviez sept ans à la Libération. Comment s'est organisée votre vie alors ?

— En 1945, nous n'avions plus rien que cette maison. Nous avons hébergé des familles serbes dont les maisons avaient été brûlées. L'école du village, qui avait été occupée par les Allemands, était détruite. Il y avait un hangar en face de l'église qui a fait office d'école les premiers temps. C'est là que j'ai démarré. Au début, plusieurs générations se sont retrouvées dans la même classe. Et puis c'est un hôtel qui a été transformé en école. L'école des métiers a été créée au début des années 1950, par le nouveau régime communiste. J'y suis entré à l'âge de quatorze ans et j'ai appris le métier de mécanicien pour les autos. J'ai commencé à travailler à seize ans dans une petite usine de pièces mécaniques. Puis l'usine a fusionné avec Famos et j'ai travaillé chez Famos, à la fabrication de pièces de moteurs pour Mercedes. En 1978, je suis devenu chef d'équipe, et je suis resté chez Famos jusqu'à sa fermeture, au début des années 1990, quand la guerre a de nouveau éclaté.

— Vous venez de raconter votre vie, mais vous n'avez rien dit de votre mariage...

Pour la première fois, il sourit, comme étonné d'avoir oublié ce moment-là.

— J'ai rencontré ma femme en 1966, dans un bal, à Sarajevo. Par la suite, nous avons eu quatre enfants.

— Dont Jelica.

— Jelica est la plus jeune, dit-il, elle est de 1973.

Un instant, je songe à lui demander s'il n'aurait pas une photo du mariage de Jelica avec le jeune instituteur, me remémorant le récit que je me suis tant de fois répété, au point de le connaître par cœur : « Je me suis mariée en 1990 dans notre petite église, mon mari n'avait pas d'argent, il m'a emmenée chez lui pour notre voyage de noces, dans le petit appartement qu'il occupait au-dessus de l'école, et quand nous nous sommes réveillés de notre longue nuit d'amour et que nous avons ouvert les volets, Pale était devenue cette grande ville affreuse de plus de trente mille habitants. » Mais soudain, il me saute aux yeux que la longue nuit d'amour de Jelica avec son jeune époux a correspondu exactement aux années de guerre puisque quand ils se sont décidés à se lever, et à ouvrir les volets, Pale était devenue cette ville immense peuplée de milliers de réfugiés serbes venus de Sarajevo et d'ailleurs. En somme, me dis-je, Jelica n'a pas vu la guerre. Et alors seulement, parce que je viens d'entendre son père, je comprends la portée de son récit : issue de tant de morts, Jelica, qui s'est mariée à l'âge exactement où Jela fut fusillée, a refusé de prendre part à cette nouvelle guerre, refusé même d'en être simplement le témoin, et pendant que Serbes, Croates et Musulmans recommençaient à s'entretuer, elle n'a pas cessé de faire l'amour, pour ne rien voir, ne rien entendre. En tournant la tête, je peux l'apercevoir, là-bas, qui bavarde tout bas avec sa mère pour ne pas nous déranger. Je ne vais pas déranger non plus l'étonnante cécité de son récit, me dis-je, un jour elle me racontera peut-être ce qu'elle a vu de la guerre, car bien sûr elle n'est pas restée au lit quatre ou cinq années durant. Et peut-être me racontera-t-elle aussi comment Pavlusko est apparu dans sa vie.

— En 1991, reprends-je, revenant à Slobodan Jasnić, quand la guerre a de nouveau éclaté, qu'avez-vous pensé ?

— J'ai pensé que l'Europe et les États-Unis avaient intérêt à détruire la Yougoslavie. Nous, les Serbes, y étions très attachés, c'est nous qui l'avions créée, mais elle était devenue trop puissante. L'Europe a voulu son démantèlement. Les Allemands se sont empressés de reconnaître la Slovénie, puis la Croatie, qui avaient été leurs alliés en 1939-1945. Vous avez remarqué, n'est-ce pas ? Puis les États-Unis et la Grande-Bretagne ont pesé sur la France pour qu'elle trahisse l'amitié qui l'unissait aux Serbes depuis longtemps. Nous avons eu le monde entier contre nous.

— Milošević et Karadžić ont également défendu l'idée d'une Grande Serbie.

— Votre propagande prétend aujourd'hui que ce sont les Serbes qui auraient détruit la Yougoslavie, mais c'est un mensonge. J'ai assisté, en 1990, à la séance de fondation du Parti démocratique serbe de Karadžić. Les Musulmans et les Croates avaient déjà créé leurs propres partis pour l'indépendance depuis longtemps. Nous avons été les derniers à le faire, et si nous n'avions pas réagi ils nous auraient écrasés, comme en 1941.

— Comment vous auraient-ils écrasés ?

— Le siège du parti serbe était à l'Holiday Inn de Sarajevo. Nous avons senti monter le danger. Les bérets verts musulmans étaient partout dans les rues, et nous savions que parmi eux figuraient beaucoup de criminels, des détenus qui avaient été libérés parce qu'ils connaissaient le maniement des armes. Quand les premières barricades sont apparues, Karadžić a décidé de déménager le siège du parti de Sarajevo à Pale. C'était plus sûr. Ici, nous serions entre Serbes, protégés par les montagnes et la forêt.

— Mais ici même, à Pale, vivaient aussi quelques familles musulmanes, non ?

— Oui, et nous n'avions rien contre elles. L'une de mes sœurs a épousé un Musulman dans les années 1950 et ils ont eu quatre enfants. Nous vivions en bonne harmonie avec les Musulmans, ici, à Pale, jusqu'à ce que ceux de Sarajevo déclarent vouloir sortir de la Yougoslavie et faire de Sarajevo leur capitale. À partir de ce moment-là, la guerre est devenue inévitable : 170000 Serbes habitaient alors Sarajevo, soit un tiers de la population totale. Nous ne pouvions pas laisser les

Musulmans les chasser, ou les massacrer, et s'emparer de la ville.

— Et donc, vous avez pensé que cette guerre était juste.

— Il fallait sauver la Yougoslavie. C'est ce qui a dicté l'action de Karadžić. Je l'ai suivi durant toutes ces années de guerre, c'est un homme très éduqué, un médecin, je ne peux pas admettre que vous le considériez aujourd'hui comme un criminel.

— Ce n'est pas moi, c'est le tribunal de La Haye qui le considère comme tel.

— Nous, les Serbes de Bosnie, estimons que ce tribunal n'est pas légal. Je suis persuadé que ceux qui jugent Karadžić aujourd'hui seront jugés à leur tour. Pourquoi pensez-vous que l'Allemagne a mis tant d'empressement à nous déclarer « criminels de guerre » ?

— Je n'avais pas noté l'empressement de l'Allemagne.

— Les journaux, ici, l'ont relevé. L'Allemagne y a vu un moyen de se laver de la honte du nazisme. Voilà la vérité.

— Vous disiez que vous aviez suivi Karadžić. Avez-vous combattu ?

— Oui, j'ai été envoyé sur la frontière entre Sarajevo et Pale. Il fallait à tout prix empêcher les Musulmans de franchir cette ligne car alors ils auraient atteint Pale et je ne serais pas là ce soir pour vous recevoir.

— Vous avez donc servi sous les ordres du général Mladić.

— Oui. Mladić est un grand chef militaire. Comment aurions-nous survécu sans lui ? Je ne sais pas. On a parlé dans le monde entier du « siège de Sarajevo », mais nous n'avons fait qu'encercler les Musulmans pour les contenir et protéger nos vies. Nous n'avons fait que défendre nos familles et nos maisons.

— Les canons du général ont cependant tiré à plusieurs reprises sur la population de Sarajevo, et en particulier le 5 février 1994 sur le marché de Markale. Vous vous souvenez, n'est-ce pas ? Il y a eu soixante-huit morts, des femmes et des enfants, et deux cents blessés.

Slobodan Jasnić semble stupéfait en m'entendant. Il a d'ailleurs ce réflexe de soulever vivement les deux mains avant de les rabattre sur la table, un geste qui dans toutes les langues du monde signifie : « Arrêtez ! Taisez-vous ! Je ne veux pas en entendre plus. »

— C'est encore de la propagande ! s'écrie-t-il. Comment pouvez-vous croire une chose pareille ? La vérité, les enquêtes l'ont démontré et l'Histoire le reconnaîtra un jour, c'est que les Musulmans ont tiré sur les leurs ce jour-là pour présenter à l'Ouest les prétendus « crimes des Serbes ». Jamais le général Mladić n'a donné l'ordre de tirer sur les populations civiles. J'étais sur le front, je peux en témoigner.

— Quelques semaines après le drame de Markale, la fille du général, Ana, a été retrouvée morte. La police serbe a établi qu'elle s'était suicidée. Vous souvenez-vous de cet événement ?

— Le général a dit officiellement qu'il connaissait les noms des assassins de sa fille et les révélerait quand la situation le lui permettrait. Je pense qu'on ne pouvait pas lui faire une chose pire que celle-ci. Vous remarquerez que le meurtre d'Ana est intervenu alors que grâce au général Mladić les Serbes étaient en train de l'emporter sur tous les fronts, aussi bien face aux

Musulmans qu'aux Croates. Si le général avait perdu la tête du fait de cet événement, le cours de la guerre aurait pu en être bouleversé.

— Comment avez-vous pris que la capitale de votre république, née de la guerre, soit finalement Banja Luka, plutôt que Pale, où avait siégé le gouvernement pendant les combats ?

— Ce déménagement de la capitale de Pale à Banja Luka a été orchestré de l'extérieur pour tenter de créer une scission entre les Serbes de Bosnie. Mais la manœuvre a échoué, nous avons accepté la chose sans protester.

— On dit tout de même que Pale serait resté favorable à Karadžić, tandis que Banja Luka soutiendrait Dodik.

— Dodik est parvenu, avec l'aide des Américains, à chasser du pouvoir le parti de Karadžić. Je préférais Karadžić à Dodik, mais aujourd'hui je soutiens Dodik car son but est le même que le mien : protéger nos frontières contre les Musulmans. Nous, les Serbes de Bosnie, sommes aujourd'hui en première ligne contre l'Islam. Nous gardons les frontières et protégeons ainsi l'Ouest, mais l'Ouest ne nous en est aucunement reconnaissant car il n'a pas encore conscience du danger qui le menace.

# 11

Je relis les notes de mon entretien avec Slobodan Jasnić que je viens de mettre au propre. La nuit est très avancée, on n'entend plus un bruit dans l'hôtel et, sur la route qui monte de Sarajevo, que je peux voir depuis ma fenêtre, plus aucune voiture ne circule. Je fumerais bien une cigarette, là, tout de suite, me dis-je, me remémorant combien nous avions du plaisir à fumer ensemble, Hélène et moi, la première année, allongés par terre sur la moquette du studio que j'avais trouvé à louer sur l'île Saint-Louis. C'était le printemps, nous venions de nous rencontrer, elle passait parfois au milieu de l'après-midi, essoufflée, son chignon de gitane à moitié défait, les narines dilatées. Il y a une éternité que je ne fume plus, et cependant le désir est toujours là, en sommeil, dans un coin de mon cerveau. Mais tiens, il ne neige plus.

Je suis tenté de quitter ma table pour sortir sur le balcon respirer l'air vif de la nuit, dans le silence frémissant qui suit les longues chutes de neige, traversé de frôlements, de craquements si doux qu'on jurerait des ailes d'oiseaux. Mais ramenant alors le regard sur mes papiers, je vois mon téléphone, et pour la troisième fois, au moins, depuis le début de la soirée, je relis le texto d'Hélène : « Où es-tu Marc ? Je me sens à la fois si proche et si loin de toi. Certains jours, la vie est joyeuse et légère, d'autres jours je m'étourdis de travail pour ne pas pleurer. De quoi nous punissons-nous, mon chéri ? Dis-moi simplement où tu es, si ça va. » J'avais failli répondre, faisant le malin : « Je suis chez les fous furieux, Hélène, des gens qui s'imaginent nous protéger des Musulmans depuis un plateau perdu de haute montagne. Je ne leur ai pas dit que nous habitions Belleville, au-dessus d'une mosquée, et que nous ne souhaitions pas être protégés des Musulmans. » Mais au moment d'appuyer sur « envoyer » je n'avais pas pu. J'avais cherché une façon de lui dire que moi aussi, certains jours, je m'étourdissais pour ne pas pleurer. Et puis de toute façon ma phrase était fausse, j'étais désormais le seul à habiter Belleville puisque Hélène s'était installée ailleurs.

Et soudain, mon téléphone encore dans la main, balayant distraitement des yeux la retranscription de ma conversation avec Slobodan Jasnić, je m'arrête sur une réplique, saisi de l'intuition qu'au moment où j'aurais pu être le témoin d'un événement essentiel du destin des habitants de Pale, je n'avais rien vu, rien entendu. « Mais ici même, à Pale, vivaient aussi quelques familles musulmanes, non ? » avais-je demandé. Slobodan Jasnić n'avait pas cherché à me dissimuler la vérité : « Oui, avait-il rétorqué, et nous n'avions rien contre elles (...). Nous vivions en bonne harmonie avec les Musulmans, ici, à Pale, jusqu'à ce que ceux de Sarajevo déclarent vouloir sortir de la Yougoslavie et faire de Sarajevo leur capitale. » « Jusqu'à ce que », avait-il dit, et plutôt que de l'arrêter à ce moment-là, je l'avais laissé poursuivre. Que s'était-il donc passé pour les Musulmans de Pale le jour où ceux de Sarajevo avaient voulu s'emparer de la ville pour en faire la capitale de leur pays futur ? La question n'avait pas retenu mon attention alors que, de toute évidence, il s'était passé une chose extrêmement grave que Slobodan Jasnić avait en tête, bien entendu, à l'instant où il me parlait, et que j'avais laissée échapper par distraction.

Comment ai-je pu être aveugle à ce point ? Sa sœur a épousé un Musulman, ils vivaient « en bonne harmonie » avec les Musulmans, et brusquement ils n'ont plus pu. Comment ont-ils fait ? Se sont-ils mis, du jour au lendemain, à se haïr les uns les autres ? À avoir peur les uns des autres ? Certains Serbes ont-ils caché des Musulmans, comme à Banja Luka ? Mais ensuite, où sont-ils passés, puisqu'il est établi aujourd'hui que la ville ne compte plus *aucun* Musulman ? Où sont-ils passés ?

Je m'allonge, mais je ne dors pas le reste de la nuit. Je suis en colère contre moi-même. Je pense à la sœur de Slobodan Jasnić observant son mari manger de l'autre côté de la table familiale et songeant : « J'aime cet homme, il est le père de mes enfants, je sais presque tout de lui, sa complexité, sa sensibilité, ses défauts aussi, il est au monde l'être qui m'est le plus proche, le plus précieux (avec nos enfants, bien sûr), et cependant, à l'instant où il franchit notre porte pour se fondre dans les rues parmi les gens de Pale, il n'est plus rien d'autre qu'un Musulman dans les yeux des Serbes, un objet de haine et de peur désormais, comme si cette identité annihilait tout le reste de sa personne, de sa belle personne, je veux dire son âme, celle qui fait que je l'ai choisi, négligeant sur le moment la chose minuscule qui le désigne aujourd'hui comme l'ennemi des miens : sa nationalité musulmane. » Et bien sûr, c'est Hélène et moi que je vois à table, prêtant sans le vouloir à la sœur de Slobodan Jasnić, que je ne connais pas, les traits et les pensées d'Hélène. Essayant d'imaginer ce que ce couple a vécu, je ne fais que prêter à chacun d'entre eux nos caractères propres, plaçant Hélène dans la peau de cette femme serbe, moi dans celle du mari musulman, et entre eux cette chose enfouie, si enfouie qu'ils n'y avaient pas pris garde au moment de se déclarer leur amour : leur différence ethnique. Pas une seconde ils n'avaient dû songer qu'une chose si lointaine ressurgirait un jour des ténèbres, puis se renforcerait au fil des semaines, des mois, jusqu'à devenir terrifiante, jusqu'à menacer leurs vies mêmes, et la vie des leurs.

Me les figurant incapables de surmonter cet obstacle, et s'y fracassant finalement, perdant ainsi tout ce qu'ils ont construit ensemble, je suis frappé par la similitude de nos destins. Hélène et moi aussi nous sommes aimés avec insouciance les premières années, ne prêtant que peu d'attention à nos origines, à l'histoire familiale dont nous sommes issus, jusqu'à ce que les marques de cet héritage, cheminant sourdement en nous, jaillissent un jour de notre nuit, comme des spectres, et se mettent, petit à petit, à nous glacer d'effroi. Nous tentons avec fougue et ingénuité d'inventer notre propre vie, comme si nous n'avions pas de passé, pas d'histoire, mais il vient un jour où cette histoire nous rattrape et nous anéantit. Je songe au tremblement qui me saisit aussitôt que j'enlace Hélène, à cette peur qui me ronge le cœur désormais comme si la folie des miens, leur noirceur, leur impuissance à vivre depuis tant et tant de générations avait eu raison de moi. « De quoi nous punissons-nous, mon chéri ? » m'écrit-elle. Oh, Hélène, ce n'est pas toi, ce n'est pas moi, c'est l'histoire qui nous punit. Notre histoire à chacun. Nous ne l'avons pas choisie, mais elle est là, nous la portons malgré nous, et il vient un moment où sa terrible présence écrase tout ce que nous avons essayé d'être, pensant que nous étions bien assez forts pour nous affranchir du passé. Ici aussi, les gens ont cru qu'ils pourraient échapper à leur histoire, ils se sont aimés, ils ont eu des enfants, mais soudain ils se sont souvenus qu'ils avaient des raisons de se craindre, de trembler à la vue l'un de l'autre. Ils ont été troublés, puis emportés petit à petit par la mémoire de tout le mal qu'ils se sont fait, autrefois, au temps de leurs parents, de leurs grands-parents, et bientôt ils se sont découverts ivres de haine et de peur, et alors ils n'ont plus vu d'autres issues que de recommencer à se jeter les uns contre les autres.

— Boris, dis-je au petit déjeuner, vous souvenez-vous qu'à un moment Slobodan Jasnić a parlé des Musulmans de Pale ?

— Je n'ai pas aimé cet homme, Marc. J'ai vu que vous étiez ému quand il racontait la mort de son père et de ses oncles, quand il vous montrait les photos de ses parents, et moi aussi j'étais ému, mais ensuite j'ai compris qu'il était devenu aussi cruel que les oustachis dont il parlait sans arrêt. Je ne sais pas ce qu'il a fait pendant la guerre, sous les ordres de ce Mladić qu'il admire tellement, mais je pense que s'il s'est retrouvé avec des prisonniers musulmans ou croates, il a dû se conduire avec eux comme les oustachis se sont conduits avec son père quand il était petit. Je crois que ce type est un criminel de guerre, Marc. Dans sa tête au moins.

Alors Boris éclate de rire.

— Un vrai Serbe, quoi, reprend-il en enfournant son omelette aux lardons.

— Quand je vous vois rire de cette façon, vous me faites penser à Niklas Frank. Je lis ce qu'écrit Niklas Frank sur son père, l'un des pires criminels de l'Allemagne nazie, et par moments, malgré moi, je l'entends rire comme vous, Boris. Amèrement.

— Vous avez vu comme il nous a ouvert sa porte, ce monsieur Slobodan Jasnić ? Il se prend pour un seigneur, drapé dans sa dignité de Serbe, alors que c'est juste un imbécile. La vérité, c'est qu'il a peur des Musulmans et des Croates depuis qu'il est enfant et qu'il ne se sent rassuré et fort que lorsqu'on entreprend de les tuer. Il ne se sent bien que dans la guerre. C'est un imbécile, Marc.

— Il est sûrement hanté par son enfance. Nous le sommes tous, non ?

— Mais lui n'a jamais pris le temps de réfléchir. Il est enfermé dans son destin d'orphelin, de victime. Il ne voit même pas qu'il fait le malheur des siens.

— Croyez-vous que Jelica le pense ?

— Elle le pense, oui. Je me souviens qu'un jour elle a dit une drôle de phrase, du genre : « Nous, les Serbes, prétendons avoir gagné la guerre, mais pendant que les Musulmans vivent tranquillement à Sarajevo, nous mourons de faim et de froid sur notre montagne. » Seulement, elle ne le dirait sûrement pas à son père, elle a trop de vénération pour lui.

— C'est vrai. J'ai été surpris du temps qu'elle prenait pour nous présenter, comme si elle avait peur de sa réaction.

— Elle a menti, elle a dit que vous aviez insisté pour le rencontrer parce qu'on vous avait parlé de sa famille comme de l'une des plus importantes de Pale.

— Bon, peu importe. Mais vous souvenez-vous qu'il a évoqué le sort des Musulmans de Pale ?

— Non. Il a juste dit que sa sœur avait épousé un Musulman et qu'ils avaient eu quatre enfants.

— Boris, il y avait des Musulmans, ici, à Pale, il l'a laissé entendre à un moment. Je le sais, j'ai passé une partie de la nuit à reconstituer mot à mot notre conversation. Où sont-ils passés tous ces Musulmans ?

— Mais ils vivent tranquillement à Sarajevo, Marc ! me rétorque-t-il en éclatant de nouveau de rire. C'est ce que disait Jelica.

Je me mets à rire également, du plaisir de l'entendre s'esclaffer, songeant que Boris est le seul Serbe que je connaisse à ne pas être contaminé par la peur de l'autre, par le désir de le tuer avant qu'il ne le tue. Le seul Serbe que je connaisse à ne pas être fou finalement.

— Jelica ! dis-je. Vous avez raison, Boris, nous allons rappeler Jelica.

C'est un homme menu, au teint pâle, qui nous ouvre.

— Petar, se présente-t-il. Je suis le mari de Jelica.

Tandis qu'il nous fait entrer et nous débarrasse de nos manteaux dans un étroit vestibule, je me fais la réflexion que notre hôte a conservé un visage d'enfant, de vieil enfant à présent - un regard ardent et fiévreux sous un front lourd, et des traits de la finesse de ceux d'une femme, ce qui n'est guère habituel pour un homme, ici, chez les Serbes de Bosnie.

Puis j'aperçois Jelica assise dans une pièce qui doit être le salon, de profil, continuant à lire son journal comme si elle ne nous avait pas entendus sonner, et je devine qu'elle a laissé à dessein son mari nous accueillir.

Elle se lève quand nous entrons.

— Petar était curieux de vous connaître, me dit-elle en anglais, c'est pourquoi j'ai pensé que c'était mieux que vous veniez à la maison.

— Merci, je suis heureux aussi de connaître votre mari.

Et je souris à Petar, tout en gardant un instant la main de Jelica.

— C'est agréable, chez vous. En venant, dis-je, j'étais curieux de savoir à quoi pouvaient bien ressembler ces milliers d'appartements construits après la guerre.

— Non, ce n'est pas agréable, tranche Jelica, le visage fermé, on entend tout ce que font les voisins, les conduites d'eau fuient et le chauffage est en panne un jour sur deux. Mais on n'a pas eu le choix, on nous a donné cet appartement quand il a fallu agrandir l'école.

— Ah, voilà, je me demandais justement à quel moment vous aviez dû quitter le petit appartement que vous occupiez au-dessus de l'école.

Et comme il me semble lire de la surprise dans le regard de Petar, j'ajoute aussitôt :

— Jelica nous a raconté qu'après votre mariage, et pendant toute la guerre, vous aviez habité au-dessus de l'école.

— Ah oui, acquiesce-t-il, Jelica parle toujours de cet endroit...

Mais il ne termine pas sa phrase, et il passe brutalement de l'anglais au serbe, de sorte que Boris, qui se tenait en retrait, se rapproche aussitôt de moi.

— Il vous demande ce que vous voulez boire, Marc. Et nous devons nous asseoir maintenant.

Nous nous asseyons.

Petar s'éclipse dans la cuisine, et je vois que Jelica se conduit en invitée, comme chez Pavlusko, se rencognant dans le confortable fauteuil qu'elle occupait un instant plus tôt, paresseusement accoudée, un pied au chaud sous les fesses, l'autre se balançant au-dessus du tapis.

— Petar est toujours instituteur, n'est-ce pas ?

— Heureusement, remarque-t-elle, sinon je ne sais pas comment nous mangerions.

Elle rit brièvement, et puis le menton posé sur son poing elle s'absorbe dans la contemplation de son pied. Elle a enfilé des chaussettes blanches de jogging en guise de pantoufles.

Je suis tenté d'évoquer son travail pour Pavlusko, de lui demander combien ça lui rapporte, mais Petar reparaît avec un plateau chargé de verres et de bouteilles, et je me tais.

Par la baie vitrée, on peut observer les voisins dans l'immeuble en vis-à-vis. Bien peu ont des rideaux, on dirait qu'ils se fichent qu'on les regarde ; la plupart sont installés devant la télévision à cette heure de la soirée.

— Jelica et Petar, dis-je, quand ce dernier a fini de remplir nos verres, je voulais vous demander une chose : qu'est-ce qui s'est passé pour les Musulmans qui vivaient ici, avant la guerre ?

— Ils ont dû partir, dit Petar.

— Ah. Mais comment sont-ils partis ? Dans quelles conditions ?

— Petar et quelques autres ont essayé d'empêcher ça, observe Jelica sans regarder son mari, mais ils n'ont pas réussi.

— Vous, Petar, vous ne vouliez pas qu'ils partent ?

— Comment aurais-je pu vouloir une chose pareille ? s'étonne-t-il, posant sur moi un regard enflammé. J'avais les enfants dans ma classe, je connaissais les parents...

— Avec la dame de la bibliothèque, reprend Jelica, ils ont convoqué une réunion des parents devant l'école pour leur demander de s'opposer au départ des Musulmans.

— Ah oui, vous avez fait ça ?

— Raconte, Petar, dit Jelica. Moi, j'étais contre, mon père était contre. Tous les jours des familles serbes arrivaient de Sarajevo chassées par les Musulmans, et Petar et cette dame prétendaient que les Musulmans pouvaient rester à Pale. Mon père les avait prévenus.

— Prévenus de quoi ?

— Qu'on risquait de gros ennuis, dit doucement Petar. Son père était venu me voir la veille de la réunion.

— Et vous l'avez maintenue ?

— Nous l'avons maintenue, oui, mais seules sont venues trois ou quatre familles musulmanes. Aucune famille serbe. La dame de la bibliothèque et moi étions les seuls Serbes.

Il se tait.

— Qu'est-ce qu'il s'est passé alors ?

— Il ne s'est rien passé. Quand elles ont vu ça, les familles musulmanes ne sont pas restées. Je n'ai pas eu à prendre la parole. Mais le lendemain matin, la dame de la bibliothèque a perdu son travail.

— Ah. Et pas vous ?

— Non, moi c'était plus difficile de me remplacer en pleine année. Et puis je suis le gendre de Slobodan Jasnić qui était très proche de Karadžić.

— Ils t'ont tout de même menacé, souffle Jelica.

— Quelques jours plus tard, reprend Petar, ignorant la réflexion de sa femme, tous les Musulmans sont partis. C'était au mois de mai 1992. Pour moi, c'est à ce moment-là que nous avons perdu la guerre.

Il se tait. Boris a traduit machinalement sa phrase, mais je vois qu'il est tenté de la lui faire répéter, le regard soudain flottant.

— Pardonnez-moi, dis-je, je ne suis pas sûr d'avoir bien compris. Vous estimez avoir *perdu* la guerre le jour où les Musulmans ont quitté Pale ? C'est bien ça ?

— C'est un divorce. Pensez-vous qu'un divorce soit une victoire ? Avez-vous jamais entendu une personne divorcée se réjouir et se vanter d'avoir gagné quoi que ce soit dans la rupture de son mariage ? Un divorce est un échec, mais ici les gens ne voient pas les choses comme moi, ils continuent de se féliciter d'avoir gagné la guerre, d'avoir chassé les Musulmans.

— Votre beau-père considère même que les Serbes de Bosnie protègent l'Europe de la vague islamiste en gardant fermement les frontières.

— Ici, à Pale, tout le monde pense comme lui. Il faut bien trouver une façon de justifier l'injustifiable. Avez-vous lu cette nouvelle d'Ivo Andrić intitulée *Une lettre de 1920* ?

— Non.

— Il évoque les quatre religions qui se côtoient dans notre petit pays – musulmane, catholique, orthodoxe et juive – et il écrit : « Le fossé qui sépare les diverses religions est si profond que seule la haine parvient à le franchir. »

— Comment sont-ils partis, les Musulmans ? Vous y étiez ? Vous avez assisté à ce départ ?

— Oh oui, il y avait beaucoup de monde pour les regarder partir. La ville avait réquisitionné tous les autocars disponibles. Cela s'est fait en quelques jours...

— Ils sont donc partis en autocar ?

— Oui, ils ont dû tout abandonner, ils n'ont pas eu droit à plus d'une ou deux valises par famille. C'était très triste.

Il s'interrompt, et je vois que Jelica le regarde fixement, comme si elle le surveillait, elle qui prétendait être restée toute la guerre derrière ses volets clos à faire l'amour.

— Voulez-vous dire que c'était *seulement* triste ? Qu'il n'y a pas eu de violences ?

— Aucune violence, reprend-il. Des gens pleuraient des deux côtés. Des familles serbes essayaient parfois de glisser aux Musulmans des choses à manger. Certains semblaient incrédules, surtout les enfants... Voyez-vous, poursuit-il après un silence, je ne regrette pas d'avoir été témoin de ces événements car c'est à travers eux que j'ai compris que nous avions perdu la guerre, mais en même temps il y a certaines scènes que j'aurais préféré ne pas voir.

— Je comprends.

— Attendez, dit-il.

Il se lève et disparaît au fond de l'appartement, avant de revenir presque aussitôt avec un livre.

— Je vais vous lire ce qu'écrit le héros d'Ivo Andrić, Max Löwenfeld, un médecin d'origine autrichienne dépité par la Bosnie, dans cette lettre datée de 1920, donc : « Je sais que la haine, tout comme la colère, joue un rôle dans le développement de la société, car la haine donne de la force et la colère pousse à l'action. Il est de vieilles injustices et des abus profondément enracinés que seuls les débordements de la haine et de la colère peuvent arracher et balayer. Mais quand le flot décroît et s'assagit, il laisse place à la liberté, à la création d'une vie meilleure. Les contemporains voient surtout la haine et la colère, car ils en souffrent, mais la postérité ne verra que les fruits de la force et de l'action. Je le sais bien. Mais ce que j'ai vu en Bosnie, c'est autre chose. La haine n'y est pas une phase dans l'évolution d'une société, l'étape inévitable d'un processus historique ; elle se manifeste comme une force autonome qui trouve en elle-même sa propre raison d'être. C'est la haine qui dresse l'homme contre l'homme pour faire le malheur des deux adversaires ou les détruire tous les deux ; la haine qui, tel un cancer, détruit et dévore tout ce qui l'entoure et finit par périr elle-même, car cette haine, à l'instar de la flamme, n'a ni forme constante ni existence propre ; elle est simplement l'outil de l'instinct de destruction ou d'autodestruction, elle n'existe que comme telle et ne s'éteint qu'après avoir mené jusqu'au bout son œuvre destructrice. » *Jusqu'au bout son œuvre destructrice,* reprend Petar après avoir fermé le livre. C'était en 1920. Soixante-douze ans plus tard, en 1992, rien n'avait changé.

— Mais vous dites vous-même qu'il n'y a eu aucune manifestation de haine à l'égard des Musulmans quand ils sont partis, seulement une immense tristesse.

— La haine était bien présente, pourtant, puisqu'elle est le ressort enfoui qui a fait que les Musulmans ont dû partir. Ça n'a pas empêché les gens d'éprouver, sur le moment, un chagrin sincère.

— Jelica disait tout à l'heure que vous aviez reçu des menaces.

— J'ai reçu des avertissements. On me donnait huit jours pour rejoindre mes « amis » musulmans, après ça on ne répondait plus de ma vie.

— On a eu très peur, dit Jelica, les assassinats étaient courants à Pale. Chacun pouvait tuer son voisin et faire passer cela pour un acte de guerre. Il n'y avait plus de police, plus de justice... Remarquez, ajoute-t-elle plus bas, il n'y en a pas plus aujourd'hui.

— Mais finalement, dis-je, ils ne vous ont fait aucun mal.

— À moi, non, convient Petar, mais la dame de la bibliothèque a dû partir. Elle vit en Suisse aujourd'hui.

— C'est le père de Jelica qui vous a protégé ?

— Pas seulement. Jelica a rencontré Karadžić et plusieurs ministres pour obtenir qu'on me fiche la paix. C'est d'ailleurs comme cela qu'elle a connu le type qui l'emploie aujourd'hui, Pavlusko Vusković. À l'époque, il était ministre de quelque chose.

— De l'Information, précise Jelica.

Mais elle n'en dit pas plus, et dans le silence soudain je revois sa main se poser sur celle de Pavlusko, et ses doigts s'enchevêtrer dans les siens, le soir où nous avions dîné chez lui.

— Tiens, d'ailleurs, avez-vous lu les livres qu'écrit ce type ? reprend Petar.

— Non, dis-je, me demandant si je peux avouer que je le connais, cherchant le regard de Jelica mais la découvrant apparemment indifférente, plongée dans la contemplation de son pied.

— Vous devriez demander à Boris de vous en traduire quelques pages. Ils reflètent parfaitement ce sentiment que partagent les Serbes de Bosnie d'avoir gagné la guerre en se séparant des Musulmans et des Croates. Pavlusko Vusković dit aux Serbes ce qu'ils veulent entendre, il leur fait croire qu'ils se sont sauvés en chassant les Musulmans et les Croates, alors qu'en vérité ils se sont condamnés à mourir d'isolement et de chagrin.

— Pavlusko le croit lui-même, Petar, dit Jelica. Il se trompe peut-être, mais il n'est pas malhonnête.

— Non, c'est vrai, il n'est pas malhonnête. Il est seulement idiot. Et il aura contribué par ses harangues et ses livres à faire le malheur de tout un peuple.

Nous mangeons des galettes de maïs au fromage blanc arrosées de thé vert. Jelica est en train de nous raconter que pour humilier Petar, pendant la guerre, l'armée a refusé qu'il porte une arme et lui a fait creuser des fossés antichars durant tout un été au côté de prisonniers musulmans, quand surgit un garçon blond d'une vingtaine d'années aux traits doux.

— Notre fils, Bozo, dit Jelica. (Et s'adressant à lui :) Tu manges quelque chose avec nous ?

Il salue, prévient qu'il ne peut pas rester, mais s'assoit malgré tout, puis glisse quelques mots à son père que Boris ne me traduit pas.

— Bozo envisage de relancer l'exploitation agricole de son grand-père, nous indique Petar.

— Ah oui ?

— La mairie considère que l'agriculture est l'unique possibilité de salut pour Pale, poursuit Petar. Elle encourage les jeunes à quitter la ville pour s'installer sur les terres tout autour. Ici, plus rien ne fonctionne, nous ne produisons plus rien. Autrefois, il y avait une filière bois en direction de Sarajevo, mais on s'interdit aujourd'hui de vendre du bois aux Musulmans, si bien que le bois pourrit dans nos hangars.

— Aimez-vous votre ville, Bozo ? m'enquiers-je.

— Je suis né ici, c'est ma ville, je n'en connais pas d'autres. Je suis allé une fois à Banja Luka, avec l'école. Eh bien j'étais content de rentrer. Je ne pourrais pas vivre à Banja Luka.

— Pourquoi ça ?

— Les gens là-bas sont fous, ils courent, ils vous bousculent, il y a du bruit. Je n'avais jamais vu tant de voitures.

— Pale est plus calme, c'est certain. Et l'agriculture ne vous fait pas peur ?

— Non. Mon grand-père va m'aider au départ. Il dit que s'il n'y avait pas eu les communistes qui ont fait de lui un ouvrier mécanicien, il aurait été agriculteur, comme son père.

— Il a dû vous montrer ses photos, n'est-ce pas ?

— Oui, il n'y a pas longtemps. Je ne savais pas... C'est là que j'ai compris que les Croates avaient tué son père et ses oncles. Jusqu'ici, on ne le disait pas dans la famille.

— Qu'est-ce qu'on disait ?

— Qu'ils étaient morts pendant la guerre contre l'Allemagne nazie, qu'ils avaient été partisans.

— On ne peut pas assimiler tous les Croates aux nazis, intervient Petar. Tous n'ont pas été oustachis.

— Je sais, papa, le coupe Bozo.

— Votre grand-père doit être heureux de vous voir renouer avec la tradition familiale, dis-je.

— Oui, je crois. En même temps, nous sommes conscients que la situation est fragile.

— Pourquoi dites-vous ça ?

— Mon grand-père s'attend à ce que nous ayons une autre guerre avec les Musulmans, bien plus violente que la précédente. Il pense que pendant que nous vivons tranquillement à Pale, les Musulmans sont en train de s'armer à Sarajevo. Lui et mon père se sont d'ailleurs disputés à ce propos, ajoute-t-il en lançant un regard de biais à son père. Moi, je ne sais pas.

— Je ne sais pas non plus, Bozo, rétorque doucement son père. Je ne sais rien des Musulmans. Ici, à Pale, nous n'avons plus aucun contact avec eux. Mais je pense qu'à entretenir la rumeur qu'ils préparent la guerre, nous entretenons la peur inutilement.

— Pourquoi *inutilement* ? le reprend vivement Jelica. Papa n'a peut-être pas tort, tu dis toi-même qu'on ne sait rien de ce que font les Musulmans à Sarajevo.

— Bon, dit Bozo en se levant, je passais juste cinq minutes récupérer un truc pour un ami, je dois repartir.

# 12

L'homme qui nous emmène à Han Pijesak est un ex-commandant de l'armée du général Mladić. Certains jours, il trouve à s'employer comme garde du corps du maire de Pale, un élu du parti de Karadžić, et si le président Dodik, ou l'un de ses ministres, vient en visite officielle, la mairie lui demande d'assurer la protection de la visite en plus des gardes du corps qui accompagnent toujours les membres du gouvernement.

— Les élus de Pale n'apprécient pas beaucoup Dodik, convient-il, mais ils n'aimeraient pas qu'il se fasse descendre dans leur ville.

— C'est une chose qui pourrait arriver ?

— Bien sûr. Je ne vous cache pas que si je n'étais pas payé pour le protéger, je serais tenté d'en profiter pour le dézinguer.

Et comme il éclate de rire dans l'habitacle de la vieille Lada, Boris aussi se met à rire.

— Dézinguer, Marc, vous comprenez, n'est-ce pas ? me glisse-t-il en français. C'est la façon dont parle cet homme.

— Pourquoi serait-il tenté de le tuer ? Demandez-le-lui, Boris, s'il vous plaît.

— Dodik a trahi Karadžić, rétorque l'ex-commandant, et dans l'armée on ne laisse jamais la vie sauve à un type qui a trahi une fois parce qu'on sait qu'il recommencera.

— Est-ce ce qui est arrivé à Srdjan Knezević ? m'enquiers-je. A-t-il été tué parce qu'il avait trahi, lui aussi ?

Cette fois, l'ex-commandant ne rit pas. Il demeure un moment sombre et silencieux, scrutant le vaste plateau que nous venons d'atteindre où le vent soulève ici et là des tourbillons de neige qui s'élèvent sous le ciel bas avant de s'abattre comme une pluie de gros sel sur le pare-brise.

Le destin de Srdjan Knezević (1958-1998), dont la statue de bronze s'élève sur une place de Pale, m'avait intrigué les premiers jours. L'homme, qui avait été serveur à l'hôtel Panorama, était entré dans la légende, m'avait-on dit, après avoir écrasé les Musulmans à Trnovo, au sud de Pale, à la tête d'un groupe de paramilitaires surnommés « Les loups blancs ». Après la guerre, fêté comme un héros, il avait été promu chef de la Sécurité publique à Pale, et c'était alors qu'il occupait ce poste qu'il avait été abattu en pleine rue, devant sa femme et ses enfants, le 7 août 1998, à l'âge de quarante ans. La municipalité de Pale lui avait fait élever cette statue, et lui rendait hommage chaque année, le 7 août, alors que des rumeurs laissaient entendre que c'était elle-même qui l'avait fait assassiner. Srdjan Knezević avait osé arrêter un membre du parti de Karadžić, Milovan Bjelica, qu'il soupçonnait d'être lié au crime organisé. Quelques jours plus tard, Momcilo Krajisnik, le fidèle lieutenant de Karadžić, avait lâché cette phrase qui équivalait à une condamnation à mort : « Personne ne peut garantir la vie de Knezević après l'arrestation de Bjelica. » Srdjan Knezević aurait en somme péché par excès de zèle, ou d'aveuglement, ne comprenant pas que tout l'appareil d'État de Karadžić était devenu mafieux.

— Knezević fut un grand soldat, un héros, rétorque finalement l'ex-commandant, mais il a commis l'erreur de s'attaquer aux nôtres.

— Voulez-vous dire que vos dirigeants doivent bénéficier d'une immunité permanente ?

— On dit chez nous que le policier ne peut pas arrêter celui qui le nourrit.

— Ah, je comprends.

— Knezević a été grisé par sa propre légende, il s'est cru tout-puissant, plus puissant que Karadžić lui-même.

Il s'interrompt. Et comme je dis que je suis frappé par l'austère beauté de ce haut plateau où l'on ne devine pas une âme, où le vent soulève la neige avec colère comme s'il était exaspéré de ne découvrir que du vide, l'ex-commandant ralentit puis immobilise la voiture au milieu de la tempête.

— Nous sommes dans les montagnes de Romanija, remarque-t-il avec une solennité voulue et tandis qu'on entend le vent siffler sous le plancher de tôle. On dit que c'est ici qu'est née l'âme serbe aux premiers jours du monde.

— Dans cette immense solitude.

— Oui, confirme-t-il, la solitude est notre destin. Chaque fois, dans l'histoire, que nous avons cru pouvoir compter sur un ami, cet ami nous a trahis. Le dernier en date est Mitterrand, votre Président. Pendant la guerre, j'étais stationné sur l'aéroport de Sarajevo et j'ai été témoin du jour où les Français ont décidé de faire alliance avec les Musulmans, contre nous, les Serbes. Jamais ne n'oublierai ce moment. Depuis, je ne crois plus en personne. Je ne crois qu'en Dieu et en mon fusil.

Puis il réenclenche la première et la vieille Lada se remet à cahoter mollement sur la route enneigée, fouettée par la brise, entre les congères qui semblent se soulever par moments et suivant l'alignement des poteaux télégraphiques sans lesquels nous nous perdrions sans doute dans cette immensité blanche et tempétueuse.

— Peut-être connaissez-vous Slobodan Jasnić, dis-je.

— Oui, c'est un homme respecté à Pale, un fils de partisan.

— Il prétend qu'à Sarajevo les Musulmans prépareraient une nouvelle guerre.

— Une guerre de religion, oui. Nous savons que des moudjahidines arrivent tous les jours à Sarajevo, ainsi que des camions d'armes.

— Êtes-vous allé le vérifier ?

Il se tourne vers moi et semble sidéré.

— Vous me demandez si je suis allé à Sarajevo ?

— Oui, vous rendre compte par vous-même de ce que préparent les Musulmans.

— Mais nous n'allons pas à Sarajevo ! Sarajevo est une ville qui nous est interdite depuis la guerre.

Il y a un silence. Jusqu'à présent, personne ne nous avait formulé la chose avec cette force.

— Pardonnez-moi, je ne comprends pas. Comment peut-on vous interdire l'entrée de Sarajevo alors que la ville est la capitale fédérale de la Bosnie ?

— Nous avons créé notre propre Sarajevo, au sud de la ville, Lukavica. Lukavica est le Sarajevo serbe.

— Ah oui, Lukavica, dis-je. C'est là que nous a déposés l'autocar, le premier soir, quand nous arrivions de Banja Luka.

Me revient alors le souvenir vague d'une ville nouvelle entraperçue dans la nuit, peu avant l'arrêt final à la gare routière dont seul le quai était éclairé à cette heure tardive. Et puis aussi la façon dont l'autocar avait contourné Sarajevo, évitant soigneusement d'entrer dans la ville, m'avait-il semblé. De Sarajevo, nous avions seulement embrassé furtivement de loin les quais de la rivière Miljacka où se croisaient encore quelques promeneurs sous la lumière parcimonieuse et dorée des réverbères.

— Lukavica est une ville à part entière, reprend-il, il y a tous les commerces possibles, des écoles, une université, une église, un cinéma... Là-bas, nous ne risquons rien, la population est exclusivement serbe.

— Oui, mais comment peut-on vous interdire l'entrée de Sarajevo ?

— Comment ?... Quelqu'un m'a fait savoir que je serais arrêté si j'allais à Sarajevo. Les Musulmans prétendent que je suis un criminel de guerre. Ils ont les noms de tous les commandants, ils ont établi une liste, ils prétendent que nous sommes tous des criminels de guerre. Nous nous sommes battus pour nos familles, pour nos villages, et nous sommes assimilés à des assassins.

— Ah, je vois.

— Qu'est-ce que j'irais faire à Sarajevo de toute façon ? reprend-il un peu plus tard. Je ne compte plus aucun ami là-bas. Comme dit Dodik, il y a aujourd'hui plus de Chinois que de Serbes à Sarajevo, et je ne sais pas si on peut considérer comme des Serbes ceux qui ont accepté de rester.

— Vous en connaissez ? Vous connaissez des Serbes qui continuent d'habiter avec les Musulmans ?

— Je connais un médecin. Pour s'intégrer, il a dû renoncer à sa religion et à sa nationalité. Il dit qu'il déteste Pale et tout ce qui s'attache à l'identité serbe. Il prétend cela pour pouvoir survivre.

Nous nous arrêtons à Sokolac pour prendre un café. L'entrée du bar a été déneigée, mais sinon le bourg est prisonnier de la tempête, les rues transversales fermées par des congères, les tracteurs et leurs remorques abandonnés sur le bas-côté, figés sous des monceaux de neige. Seule la route qui relie Pale à Han Pijesak, celle que nous empruntons et qui traverse Sokolac, continue de charrier un peu de vie – un camion-citerne dont les freins grincent, un 4×4 de la police, une Mercedes à l'avant défoncé dont le conducteur entre en coup de vent dans le bar, juste derrière nous, pour déposer un bidon d'essence, ou de je ne sais quoi, à l'intention d'un homme que tout le monde semble connaître puisque le tenancier place le bidon en lieu sûr, lâchant quelques mots à la cantonade qui font immédiatement s'esclaffer le long du zinc.

Ce sont des hommes rendus énormes par l'épaisseur des parkas qui les protègent du froid, certains la chapka encore sur la tête mais repoussée sur la nuque, visages broussailleux au regard sombre, comme s'ils étaient en colère en dépit de ce rire bref, presque un ricanement, tous enveloppés du halo de fumée de leur cigarette. L'ex-commandant salue ici et là, une tape dans le dos, un simulacre de coup de poing, on nous sert trois cafés, puis il explique qui nous sommes, Boris de

Belgrade, et moi de Paris. Les hommes ne sourient pas, ils observent nos tenues, évitent de croiser nos regards. Puis notre chauffeur donne le nom de celui que nous allons voir, Bogdan Todorović, qui fut maire de Han Pijesak durant les années de guerre, et sur tous les visages s'éveille une marque soudaine d'intérêt, mélange de curiosité et de fierté. Ils viennent donc de si loin pour rencontrer l'un des nôtres, semblent-ils dire. Alors certains nous saluent, l'air de penser que nous valons mieux, finalement, que ce que nous paraissons.

Et c'est à ce moment que survient un texto, là, dans le téléphone français que je n'utilise plus mais que je garde au fond de ma poche au cas où se produirait quelque chose de grave qui me rappellerait en France. C'est Hélène. « Je suis folle d'inquiétude. Pourquoi ne me réponds-tu pas, Marc ? » Oh, me dis-je, se peut-il vraiment que je ne lui aie pas répondu ? Je me revois cette nuit-là, allongé sur mon lit, dans ma chambre d'hôtel, lui parlant tout bas. « De quoi nous punissons-nous ? » me demandait-elle, et le reste de la nuit j'avais tenté de répondre à cette énigme, rédigeant plusieurs textos que j'avais renoncé à lui envoyer, mais me promettant d'en choisir un avant le matin. J'avais dû finalement m'endormir et la laisser sans nouvelles.

Je sors du café et, adossé au vent, au bord de la route, j'écris très vite : « Tout va bien. Je pense beaucoup à toi. » Et aussitôt j'appuie sur « envoyer ». Puis je reste un instant dehors. Écoutant tous ces hommes me parler de leur solitude, de leur peur, de leur désarroi, c'est à mon propre désarroi que je songe. Nous sommes assez lucides pour constater que nous construisons notre condamnation au fil du temps, mais nous sommes incapables de découvrir seuls les raisons profondes qui nous portent à nous détruire. C'est pourquoi nous avons tellement besoin du miroir des autres. Et quand je pense, me dis-je, que j'ai failli écrire à Hélène : « Je suis chez les fous furieux », alors que je suis au moins aussi cinglé que le plus fou d'entre eux. Puis je retourne dans le café, troublé et dépité.

Bogdan Todorović est cet homme que l'on aperçoit au fond de la salle, le nez dans son journal, une cigarette se consumant dans le cendrier. L'ex-commandant l'a tout de suite repéré, et tandis que nous traversons le grand café d'Han Pisejak, nous frayant un chemin entre les consommateurs attablés qui fument et parlent fort, j'observe qu'un type se tient à la droite de Todorović, nous regardant fixement approcher. Puis il se penche à l'oreille de son voisin, et l'ancien maire lève aussitôt les yeux sur nous. Il porte ces grosses lunettes à monture d'écaille et double foyer que l'on ne trouve plus guère en France qu'au marché aux puces, sous un front immense et dégarni.

L'ex-commandant le salue le premier, puis Todorović se lève pour nous accueillir. C'est un homme long et voûté, au beau visage émacié, dont on jurerait qu'il revient d'un long exil, de plusieurs années dans un endroit reclus du monde, tant le treillis militaire qui l'habille, qui semble flotter sur son corps maigre, lui donne l'air d'un ex-prisonnier, ou de l'un de ces dissidents de l'époque soviétique dont le regard brillait faiblement au fond d'orbites creusées par l'épuisement. Il nous fait asseoir et glisse quelques mots à celui qui nous avait vus venir, et je devine dans le même moment qu'il le congédie et que cet individu au visage inexpressif doit être son garde du corps.

— On ne sait jamais qui est loyal et qui ne l'est pas, s'excuse-t-il d'une voix douce, s'adressant à moi, cette fois. L'Europe nous persécute, vous savez, si bien que les quelques étrangers qui viennent ici et demandent à me rencontrer sont devenus suspects à nos yeux.

— Qu'avez-vous pensé ?

— On m'avait prévenu que vous étiez écrivain, ajoute-t-il en lançant un regard à l'ex-commandant, mais ç'aurait pu être un mensonge.

— Et comment savez-vous que ça ne l'est pas ?

— Dites-moi plutôt ce qui vous amène à Han Pijesak.

— J'étais ici en 1993. Je me souviens des gens errant sur les routes avec leurs balluchons. Chacun, qu'il soit musulman, croate ou serbe, semblait penser que son salut dépendait de l'établissement de frontières sûres qui le protégeraient de l'autre. Les frontières sont bien présentes aujourd'hui et à Pale, par exemple, on ne croise plus un seul Musulman. Je me demandais si vous étiez satisfait de ce résultat.

— La tragédie de cette guerre, commence-t-il, c'est que les gens s'y sont engagés poussés par un idéal et qu'ils ont été trompés. Nous, les Serbes, nous sommes battus pour sauver la Yougoslavie, et regardez où nous sommes arrivés : non seulement la Yougoslavie a éclaté en plusieurs États, mais les Serbes eux-mêmes se sont divisés. Quand un même peuple en arrive à devoir construire deux États pour survivre, la Serbie et la République serbe de Bosnie, comment ne pas parler de défaite ? Je me demande aujourd'hui si cette guerre, que nous avions engagée avec les meilleures intentions du monde, ne restera pas comme la plus sale guerre de l'histoire de l'humanité. Certes, les trois nations de l'ex-Yougoslavie ont aujourd'hui leur propre État, mais nous ne vivrons plus jamais aussi bien que sous Tito.

— Je suis très étonné de vous entendre parler de défaite. Connaissant vos liens avec le général Mladić, je pensais que vous alliez plutôt évoquer une victoire, comme la plupart de ses amis.

— Mladić nous a offert l'unique victoire de cette guerre, se reprend-il : cette République que nous avons créée en Bosnie et sans laquelle nous serions devenus des parias.

Disant cela, il sort son portefeuille d'une poche de son treillis et en tire une photo qu'il me tend.

— Tenez, voyez un peu quel homme il était.

Tous les deux, Mladić et lui, figurent assis côte à côte sur l'herbe, entourés de groupes de femmes et de quelques soldats. Cela ressemble à un pique-nique improvisé sur un alpage, au milieu de l'été.

— Son épouse, m'indique-t-il, et, ici, à demi cachée, la mienne. Pendant la bataille de Sarajevo.

Je reconnais sans mal Bosa Mladić, jolie, souriante, un chapeau de paille posé sur les genoux.

— Il a voulu le mieux pour son peuple et rien pour lui, poursuit Bogdan Todorović. C'était impossible de l'inviter à déjeuner plus confortablement, il mangeait directement dans sa boîte de conserve et se remettait au travail. C'était un grand soldat, un saint. Deux hommes seulement resteront dans nos mémoires comme des saints à l'issue de cette guerre : le patriarche Pavle, qui est mort il y a un an, et Ratko Mladić. Ces deux-là n'ont jamais été corrompus par le pouvoir ou l'argent.

— Quand vous êtes devenu maire d'Han Pijesak, vous doutiez-vous que le nom de votre village allait être cité dans le monde entier comme la place forte de cette guerre ?

— Non. Quand j'ai été élu, en 1990, sous la bannière du parti de Karadžić, on ne parlait pas encore de guerre. L'état-major du général Mladić est arrivé ici en mai 1992 : une vingtaine d'officiers supérieurs, des hélicoptères, des canons antiaériens, du matériel de transmission, et environ cinq cents soldats pour protéger tout ça. Han Pijesak ne comptait que trois mille cinq cents habitants, je vous laisse imaginer le bouleversement qu'a représenté pour la population l'arrivée de ces hommes.

— Mais pourquoi Mladić avait-il choisi votre village ?

— Pour profiter des abris antiatomiques qu'avait fait creuser Tito à Han Pijesak après la Seconde Guerre mondiale. Ici, tous les avions américains réunis auraient été impuissants à tuer Mladić et ses officiers. Et puis Han Pijesak était à une bonne distance du front de Sarajevo. Même si les Musulmans avaient percé nos lignes, ils se seraient encore trouvés bien loin du Grand Quartier général. Cela dit, je ne souhaite à aucun maire d'avoir à supporter ce qui m'est tombé sur la tête du jour au lendemain.

— Les gens n'ont pas pris comme un honneur d'accueillir le général en chef ?

— Si, bien sûr, mais ensuite ils se sont dit qu'ils allaient être une cible privilégiée pour nos ennemis et certains ont pris peur. Le plus dur a été d'organiser l'intendance : toutes les exploitations agricoles des environs ont été mobilisées pour nourrir nos soldats.

— Avez-vous subi des attaques ennemies finalement ?

— Vous arrivez le jour anniversaire – 13 décembre – de l'infiltration d'une colonne de soldats musulmans qui aurait pu être dramatique. Quand on m'a prévenu d'un mouvement suspect en lisière du village, j'ai pris trois hommes avec moi et je suis allé voir de quoi il s'agissait. Il neigeait ce jour-là et la visibilité était épouvantable. Nous avons aperçu des silhouettes en entrant dans la forêt. « Qui êtes-vous ? » avons-nous demandé. Aussitôt, ils se sont mis à tirer tout en prenant la fuite. Nous avons riposté et en avons blessé un. C'est par lui que nous avons appris qu'ils étaient cent quarante au total, scindés en plusieurs unités, et qu'à cause de la neige et du brouillard ils s'étaient perdus et avaient franchi nos lignes sans le vouloir apparemment. Les affrontements ont duré trois ou quatre jours et nous les avons pratiquement tous tués. Seule une vingtaine d'entre eux ont survécu, et ceux-là, nous les avons échangés le mois suivant contre des prisonniers serbes. Sinon, l'état-major a été bombardé à trois reprises, mais jamais le village n'a été touché, par bonheur.

— Comment s'est-il remis de la guerre, le village ?

— Il ne s'est pas remis. Les gens s'en vont aujourd'hui, les jeunes ne se voient plus d'avenir ici. En 1990, on avait enregistré soixante-dix naissances à Han Pijesak, cette année, quatorze seulement...

Il rallume une cigarette.

— Aujourd'hui, reprend-il, la vie est terriblement difficile. Ceux qui se sont battus pour que cette République voie le jour sont les plus mal remerciés : ils n'ont pas de travail, ils ne peuvent pas jouir de leur victoire. Beaucoup de nos militaires se trouvent en prison, à La Haye, à Sarajevo ou à Belgrade, et s'ils sont libres, ils survivent dans la misère. On ne nous reconnaît pas. Tout se passe comme si on devait avoir honte d'être des hommes d'honneur.

— On ne vous reconnaît pas... Mais de quoi vivez-vous ?

— Je suis garde-chasse, c'est une des seules positions qu'on puisse occuper. Tous les hommes qui ont aimé et servi Mladić sont en danger aujourd'hui, alors qu'ils devraient être fêtés comme les fondateurs de ce pays. Ceux qui profitent de la victoire sont les déserteurs. Ils ont fui quand il fallait risquer sa vie, et on les a vus revenir pour prendre les postes de responsabilité quand les frontières et la paix ont été acquises. Je connais des déserteurs, originaires d'Han Pijesak, qui travaillent à présent au gouvernement avec Dodik, couverts d'honneurs, bien payés et protégés par l'État. Pendant ce temps-là, Mladić se cache quelque part, alors que nous devrions chaque jour honorer sa personne.

— Quand l'avez-vous vu pour la dernière fois ?

— Ici, à Han Pijesak, en 1996. Il savait qu'il serait poursuivi par le tribunal de La Haye, mais il était très calme, très résolu. « Qu'ils ne s'attendent pas à ce que je me livre, m'a-t-il dit, et s'ils parviennent à me coincer, ils ne m'auront pas vivant. »

# 13

La tempête de neige est trop violente pour que nous puissions regagner Pale ce soir-là, et avant d'accepter l'hospitalité que nous offre Bogdan Todorović, nous appelons Pavlusko dans l'espoir qu'il se trouvera dans les locaux de sa maison d'édition.

Aujourd'hui encore, je me souviens du sentiment de réconfort qui m'a saisi à l'instant où j'ai compris, écoutant Boris au téléphone, que Pavlusko était bien là et qu'il nous attendait. Comme si j'avais eu l'intuition qu'un malheur le guettait et que le temps nous était compté.

Nous allons à pied à travers les tourbillons de neige, suivant les indications de Todorović, l'écharpe remontée jusqu'aux yeux. Les rues sont cotonneuses et désertes. Il est à peine quatre heures de l'après-midi mais déjà la lumière est crépusculaire aux confins du bourg, à cet endroit, nous a dit l'ancien maire, où nous trouverions les restes d'une usine adossés à la forêt. « Vous verrez, un des bâtiments a été restauré et un lampadaire vient d'être installé. » Le lampadaire est bien là, en effet, découpant un cône de flocons lumineux rendus fous par le vent, et trois fenêtres brillent au deuxième étage d'un immeuble de briques.

Mon étonnement d'éprouver une telle satisfaction à retrouver Pavlusko, comme s'il était une vieille connaissance, désormais, alors qu'à peine la porte refermée, et sans même nous avoir dit bonjour, il nous entreprend sur la partialité du tribunal de La Haye. Il paraît que Naser Orić aurait été vu paradant dans les rues de Sarajevo. On vient de le prévenir, à peine avait-il raccroché que nous avons sonné à sa porte. C'était un journaliste, « un ancien compagnon d'armes ». Il avait été témoin le matin même de la scène : des habitants de Sarajevo applaudissant Naser Orić. Orić, le commandant des Musulmans de l'enclave de Srebrenica et à ce titre le responsable, selon Pavlusko, de l'assassinat de dizaines de paysans serbes au cours d'expéditions nocturnes dans les villages serbes situés autour de Srebrenica, jusqu'à ce que le général Mladić mette fin à ce massacre en massacrant à son tour tous les hommes valides de Srebrenica (8000 victimes, adultes et adolescents, selon le décompte des enquêteurs de La Haye venus exhumer les ossements). « Nous avions réussi à faire inculper Orić, hurle Pavlusko, mais c'était une ruse des juges pour faire croire à leur impartialité. Ils l'ont acquitté ! Ils ont acquitté le plus grand criminel de tous les temps, tandis qu'ils n'ont pas de peines assez lourdes pour condamner les officiers serbes. Il aurait sans doute fallu qu'on se laisse égorger sans protester pour trouver grâce auprès de ces prétendus juges. Et c'est à ces gens-là qu'il faudrait livrer Mladić ! Jamais ! Jamais ils ne l'auront ! » Tiens, me dis-je, l'observant aller et venir dans cette pièce humide et glacée, seulement meublée d'un bureau métallique années 1960 croulant sous des piles de vieux papiers et d'un fauteuil bancal à la moleskine déchirée, il semble redevenu aussi fou que le premier jour. Et cependant, je suis satisfait d'être ici. Mais pourquoi ? Est-ce son regard qui me touche, la tristesse de son regard que même la colère ne parvient pas à dissimuler ? Est-ce parce qu'il me fait songer à mon père ? Oh oui, ce Pavlusko semble être un personnage ressuscité de mon enfance.

Boris sourit.

— Je crois qu'on a eu tort de venir, Marc, me glisse-t-il, tandis que Pavlusko continue de fulminer. On aurait été mieux chez Todorović, sa femme nous aurait préparé à dîner.

Puis, d'un seul coup, Pavlusko se calme.

— Retirez donc vos manteaux et venez dans la pièce à côté, dit-il, il y a du café.

Et là, tout est différent.

Deux vieux canapés ont été disposés en angle. Un radiateur électrique rougeoie sous une table basse encombrée de papiers et d'un ordinateur portable. À voir le cendrier plein et la tasse de café dont la soucoupe déborde de mégots, on devine que Pavlusko travaillait quand nous sommes arrivés.

— Vous étiez en train d'écrire et on vous dérange, n'est-ce pas ?

— Ce n'est pas vous, c'est Orić qui me dérange.

— C'est un nouveau livre ?

— Oui, sur les derniers jours du Sarajevo multiethnique.

— Du Sarajevo d'avant la guerre alors. Un roman ?

— Non. Je raconte ce que j'ai vu de la fuite des Serbes durant les six semaines qui ont précédé le siège. Enfin, ce que vous, Occidentaux, avez appelé « le siège de Sarajevo ».

Il énonce cela tout en préparant le café, et Boris et moi nous asseyons sur les canapés, les pieds au chaud sous la table basse.

— La fuite des Serbes, dis-je. Je n'ai jamais rien lu sur cet épisode.

— Ça a commencé le 1er mars 1992, quand les Musulmans ont tiré sur un mariage serbe, et ça s'est fini le 6 avril de la même année quand l'armée de Mladić a verrouillé Sarajevo pour éviter que les Musulmans nous poursuivent jusqu'à Pale et nous tuent tous.

— Pavlusko, les Serbes étaient bien mieux armés que les Musulmans, c'est une chose établie par tous les historiens. Vous aviez les tanks, les canons, les avions et les hélicoptères de l'armée fédérale de Yougoslavie, tandis que les Musulmans n'avaient que des kalachnikovs et des fusils de chasse, comment auraient-ils pu vous poursuivre dans les montagnes jusqu'à Pale ?

— Il n'est pas nécessaire d'avoir des tanks et des avions pour tuer des femmes et des enfants, remarque-t-il.

Il sert le café, se rassoit devant son ordinateur et allume une cigarette.

— Les historiens, reprend-il après un silence. Je ne sais pas qui sont « les historiens » dont vous parlez, Marc, ni où ils se trouvaient au mois de mars 1992. Moi, j'étais à Sarajevo. Je vais vous raconter dans quelles conditions j'ai quitté cette ville. Avec ma femme et mon fils, nous habitions une maison sur les hauteurs, dans le quartier de Sedrenik. Depuis le coup de feu tiré sur le mariage serbe, les choses s'étaient radicalisées entre Musulmans et Serbes. Des voisins qui se fréquentaient depuis des années, qui s'invitaient mutuellement aux fêtes de famille, ne se parlaient plus. On savait que des moudjahidines, venus de l'extérieur, passaient dans toutes les maisons musulmanes pour monter les gens contre les Serbes, demander des renseignements et enrôler les hommes de force, si bien qu'on se méfiait. Les amis d'hier pouvaient avoir été retournés et être devenus des ennemis. Il y avait chaque jour des morts au cours de manifestations, ce qui contribuait à installer un climat de peur. Des familles serbes commençaient à s'enfuir pour se réfugier à Belgrade, à Banja Luka ou à Pale, et c'est alors que j'ai compris que si nous laissions s'opérer cet exode, Sarajevo allait tomber entre les mains des Musulmans comme un fruit mûr. Depuis des années, je mettais en garde les nôtres contre l'infiltration des Musulmans dans les usines, dans l'administration, dans la police, partout. Je n'ai pas contesté la décision de Karadžić de déménager les élus serbes de l'Holyday Inn à Pale parce qu'ils étaient devenus une cible trop exposée, mais j'ai entrepris de convaincre la population serbe de rester sur place. Quartier par quartier, je suis venu parler aux gens. C'était dangereux, ça n'était pas facile de les réunir car beaucoup ne sortaient plus de chez eux, ne sachant plus ce qu'ils devaient faire, abandonner leur maison au risque de la retrouver habitée par une famille musulmane quand ils reviendraient, s'ils revenaient un jour, ou se claquemurer derrière leurs volets en espérant que la situation allait s'apaiser et prendre ainsi le risque de se faire assassiner, mais malgré tout je l'ai fait. Je suis venu parler aux Serbes. Beaucoup étaient réconfortés de voir qu'un responsable politique, un proche de Karadžić, venait à leur rencontre. Mon nom était connu, mon visage aussi, grâce à la télévision, si bien qu'en dépit de la peur qui était partout palpable, on m'écoutait. Je ne sais pas si toutes ces rencontres, tous ces discours, ont servi à quelque chose. Sur le moment, oui, les hommes acquiesçaient, ils semblaient décidés à rester, mais peut-être que dès le lendemain, après de nouvelles menaces et une nuit d'angoisse, ils ne pensaient plus qu'à faire leurs valises. Je ne sais pas. Ou plutôt si, je sais, nous savons. Nous savons aujourd'hui que tout ça n'a servi à rien puisqu'au final tous les Serbes se sont enfuis. Et même moi, même nous, je veux dire.

Il marque un temps d'arrêt, rallume une cigarette.

— Les Musulmans me connaissaient depuis longtemps comme un de leurs adversaires, poursuit-il. J'avais été parmi les premiers à dénoncer leur nationalisme, leur volonté sournoise de créer leur propre État religieux, à l'image de l'Iran, et d'en chasser tous ceux qui ne pensaient pas comme eux, qu'ils soient serbes ou croates, de confession orthodoxe, catholique ou juive. Bien avant la guerre, je l'avais dit et écrit. Ils n'ont donc pas été longs à me repérer. À plusieurs reprises, certains sont venus me menacer alors que je bavardais sur le trottoir avec des compatriotes. Je n'ai jamais pris ces menaces à la légère, d'autant que ça y était, nous étions en guerre, mais si moi je cédais à la peur et m'enfuyais, alors comment demander aux gens simples de rester ?

Il se lève soudain, fait quelques pas, les mains dans les poches, sa chemise de bûcheron à moitié sortie de son pantalon. Et puis il se passe une main sur les yeux.

— Un soir, reprend-il, s'immobilisant debout au milieu de la pièce, j'ai trouvé ma femme assise sur l'herbe dans notre jardin. C'était inhabituel, il y avait bien longtemps qu'on ne profitait plus du jardin. Elle semblait m'attendre puisqu'elle m'a dit très calmement : « Ah, te voilà enfin ! », mais en même temps elle ne s'est pas levée pour m'accueillir. Elle était étonnamment pâle, le regard fébrile, se tenant les doigts croisés si serrés sur ses genoux que ses articulations en étaient blanches. « Lea, tu n'as pas l'air bien, ai-je dit. Quelque chose ne va pas ? – Non, ça va. – Tu m'attendais ? C'est moi que tu attendais ? – Oui, je me demandais... Mais pourquoi tu ne t'assois pas à côté de moi au lieu de rester debout ? – Il ne fait pas si chaud que ça pour rester dehors, ma chérie. Tu ne veux pas qu'on rentre plutôt ? – Je me demandais... – Où est Augustin ? l'ai-je interrompue, songeant que notre fils devait être à la maison puisque les écoles avaient fermé quelques jours plus tôt. – Je me demandais justement ce qu'il faisait, je ne l'ai pas vu revenir. – Revenir d'où, Lea, les écoles ne fonctionnent plus ? – Il est sorti un moment tout à l'heure, pour aller à l'épicerie, je suppose, et je ne le vois pas revenir. – Il y a combien de temps ? – Je ne sais pas, comment veux-tu que je le sache ? a-t-elle commencé à s'énerver. – Ma chérie, tu sais bien si c'est une heure ou dix minutes. – Je n'ai pas regardé ma montre. Viens, je suis inquiète, allons le chercher. » Elle s'est levée à ce moment-là avec beaucoup d'énergie et m'a entraîné dans la rue. L'épicier n'avait pas vu notre fils. « Allons demander à la boulangerie », a-t-elle décidé. Mais à la boulangerie non plus ils ne l'avaient pas vu. « Tu es sûre qu'il ne serait pas rentré à la maison ? ai-je insisté. – Pourquoi me demandes-tu ça ? Il n'est pas à la maison, je l'ai vu sortir, je ne suis pas folle tout de même ! » Il y avait quelque chose d'inhabituel dans son comportement, cette colère à fleur de peau, son regard que je ne parvenais plus à saisir. Lea était d'un tempérament plutôt doux et rêveur, il lui arrivait de se mettre en colère, comme tout le monde, mais c'était exceptionnel. Elle travaillait avec des enfants handicapés, elle créait des spectacles avec eux, elle aimait la poésie, les histoires qui se finissent bien. Vous voyez... Cela pour vous expliquer combien son comportement m'a paru bizarre. « Aide-moi à le chercher au lieu de me contrarier », m'a-t-elle lancé. Alors elle m'a entraîné jusqu'à son école et a voulu qu'on interroge le gardien pour savoir si Augustin n'aurait pas demandé à monter dans sa classe récupérer un livre ou un objet quelconque. Nous avons sonné, et le gardien est apparu derrière les grilles. C'était un brave homme que Lea connaissait bien. « Depuis ce matin, je n'ai pas vu un enfant, lui a-t-il dit. – Vous êtes certain ? – C'est bien simple, je n'ai pas eu à ouvrir une seule fois. – Et s'il était passé par derrière ? s'est-elle obstinée. Les enfants entrent parfois par derrière en enjambant le mur pour ne pas avoir à faire tout le tour... Ouvrez-nous, je vous en supplie, si je vois son pupitre, je saurai tout de suite s'il est passé. » Il nous a ouvert, nous sommes montés dans la classe d'Augustin et Lea est allée droit à son pupitre dont elle a soulevé le battant. Je me rappelle combien son attitude m'a paru extravagante : elle est restée un moment comme statufiée devant les livres et les cahiers de notre fils, empilés en tas, et soudain elle a conclu : « Eh bien non, il n'est pas venu ! – Comment le sais-tu, Lea, je ne comprends pas ce qui te permet... – Il n'est pas venu, ça se voit tout de suite, a-t-elle tranché en rabattant le plateau. Oh mon Dieu, où peut-il être ? » À ce moment-là, elle a été prise de tremblements, tout en jetant autour d'elle un regard que je ne lui avais jamais vu – le regard d'une personne traquée qui semble chercher une issue pour prendre la fuite. Je l'ai vue se figer en considérant les fenêtres de la salle de classe et j'ai eu le pressentiment qu'elle était au bord d'un gouffre, en proie à une angoisse incommensurable, et qu'il fallait très vite que je reprenne les choses en mains. « Lea, lui ai-je dit, ça ne va pas du tout, tu es malade. Viens, rentrons, tu vas te coucher et je vais tenter de joindre un médecin. – Non, je ne rentrerai pas tant que nous n'aurons pas retrouvé Augustin. – Tu n'es pas en état de le chercher, ma chérie. J'appellerai ses copains depuis la maison, il ne doit pas être bien loin. » Je l'ai prise par les épaules. « Viens, rentrons maintenant », ai-je répété. Je m'attendais à ce qu'elle résiste, mais elle s'est laissé conduire jusqu'aux grilles sans protester. J'ai remercié le gardien, et à ma grande surprise Lea ne l'a même pas salué. Elle a semblé ne pas le voir, perdue en elle-même, les pupilles dilatées. « Ma femme n'est pas bien, ai-je dit au gardien en guise d'excuses. Elle tremble de fièvre, je crains qu'elle n'ait pris froid. » Dans la rue, elle ne m'a pas opposé non plus de résistance, mais je l'entendais parler tout bas, comme si elle avait oublié ma présence et était en train de perdre la tête.

Pavlusko s'interrompt. Lui aussi semble avoir oublié notre présence. D'ailleurs, il va vers la fenêtre et se plante devant, de sorte que nous ne voyons plus son visage. Grâce au lampadaire, dont le halo dur éclaire la nuit, on peut observer que la neige continue de tomber sur Han Pijesak.

— Arrivés devant la maison, reprend-il d'une voix précipitée, comme altérée par le souvenir d'une peur qui le fait soudain haleter, elle a refusé d'entrer. Elle secouait la tête obstinément. « Lea, ai-je dit, tu ne vas pas attendre le médecin dans le jardin. Viens t'allonger, je t'en prie. » Mais il n'y a rien eu à faire, et je l'ai laissée là, debout au milieu du gazon, avec l'intention d'appeler immédiatement l'hôpital où j'avais un ami. Une chaise était renversée dans le vestibule, et c'est en la redressant que j'ai aperçu les pieds d'Augustin par la porte de la cuisine qui était ouverte. Ses chevilles dans ses baskets, dont l'une était à moitié déchaussée. « Ah, tu es là, Augustin ! l'ai-je interpellé, remettant cette chaise contre le mur. Où étais-tu passé, on te cherche partout depuis une heure... » Mais en entrant dans la cuisine, j'ai vu qu'il était couché en travers de la table et, dans la même seconde, que sa tête reposait dans une mare de sang. « Augustin ! ai-je crié. Augustin ! » Il ne pouvait plus m'entendre, il avait reçu une balle au-dessus de l'oreille, et une autre lui avait traversé le cou.

Pavlusko se tait, et Boris continue de traduire machinalement ses dernières phrases, rattrapant son retard. Nous avons l'un et l'autre le regard fixé sur les épaules massives de cet homme. On devine qu'il cherche à retrouver sa respiration, à reprendre son calme. Quand il se retourne vers nous, son visage gris semble presque serein.

— Il m'a paru que le plus urgent était de me préoccuper de Lea, puisque pour Augustin il n'y avait plus rien à faire. J'ai retraversé le jardin, je suis allé vers elle, je l'ai prise dans mes bras (et à cet instant, il ouvre les bras et on le voit clairement enlacer sa femme). « Augustin est mort, Lea. Il n'est pas parti, il est dans la maison, dans la cuisine. Quelqu'un est entré et a tué notre enfant, ma chérie. Tu le savais, tu as sans doute tout vu, tout entendu, mais tu as préféré te persuader qu'il était sorti. Je le comprends, j'aurais sans doute fait la même chose à ta place. Il y a des événements si cruels, si impossibles, qu'on ne peut pas les croire. On préfère penser qu'ils n'ont pas pu arriver pour se donner encore quelques instants de répit. Je sais, Lea. Oh, si tu savais comme je sais tout cela, ma chérie. Ce qui nous attend maintenant va être terrible, mais je suis là. Je suis là. Tu m'entends, n'est-ce pas ? » Je la serrais fort, je la sentais trembler et, brusquement, elle a pesé de tout son poids sur mes bras. Elle venait de perdre connaissance. Je l'ai portée jusque dans la maison et l'ai allongée sur le canapé. À ce moment-là seulement, j'ai appelé l'hôpital, puis la police.

Je croise un instant son regard, mais il ne me voit pas. Il est ailleurs, manifestement occupé à se remémorer cette journée où la mort de son enfant est entrée dans sa vie, y éteignant la lumière.

— Augustin allait fêter ses quatorze ans, reprend-il. Nous l'avons enterré et nous avons quitté Sarajevo le 30 mars 1992, parmi les derniers Serbes qui fuyaient. À Pale, et jusqu'à la mort de Lea, nous avons logé dans une maison qui avait appartenu à une famille musulmane. C'était une chance d'avoir un toit dans un village que l'exode avait transformé en un immense camp de réfugiés, mais cette maison avait dû héberger au moins trois ou quatre enfants à voir le nombre de lits, et surtout la quantité de posters accrochés aux murs, de jouets, de ballons, de vélos dans le garage... J'avais beaucoup à faire auprès de Karadžić et je n'ai pas mesuré combien tous ces objets, liés à l'enfance, ont dû peser sur le chagrin de Lea. C'était la guerre, nous étions malheureux, endeuillés, mais nous n'étions pas les seuls, beaucoup de familles avaient déjà perdu un fils sur le front, parfois le père et le fils. Et maintenant, il fallait s'occuper des vivants, les soigner, les nourrir, les loger, tout en poursuivant les combats. Je n'ai sans doute pas été suffisamment présent auprès de Lea. Une nuit, j'ai essayé de lui faire dire ce qu'elle avait vu de l'assassinat d'Augustin. Notre fils avait-il été tué en représailles à mes engagements politiques ? Je le pense. J'y pense chaque jour depuis bientôt vingt ans. « Je veux savoir, ai-je expliqué calmement à Lea. Et puis tu ne dois pas porter cela toute seule, si nous sommes deux, ça sera moins lourd. » Elle a essayé de raconter, j'ai compris que deux hommes armés étaient entrés chez nous alors qu'Augustin était en train de prendre son goûter sur la table de la cuisine, mais ensuite elle s'est mise à sangloter, puis elle a été prise d'une crise de nerfs, perdant complètement le contrôle d'elle-même, au point d'aller se jeter le front contre un miroir qui par chance ne s'est pas cassé. Je l'ai prise contre moi et l'ai emprisonnée dans mes bras jusqu'à ce qu'elle se calme. Je suppose qu'elle a assisté à la mort d'Augustin. Que les deux hommes lui ont dit quelque chose qu'elle était censée me répéter. Qu'elle a vu notre fils regarder ses assassins, et les écouter, avec ses yeux d'enfant. Qu'elle l'a peut-être entendu dire quelques mots à l'instant où il a compris... Je suppose, mais je ne sais rien. Lea est morte en emportant ce secret.

— Lea est donc morte aussi.

— La nuit suivante, poursuit-il, elle n'a pratiquement fait que pleurer, et j'ai regretté de l'avoir interrogée. Le lendemain, alors que je me trouvais en réunion à l'hôtel Panorama avec Karadžić et d'autres membres du gouvernement, un commandant a téléphoné pour m'avertir que Lea avait été interpellée par ses hommes à un poste de contrôle alors qu'elle tentait de gagner Sarajevo à pied. « Elle a expliqué qu'elle souhaitait se rendre sur la tombe de votre fils », m'a rapporté le commandant. Je l'ai remercié. Lui et moi savions que si ses hommes ne l'avaient pas arrêtée, elle aurait été tuée sur la route bien avant d'atteindre les premières maisons de Sarajevo.

Il fait quelques pas, retourne vers la fenêtre.

— S'il neige comme ça toute la nuit, remarque-t-il, vous ne pourrez pas regagner Pale demain.

— On attendra, dis-je, ça n'a pas d'importance.

— Vous pouvez loger ici tout le temps que vous voulez, il y a des chambres à l'étage, au-dessus.

Nous le voyons se passer une main sur le front, puis il revient vers nous.

— Un camion militaire a déposé Lea à l'hôtel Panorama, reprend-il d'une voix sourde, comme si c'était un autre que lui qui venait d'évoquer nos problèmes de transport et de logement, et ce jour-là, elle a déjeuné avec tous les membres du gouvernement. Elle paraissait mieux, intervenant de temps en temps pour donner son avis ou contredire l'un ou l'autre. Un jeune soldat l'a ramenée chez nous dans l'après-midi, à bord d'une des voitures du gouvernement. Je me rappelle notre dernière conversation. Elle était assise à l'avant de cette voiture, son chauffeur bavardant un peu plus loin avec un ami. « Ça va aller, ma chérie ? Je te promets qu'après la guerre nous irons ensemble sur la tombe d'Augustin. – Oh oui, je ne supporte pas de l'imaginer seul. – Nous irons chaque jour, Lea. Jamais nous ne l'abandonnerons. – Non, il ne faut pas l'abandonner. » Elle s'est tue, le chauffeur est monté, et au dernier moment, alors que j'avais déjà claqué la portière, elle a ajouté par l'ouverture de la glace, levant les yeux vers moi : « Il est encore si jeune, Pavlusko, comment va-t-il pouvoir se débrouiller tout seul ? » Ce sont ses derniers mots. Quand je suis rentré, ce soir-là, prévoyant de dîner avec elle, je l'ai retrouvée morte. Elle s'était pendue à la rampe de l'escalier.

# 14

Combien de temps restons-nous à Han Pijesak, bloqués par la neige ? Peut-être trois ou quatre jours. Nous dormons sur de vieux canapés, dans des pièces transformées en garde-meubles, au-dessus des bureaux de Pavlusko. Ce qu'il compte faire de ces chambres ne semble pas très clair dans son esprit. Il peut dire dans la même conversation qu'il y mettra les bureaux de ses collaborateurs quand sa maison d'édition aura pris de l'expansion, mais aussi qu'il compte s'y installer prochainement, quand il aura vendu sa maison de Pale.

— Vous l'avez donc mise en vente ?

— Ça fait longtemps. Mais plus personne n'a d'argent à Pale.

— Pavlusko, vous ne nous avez pas expliqué pourquoi vous préfériez Han Pijesak à Pale. C'est étonnant pour un éditeur de s'implanter dans ce village perdu plutôt que dans une grande ville.

— Si, je vous ai dit qu'à Pale ils avaient menacé de me descendre.

— C'est vrai, mais la situation n'est plus la même aujourd'hui.

— Ah bon ! s'exclame-t-il, de cette voix invraisemblable qui me fait penser par moments qu'il doit être sourd. Et en quoi la situation est-elle différente ?

— On ne tue plus les gens, comme on a tué Knezević en 1998, par exemple.

— Bien sûr que si on tue les gens qui dérangent. Qu'est-ce que vous croyez ? Mais on les tue chez eux, et la nuit, si bien que les journaux n'en parlent pas. Knezević a été abattu dans la rue, devant sa femme et ses enfants, et en plein jour, pour faire un exemple. Pour dissuader ceux qui seraient tentés de s'attaquer comme lui aux mafieux du parti de Karadžić. Knezević était un homme d'honneur, un homme admirable. Je l'ai bien connu. Le genre de type dont Karadžić ne voulait à aucun prix dans son entourage.

— Karadžić est en prison.

— Mais Pale est toujours dirigé par les voyous dont il a fait la carrière.

— Et ceux-là ne vous aiment pas.

— Ceux-là aimeraient bien me faire taire. Tandis qu'ici, à Han Pijesak, l'ancien quartier général de Mladić, je ne compte que des amis. Ici, je ne risque rien. Allez donc essayer de me demander au bar où vous avez rencontré Todorović, l'ancien maire, vous allez voir ce qui va vous arriver.

— Qu'est-ce qu'il nous arrivera donc ?

— On vous surveillera, jusqu'à ce que vous ayez quitté le village. À Han Pijesak, un type qui arrive de Pale, un type dont on ne connaît pas la tête, il est immédiatement surveillé.

— Bon, mais alors pourquoi continuer à venir à Pale si vous y risquez votre vie ? Vous pourriez très bien habiter ici dès maintenant.

— Jelica est à Pale, remarque-t-il.

Je suis tenté de lui dire que nous avons rencontré le mari de Jelica, Petar, et même leur fils,

Bozo, mais je crains qu'il n'interprète cela comme une forme de jugement moral à son égard, et je me tais. J'ai toujours à l'esprit cette scène où Jelica pose ostensiblement sa main sur la sienne, puis mêle ses doigts aux siens, et au fond de moi, et bien que ça ne me regarde en rien, j'aime l'idée que Jelica se préoccupe de Pavlusko, qu'elle ne le laisse pas seul, qu'elle veille sur lui.

Le lendemain de cette conversation, Bogdan Todorović frappe à la porte tandis que nous sommes en train de prendre le petit déjeuner sur la table basse de Pavlusko. L'ancien maire porte une énorme parka militaire par-dessus son treillis, et comme ses lunettes s'embuent à l'instant où il entre dans la pièce, nous le voyons rire pour la première fois.

— Ah, dit-il, c'est comme ça que les porteurs de lunettes se font descendre !

Boris aussi éclate de rire en me traduisant sa phrase.

— Ces mecs-là se croient toujours en guerre, ajoute-t-il en français à mon intention. Hein, Marc ?

— On ne va pas te descendre, pas toi, hurle Pavlusko en le saisissant par les épaules et en lui donnant l'accolade.

Todorović s'assoit un moment avec nous. Lui et Pavlusko échangent quelques propos à voix basse, puis quand Todorović annonce qu'il part pour Knežina, un village isolé en pleine montagne, sur la route qui relie Sokolac à Olovo, il vient soudain à Pavlusko une pensée pour un certain Dinko qui habite Knežina, justement.

— Tu vas lui remettre un mot de ma part, dit-il à Todorović. Ce type-là a été bûcheron dans sa jeunesse, avant la guerre, je ferais bien son portrait dans ma revue.

Tous les deux se mettent alors à parler de Dinko, de l'énergie qu'il met à vivre, de la maison qu'il construit en dépit de son handicap, du fauteuil roulant qu'il s'est inventé avec quatre planches et d'anciennes roues de poussette pour continuer à retourner son potager, de la femme qui partage sa vie.

— Mirjana, dit Pavlusko.

— Oui, acquiesce Todorović. C'était une belle femme quand elle était jeune. Tous les deux étaient magnifiques.

— Vous nous emmèneriez jusqu'à Knežina ? dis-je, tandis que Pavlusko rédige son mot pour Dinko. Je vous écoute parler de cet homme et j'aimerais bien le connaître, moi aussi.

— Pourquoi pas ? dit Todorović. Il y a de la place dans le camion.

Une heure plus tard, assis à l'arrière d'un camion 4×4 de l'ex-armée de Yougoslavie dont la bâche déchirée laisse entrer un vent glacial, nous roulons vers Knežina.

Je me rappelle ma surprise, à peine descendu du camion, en apercevant un minaret au-dessus de quelques toits recouverts de neige.

— Il y a donc des Musulmans, par ici, dis-je à Todorović en lui désignant le minaret du doigt.

Il semble lui-même interloqué.

— C'est bien possible, certains reviennent.

Puis il se tourne vers une maison en chantier, une de ces maisons hérissées de fers à béton, qui n'ont pas encore de toit :

— C'est ici.

Une barrière sommaire, faite de piquets de bois et de fil de fer, délimite ce qui doit être un jardin à la belle saison, à présent enfoui sous un mètre de neige. La maison est au fond, offrant au regard une façade de parpaings, brute et grise, dégoulinante d'humidité et de stalactites. Une femme, chaussée de bottes, se tient sous l'auvent du porche. Elle devait être sur le point d'entrer dans la maison quand elle a vu notre camion s'immobiliser, car elle nous observe fixement maintenant, son anorak à demi ouvert et tenant à la main un vêtement de grosse laine qui doit être un fichu.

Puis elle reconnaît Todorović et lui adresse un maigre salut.

— Mirjana, je t'amène de la visite ! s'écrie l'ancien maire d'Han Pijesak.

La femme ne répond pas. Bien qu'une trentaine de mètres nous séparent d'elle, il me semble noter de la suspicion dans son regard.

Nous traversons le jardin, plaçant nos pas dans un sentier grossièrement damé.

Plus nous approchons, plus le visage de la femme me semble chargé de méfiance. Un visage écarlate et couperosé de montagnarde, aux cheveux écrasés sur le front, qui pourrait être avenant par sa rudesse, mais que l'éclat mauvais du regard rend inquiétant.

— C'est un écrivain français et son interprète, lui explique Todorović qui marche devant. Ils souhaitent rencontrer ton mari, j'ai pensé qu'il n'y verrait pas d'inconvénient.

Comme nous arrivons, il nous présente par nos prénoms, et alors Mirjana, qui semble craindre Bogdan Todorović, a un sourire forcé en nous serrant la main, une sorte de rictus qui lui fait entrouvrir ses lèvres crevassées sur des dents gâtées.

— Merci de nous accueillir, dis-je en français, accompagnant ces quelques mots d'un petit signe en direction de Boris pour signifier à notre hôtesse qu'il va les lui traduire, mais elle ne me prête aucune attention et se détourne avant que Boris ait eu le temps de commencer.

Elle ouvre la porte et s'efface pour laisser entrer Todorović. J'ai bien noté qu'elle n'a pas eu un mot, ni un geste, pour nous inviter à le suivre, aussi, à l'instant où nous pénétrons à notre tour, je cherche son regard pour lui adresser un sourire, mais je ne le trouve pas, elle le tient ostensiblement baissé.

Un instant, nous nous découvrons à quatre dans un vestibule de bonne taille au sol de ciment brut. On devine que ce sol-là sera un jour carrelé, comme les murs de plâtre, tachés de traces d'humidité, seront un jour recouverts de papier peint. Le chantier est conduit par l'homme de la maison, il va durer quinze ans, vingt ans, c'est une chose qui saute immédiatement aux yeux du visiteur.

Et tandis que celui-ci se fait cette réflexion, la femme ouvre une porte sur le côté pour maugréer quelques mots de serbe que même Boris ne parvient pas à saisir. Ce doit être la cuisine car il s'échappe aussitôt de cette pièce, en même temps que le ronflement assourdissant d'une hotte, une odeur de chou un peu écœurante. Et c'est alors que survient l'homme de la maison. Il y a quelque chose d'horrifiant et de comique à le voir surgir, guère plus haut qu'un enfant de six ans, se propulsant à vive allure sur ses poings serrés et donnant le sentiment de rebondir sur ses fesses. Il vient s'immobiliser d'un bond sous le nez de Todorović, son visage souriant et perlé de sueur arrivant sous la ceinture de l'ancien maire, puis après avoir assuré son équilibre, faisant songer un instant à un culbuto, il tend résolument le bras droit au-dessus de sa tête comme font les jeunes enfants pour saluer les grandes personnes.

— *Dobar dan,* Bogdan, s'écrie-t-il joyeusement. Comment vas-tu ?

— *Dobar dan,* Dinko. C'est un plaisir de te trouver toujours aussi en forme ! On parlait de toi, ce matin, avec Pavlusko, et comme un écrivain français était de passage...

— Pavlusko ! Quel Pavlusko ?

— Pavlusko, l'ancien ministre. Tiens, il m'a donné cette lettre pour toi...

Avec quelle habileté la lettre est aussitôt glissée dans la chemise, faute de poches. Puis Dinko, que nous entourons tous, le menton levé vers nous, promène à toute allure son regard enjoué de l'un à l'autre, comme s'il s'attendait à ce que nous lui lancions une balle, ou un biscuit, me dis-je, aussitôt terrifié par l'image qui vient de me traverser.

— Boris est un Serbe de Belgrade, lui explique Todorović, penché en avant comme s'il s'adressait à un écolier, et Marc arrive de France.

D'un bond, Dinko est auprès de moi, me tendant la main avec engouement.

— Bienvenue en République Srpska, lance-t-il. Bienvenue dans notre pays !

— Merci de nous recevoir dans votre maison, dis-je. Pavlusko nous racontait que vous aviez tout construit de vos mains...

— Toute la maison, tout moi-même ! confirme-t-il, embrassant d'un regard ravi les murs et le plafond, sans cesser de sembler sautiller sur ses fesses, comme s'il était monté sur des ressorts.

— C'est formidable ! m'entends-je dire stupidement.

— Est-ce que je peux vous offrir quelque chose à boire ? propose alors Dinko à la cantonade.

— Non, moi je vais vous laisser, se dérobe Todorivić, les gars m'attendent en forêt. Je suis content de t'avoir vu, Dinko. Et toi aussi, Mirjana.

Il saisit la femme par les épaules, mais ne l'embrasse pas, se contentant de la secouer vigoureusement avant de tourner brusquement les talons, d'ouvrir la porte comme s'il était chez lui, et de disparaître.

— Entrez donc, suggère Dinko, dont le ton est soudain moins enjoué.

La pièce que nous découvrons, remplie de vapeur et du vrombissement d'un ventilateur, est un stupéfiant bric-à-brac. Cuisinière et poêle à bois occupent tout un coin sur la gauche, sous un entrelacs de tuyaux de zinc suspendus au plafond par des fils de fer. C'est de ce coin-là, où se côtoient lessiveuse et faitout, que provient la vapeur. La réserve de bûches a été disposée en vis-à-vis de la cuisinière, ne laissant qu'un passage étroit pour surveiller les marmites, le chou, le linge qui bout, et atteindre la fenêtre du fond dont les vitres embuées ne laissent entrer qu'une lumière terne. À l'opposé de la fenêtre, sur notre droite en entrant, un vaisselier occupe tout un pan de mur, débordant d'objets hétéroclites et de vieux journaux, ainsi qu'une table au-dessus de laquelle sèche du linge. L'endroit est éclairé par une ampoule qui tombe du plafond. Entre le vaisselier et la table, sur le sol de ciment rugueux, traînent toutes sortes de petits escabeaux, éparpillés entre chaises et fauteuils, qu'il faut prendre garde d'enjamber si l'on ne veut pas trébucher et s'étaler.

Avec une agilité sidérante, Dinko recourt à ces escabeaux, de hauteur variable, pour se propulser sur une chaise. Le voilà soudain attablé à notre hauteur, redevenu un homme entier comme par magie. Un bel homme d'une quarantaine d'années, au visage marqué, au front dégarni. Comment ai-je pu tout à l'heure, alors qu'il levait le menton vers nous, être traversé d'une pensée aussi effrayante, me dis-je, croisant maintenant son regard.

— Une bière ? propose-t-il, légèrement haletant, mais sans se défaire de son sourire.

Et comme il s'apprête à sauter de sa chaise pour aller chercher les bières, Boris se lève. C'est lui qui va ouvrir le frigidaire et en rapporte les bières. La femme, là-bas, occupée à surveiller le chou, n'a pas bougé.

— Pavlusko nous disait que vous étiez bûcheron avant la guerre...

— C'était mon métier, oui, mais je ne l'ai pas exercé bien longtemps. Deux ans. À peine deux ans.

— Comment parvenez-vous à mener le chantier de votre maison ?

— Ah !

Il tend le bras pour aller chercher une enveloppe sous un tas de courrier. Il en sort quelques photos.

— Tenez.

On l'aperçoit suspendu dans une caisse, le long du mur de parpaings de sa maison, une truelle à la main.

— Je me hisse moi-même, nous explique-t-il. Je peux monter jusqu'à trois parpaings par voyage, en plus de mon poids. Et regardez, pour le jardin...

Cette fois, il cahote entre les sillons d'un potager, sous un ciel de printemps, un tuyau d'arrosage entre les mains, enfoncé jusqu'aux seins dans une demi-barrique sur laquelle on a greffé quatre roues trapues.

— Comment est-ce arrivé ? dis-je. Comment avez-vous perdu vos jambes ?

Alors quelque chose dans son regard, comme l'expression d'un soulagement, me laisse penser qu'il espérait cette question, qu'il l'attendait.

— J'ai été envoyé au front le 12 juillet 1992, commence-t-il. Comme simple soldat, au-dessus de Sarajevo. Entre les lignes musulmanes et les nôtres, il y avait seulement quatre-vingts mètres. On les entendait parler, rire, manger. Le 14 juillet, j'étais assis comme ça, avec mon fusil entre les jambes (il mime sa position, dessinant d'un trait de la main dans l'air celle de son fusil), quand une grenade est tombée là, juste à côté. L'explosion m'a coupé la jambe gauche, et a coupé en partie la droite. Quand j'ai repris connaissance à l'hôpital de Sokolac, je n'avais plus mes jambes, on avait dû me couper la droite aussi. J'ai passé deux mois et demi à l'hôpital de Sokolac, puis treize à celui de Belgrade.

Tandis qu'il racontait, avec le souci manifeste de bien dire, de ne rien oublier, la femme s'est rapprochée. Elle se tient maintenant légèrement en retrait de nous, contre le vaisselier, écoutant ce que dit son mari tout en feignant de repriser un sous-vêtement.

— Le 12 juillet au front, reprend-il, et le 14 juillet blessé, après seulement deux jours de guerre (il sourit timidement en dressant deux doigts). Seulement deux jours de guerre. Qu'est-ce que j'ai fait de mal ? Croyez-vous qu'après seulement deux jours on puisse me considérer comme un criminel de guerre ?

Je suis si surpris par sa question que je souris, moi aussi.

— Pourquoi vous accuserait-on de crimes de guerre ? Je ne comprends pas.

— J'entends les accusations de viols portées contre nous, les Serbes, se défend-il, mais comment aurions-nous pu violer des femmes musulmanes alors que nous étions encerclés ?

Je conviens silencieusement, d'un mouvement de sourcils, que ça me semble difficile, en effet.

— Ici, reprend-il, c'était un village où il y avait beaucoup de Musulmans. J'étais à l'école avec des Musulmans, on se connaissait, ils étaient nos amis. Pourquoi est-ce que j'aurais voulu violer leurs femmes ? À La Haye, ils veulent faire croire que nous sommes un peuple de criminels, ils veulent nous faire porter la responsabilité de cette guerre, alors que ce sont les Américains et les Européens qui l'ont voulue...

— *C´uti ! C´uti !* l'interrompt alors la femme.

— Que dit-elle, Boris ?

— Elle lui demande de se taire. Tais-toi ! Tais-toi ! Je crois qu'elle a peur de nous, Marc, mais je ne sais pas pourquoi.

Je me tourne vers la femme, mais elle dévie aussitôt le regard.

— Quand sont-ils partis les Musulmans de Knežina ? m'enquiers-je auprès de Dinko, soucieux de revenir à sa préoccupation de départ.

— En juillet 1992.

— Le mois justement où vous avez perdu vos jambes.

— Oui, le même mois.

— Est-ce une coïncidence, ou est-ce qu'ils sont partis parce qu'ils ont appris que vous aviez été gravement blessé par les leurs ?

Il semble étonné de ma question et demeure un instant perplexe.

— Je ne sais pas, dit-il, je n'étais pas là. Il faut demander à ma femme.

Alors il s'adresse à elle, qui se tient toujours en retrait contre le vaisselier avec son petit ouvrage entre les mains.

— *Nek idu !* lui lance-t-elle en retour. *Nek idu !*

Et brusquement elle quitte la pièce, claquant la porte derrière elle.

— Marc, elle a dit « Qu'ils s'en aillent ! Qu'ils s'en aillent ! », me traduit Boris.

— Votre femme n'est pas contente que nous soyons là, dis-je alors à Dinko. Je l'ai vu dès que nous sommes entrés chez vous. De quoi a-t-elle peur ?

— Elle a peur que les gens de La Haye viennent m'arrêter.

— Mais nous ne sommes pas des gens de La Haye.

— Elle pense que si. Elle pense que si vous posez toutes ces questions c'est que vous cherchez quelque chose.

— Et vous aussi, vous le pensez ?

— Je ne sais pas. Je vous ai dit la vérité : je suis arrivé sur le front le 12 juillet, et le 14, après deux jours seulement, une grenade m'a coupé les jambes. Qu'est-ce que j'ai pu faire de mal en deux jours ?

— Dinko, nous ne sommes pas venus pour enquêter sur vous, et encore moins pour vous arrêter. Je suis seulement un Français de passage, je ne vous veux aucun mal. Croyez-vous que Todorović nous aurait accompagnés jusque chez vous si nous étions des gens de La Haye ?

Il se tait, ne laissant rien deviner de ce qu'il pense.

— Bon, dis-je, je suis désolé de vous faire peur, désolé que cette rencontre se passe aussi mal.

Mais cependant, après un silence, je reviens à notre conversation.

— En arrivant, j'ai aperçu un minaret. La mosquée n'a donc pas été détruite pendant la guerre ?

— Nous n'avons rien détruit de ce qui appartient aux Musulmans. Ceux qui reviennent retrouvent leur maison, dit-il. Ici, à Knežina, aucune maison musulmane n'a été brûlée. Vous pouvez aller demander dans le village.

— Je vous crois, Dinko. Votre parole me suffit, je ne suis pas un policier.

— Elles sont restées fermées depuis la guerre, poursuit-il, personne ne les a abîmées. La seule maison qui ait brûlé dans le village est celle d'une famille serbe, et c'était un accident.

Il s'interrompt, semble réfléchir.

— Moi, reprend-il, je n'ai pas d'amertume à l'égard des Musulmans. Ceux qui reviennent frappent à ma porte – « On voulait te dire qu'on regrette cette guerre, Dinko » – je les fais entrer, je leur offre à boire, exactement comme je fais avec vous. Je sais bien que je n'ai plus de jambes, mais à quoi bon se détester ?

Il finissait sa phrase quand la femme reparaît, envoyant la porte cogner violemment contre un escabeau et tenant entre ses bras un panier débordant de linge sale.

— Votre femme aimerait que nous partions, n'est-ce pas ?

Je vois son visage se durcir quand il entend la phrase traduite par Boris.

— Si vous avez d'autres questions, rétorque-t-il, vous pouvez les poser.

— Je veux bien que vous nous parliez du village avant la guerre.

Il se détend.

— Avant la guerre, on vivait très bien à Knežina. Moi, j'étais bûcheron, et ma femme travaillait à la fabrique de chaussures. La plupart des gens du village travaillaient à la fabrique de chaussures, les Serbes et les Musulmans mélangés, on ne faisait pas de différence.

Il jette un regard en direction de sa femme. Elle a renversé le linge au sol et entrepris de le trier, nous tournant le dos.

— L'usine a été complètement détruite pendant la guerre, reprend-il, puis elle a été reconstruite, mais elle a dû fermer en 2003. Du coup, ma femme a perdu son travail, et aujourd'hui nous n'avons plus que ma pension pour vivre. Voilà tout ce que la guerre nous a rapporté.

— Pourquoi a-t-elle fermé, l'usine ?

— Autrefois, elle fournissait des chaussures à toute la Yougoslavie. Après la guerre, il n'y a plus eu de débouchés. Les Croates n'ont plus voulu de chaussures fabriquées par les Serbes, et pour les gens d'ici elles étaient devenues trop chères.

La femme fait maintenant tant de bruit avec la lessiveuse, la vidant de son eau puis la traînant au sol, que nous devons nous arrêter de parler.

— Mirjana, dit à un moment Dinko, je crois que les visiteurs aimeraient t'interroger sur la fabrique de chaussures.

— Qu'ils s'en aillent ! grogne-t-elle. Qu'ils s'en aillent !

— Bon, dis-je en me levant, cette fois nous allons partir.

Dinko n'essaie pas de nous retenir, il saute au sol et nous précède jusqu'à la porte d'entrée.

Lorsque nous sommes dehors, sous l'auvent, et qu'il lève le menton vers nous, j'observe qu'il a retrouvé le sourire ravi qu'il affichait pour nous accueillir.

— Eh bien merci de votre hospitalité, dis-je.

— Vous serez toujours les bienvenus, rétorque-t-il.

Nous parcourons les rues du village sans croiser quiconque. Il ne neige plus, mais le ciel est gris et bas. C'est l'heure du déjeuner, les gens doivent être chez eux. Parvenus devant la mosquée, minuscule, surmontée d'un fin minaret de pierres claires d'une beauté saisissante et datant assurément de l'Empire ottoman, nous constatons qu'elle est en chantier. Un tas de sable, des gravats et quelques planches en interdisent l'accès. En faisant le tour, nous tombons à l'entrée d'une ruelle sur trois enfants qui se figent à notre vue, puis nous rendent notre sourire.

— *Dobar dan*, disons-nous.

— *Dobar dan*, répondent-ils.

Le garçon se tient interdit sur une trottinette sans roues, haletant, tandis que les deux fillettes, qui portent le voile, laissent discrètement tomber les boules de neige qu'elles tenaient dans leurs mains, comme si nous les avions surprises en faute.

— Savez-vous où sont les ouvriers qui travaillent dans la mosquée ? demandons-nous.

— Chez mon père, dit le garçon, la maison là-bas.

Il nous la désigne du doigt, puis propose de nous y conduire.

— Non, on ne va pas les déranger pendant le repas, peut-être un autre jour.

— Est-ce que je dois dire à mon père que vous le cherchez ? s'inquiète-t-il.

— Non, nous voulions seulement visiter la mosquée. Mais nous reviendrons quand les travaux seront finis. D'accord ?

— D'accord, dit-il.

À peine nous sommes-nous éloignés de quelques mètres, que nous les entendons rire, puis le jeu reprend : l'enfant qui a la trottinette sans roues est le chat, il va et vient sur la glace comme un feu follet, s'il est atteint par une boule de neige, il doit donner la trottinette à celui qui a réussi à le toucher et le jeu se poursuit.

# 15

C'était un soir, quelques jours avant Noël. Nous venions de regagner Pale. Boris et moi bavardions distraitement dans la salle à manger déserte de l'hôtel tout en observant les scintillements de la nuit, dehors. Pour la première fois, le ciel était dégagé et les étoiles jetaient comme de la poussière de diamant sur la neige sale et chaotique du parking.

— Si vous n'avez plus besoin de moi, Marc, je crois que je vais rentrer à Belgrade, avait-il soudain laissé tomber.

— Ah bon ! Mais pourquoi, Boris ?

— Je ne vois pas ce que vous allez apprendre de plus de tous ces gens.

— Je ne sais pas, mais moi je n'envisage pas de rentrer en France. Pas avant longtemps.

— Vous voulez rencontrer les trente-cinq mille habitants de Pale, Marc ? s'était-il exclamé à sa façon, en éclatant de rire.

— J'aimerais louer un appartement et passer l'hiver avec eux. Je n'ai pas fini.

— Votre femme et vos enfants ne vous manquent pas ?

— Si, mais c'est une sensation qui n'est pas désagréable, je me repose d'eux.

Il avait paru interloqué et n'avait rien répondu.

— Partez si vous en avez envie, Boris, je vous regretterai, mais je ne peux pas vous forcer à passer l'hiver à Pale quand vos amis vous attendent à Belgrade. Moi, je n'ai pas fini, avais-je répété, j'en suis même loin. Il me semble qu'à chaque rencontre je comprends un peu mieux combien ce qu'ils vivent est effrayant. Ils ont obtenu les frontières qu'ils souhaitaient des accords de paix, mais ces frontières les condamnent à un isolement qui les précipite dans le malheur et la dépression. Néanmoins, ils sont condamnés à défendre cet isolement, ces frontières, et même à en vanter les mérites pour ceux qui ont le plus souffert de la haine des autres. Comment Pavlusko pourrait-il tenir un autre discours, lui dont ils ont tué l'enfant ? Et Slobodan Jasnić, le père de Jelica, dont la famille a été anéantie par les oustachis, que pourrait-il souhaiter de mieux pour ses enfants et petits-enfants que ces frontières ? Après toutes ces guerres, ils savent bien qu'ils ne réussiront jamais qu'à s'entretuer. Comment vont-ils survivre à cette folie ?

Je n'avais pas voulu dire à Boris combien la solitude des gens de Pale faisait écho à la mienne et que c'était évidemment pour cette raison que je n'en avais pas fini avec eux, cherchant à retrouver dans les différentes expressions de leur désespoir cette forme de réconfort que l'ont attend de ceux qui vous ont précédé dans une voie. Cette nuit-là, allant et venant dans ma chambre, la chose m'avait paru si évidente que je l'avais écrite. Moi aussi, pressentant que je ne survivrais pas au climat de haine, de peur et de folie qui avait accompagné mon enfance et mon adolescence au sein d'une famille de dix enfants, j'avais décidé, devenu un homme, de rompre avec les miens. Dans un premier livre, je leur avais déclaré mon désir de ne plus les voir, de ne plus les entendre. Je les aimais, cependant, mais il m'avait paru que c'était le prix à payer pour tenter de sauver ce qui pouvait encore l'être de ma vie, et qu'en tout état de cause à ne rien tenter, à ne pas publier ce livre, je veux dire, j'étais bel et bien condamné à mourir de tristesse et d'impuissance sous le poids de cette famille. Je n'avais pas songé qu'une telle rupture pouvait équivaloir à une déclaration de guerre, et d'ailleurs, je n'avais aucune idée des dommages considérables, inestimables, qu'entraîne généralement une guerre. Conduits par notre frère aîné, mes frères et sœurs m'avaient déclaré leur haine en retour, et nous nous étions engagés dans une guerre qui avait connu son paroxysme à la mort de notre père, quand les plus déterminés de la fratrie avaient tenté de me casser la figure pour m'empêcher d'assister aux obsèques. À la violence et aux insultes de part et d'autre avait enfin succédé le silence après la mort de notre mère, survenue seulement deux semaines après celle de notre père. Ce silence semblait me protéger d'eux depuis maintenant quinze ans, telle une frontière garantie par la communauté internationale, et cependant, si solide fût-il, il ne cessait d'être perturbé par les souvenirs du temps où nous vivions ensemble, dans ce climat d'épouvante et de folie qu'avaient produit nos parents. À ces souvenirs qui me broyaient le cœur était venu s'ajouter le désarroi de mes enfants d'être coupés des leurs par ma faute, de leurs oncles et tantes, de leurs cousins. En somme, et comme l'avait justement formulé Dinko, « voilà tout ce que la guerre m'avait rapporté ». Nous croyons qu'à rompre avec la source du mal nous allons pouvoir inventer notre propre vie et apporter le bonheur à nos enfants, avais-je écrit cette nuit-là, ne cessant d'arpenter nerveusement ma chambre d'hôtel, alors que nous sommes *faits* de ce mal et qu'ainsi il continue de nous habiter et de nous ronger quoi que nous décidions, et quel que soit l'endroit du monde où nous allions nous réfugier. Nous croyons qu'un jour nous aurons le droit à l'oubli, à la paix, à la beauté, c'est ce qui nous pousse à continuer d'avancer, d'aimer, de réfléchir, *d'écrire*, mais sans doute n'est-ce qu'une illusion. Celui qui est issu de la haine et de la folie, avais-je poursuivi, semble condamné à ne produire que de la haine et de la folie, et ainsi à détruire les siens à son tour. M'accrochant à l'idée que l'amour que je portais à Hélène nous sauverait, j'avais fait d'elle une héroïne magnifique capable de fouler aux pieds tout ce qui me blessait. Ma plus belle œuvre, oui, comme je l'avais dit à Curtis. Mais Hélène, pas plus qu'une autre, n'avait le pouvoir d'exorciser le chagrin ; elle avait fini par se lasser, par s'épuiser, et petit à petit l'immensité de mon attente nous avait anéantis. Si fort soit-il, avais-je encore écrit, l'amour est impuissant à effacer toute l'horreur que nous ont transmise les nôtres. « Je ne pourrai jamais être à la hauteur de ton rêve, m'avait dit un soir Hélène, peu avant de partir. En réalité, je suis bien plus simple que la femme que tu as inventée au fil de tes livres. »

Nous prenions notre petit déjeuner, et Boris était en train de se demander s'il n'allait pas partir l'après-midi même, quand mon téléphone local avait sonné. C'était Ljiljana Bulatović, la biographe du général Mladić.

— Peut-on parler anglais, Ljiljana ? lui avais-je demandé. Boris va bientôt me quitter, je dois m'habituer à vivre sans interprète.

Dans un anglais bien meilleur que le mien, elle m'avait alors annoncé que le cousin germain du général Mladić, un certain colonel Jovo Lalović, était disposé à me rencontrer.

— Enfant, il a été élevé avec Ratko Mladić, c'est sûrement l'homme qui le connaît le mieux.

— Très bien, Ljiljana, je vais l'appeler dès aujourd'hui. Où se trouve-t-il ?

— C'est là tout le problème : il habite à l'heure actuelle Kalinovik, le village natal du général, et il vient de me dire que la dernière tempête de neige les a coupés du monde.

Bien que la maison natale du général Mladić ait été détruite, nous avions déjà envisagé de nous rendre à Kalinovik, sur les conseils de Ljiljana Bulatović – « Si tu veux comprendre quel homme je suis, tu dois aller dans mon village », lui aurait dit le général, lors de leur première rencontre, en pleine guerre – mais nous n'avions trouvé personne pour nous conduire sur ces hauts plateaux de l'Herzégovine, au sud de Sarajevo. Une seule route mène à Kalinovik, depuis le village de Dobro Polje, entre Sarajevo et Foca, et même avant la tempête on disait cette route enfouie sous un mètre de neige.

Boris ajourne son retour et nous nous mettons en quête d'un homme susceptible de nous emmener à Kalinovik. À la gare routière, où patientent les rares taxis de Pale, aucun ne veut se lancer dans cette aventure. Jelica, à qui nous demandons conseil, nous dit que son fils fait parfois le chauffeur en empruntant à un ami une vieille Lada 4×4 de la police. Elle va le contacter et nous tenir au courant. Un moment plus tard, nous sommes confiants : Bozo est partant, nous dit-elle, et il pense que la 4×4 est actuellement dans un garage à Pale. Cependant, tous nos espoirs s'effondrent quand Bozo lui-même nous téléphone : la voiture est bien dans son garage, mais sur cales, les pneus ont disparu.

— Je veux bien acheter quatre pneus, dis-je.

— Je ne suis pas certain de trouver ce genre de choses à Pale. Les gens, ici, n'ont pas les moyens d'acheter des pneus.

— On croise tout de même quelques voitures dans les rues, Bozo.

— Oui, mais ce ne sont pas des 4×4, et ceux qui roulent rechapent eux-mêmes leurs pneus.

Le soir venu, nous n'avons toujours aucune solution, et c'est tandis que nous buvons une bière avec l'hôtelier que Boris a soudain l'idée de lui demander son avis.

— Kalinovik ? Chez Ratko Mladić ?

— Oui, confirme Boris, nous avons rendez-vous avec son cousin, un colonel.

— Eh bien moi je vous emmène.

— Vous feriez ça ?

— Je ferais bien plus encore pour notre général en chef, se raidit-il, comme s'il s'apprêtait à claquer des talons. J'ai fait toute la guerre sous son commandement, je faisais partie de la 1re brigade *Romanija* qui a participé à la bataille de Sarajevo.

— Ah, très bien.

— Quand voulez-vous partir ?

— Le plus tôt possible, le colonel nous attend.

— Eh bien demain à midi.

Petit homme rond et avenant au teint rose, Mihajlo Obradovic peut se révéler soudain d'une sombre dureté. Tout au long de la route qui descend vers Sarajevo, il nous raconte dans quelles conditions sa femme et lui sont parvenus à créer leur hôtel à Pale. « Un miracle », dit-il. Au début de la guerre, ils étaient hôteliers-restaurateurs à Sarajevo. Puis des moudjahidines, « des Musulmans venus de l'extérieur », ont commencé à les menacer. Ils n'ont pas pris la chose trop au sérieux parce qu'ils comptaient de nombreux amis parmi les musulmans de leur quartier. Jusqu'à ce que deux moudjahidines armés prennent en otage Mme Obradović. « Nous avons eu très peur, raconte-t-il, et ma femme a pensé qu'elle allait être tuée. » Ce sont leurs voisins musulmans qui parviennent à obtenir sa libération. Ils prennent alors la décision de partir et de tout abandonner, mais le Ciel est avec eux (et notre hôtelier a un geste pour désigner la petite icône qui se balance sous son rétroviseur) puisqu'à ce moment-là, justement, une famille musulmane de Pale leur propose d'échanger leurs maisons. Eux ne se sentent plus en sécurité à Pale, et ils connaissent le restaurant des Obradović pour y être venus dîner à deux ou trois reprises. « Et voilà comment, conclut-il joyeusement, nous sommes arrivés ici au mois de mars 1992. »

Il sourit, se rencogne dans le siège de sa voiture bien chauffée, une japonaise à quatre roues motrices. « Même si les affaires ne sont pas florissantes, on s'en sort bien », ajoute-t-il. Mais alors nous arrivons au-dessus de Sarajevo dont les tours de bureaux se détachent sur l'horizon atone.

— Si j'avais pu, maugrée-t-il, ralentissant imperceptiblement, j'aurais détruit toute cette ville.

Je n'en crois pas mes oreilles en entendant la traduction de Boris.

— Mais Sarajevo est la ville de votre enfance, non ?

— Je n'y suis pas né, j'y ai grandi et m'y suis marié. Ma femme y est née, elle.

— Et vous aimeriez que Sarajevo n'existe plus ? Qu'arrivant à ce virage où nous étions à l'instant vous n'aperceviez qu'un trou noir à la place de Sarajevo ?

— Oh oui ! lance-t-il gravement, cherchant mon regard dans son rétroviseur. Oh oui ! Cette ville est maudite. Nous, les Serbes, n'y avons eu que du malheur.

Je reconnais la route escarpée que nous empruntons pour ne pas avoir à entrer dans Sarajevo. Exactement celle qu'avait prise l'autocar la nuit où nous arrivions de Banja Luka.

— Un ex-commandant de l'armée serbe nous assurait l'autre jour qu'il serait arrêté s'il allait à Sarajevo. Avez-vous peur d'être arrêté, vous aussi ?

— Pourquoi les Musulmans m'arrêteraient-ils ? s'énerve-t-il, le rouge au front brusquement. Ils ont tué mes deux grands-pères et mon oncle en 39-45, ils ont failli tuer ma femme, ça ne leur suffit pas ? Il faut aussi qu'ils me tuent ?

— Ce n'est pas ce que je voulais dire. Il paraît qu'ils ont établi une liste des militaires serbes qu'ils considèrent comme des criminels de guerre.

— J'ai été soldat et je vous l'ai dit : je regrette qu'on n'ait pas tapé plus fort. La seule erreur de Mladić est de ne pas avoir anéanti cette ville. Par humanité, je suppose. Aujourd'hui, non seulement Sarajevo est perdu pour les Serbes, mais les intégristes musulmans y préparent une nouvelle guerre dont nous serons les premières victimes.

— Vous êtes sûr de cela ? Les gens le disent à Pale, mais quelles preuves avez-vous que les Musulmans se réarment ?

— Je téléphone régulièrement à nos anciens voisins, ce sont eux qui m'informent. Ils me disent que les intégristes, les *salafistes*, constituent une armée qui s'entraîne et s'infiltre partout. Même eux ont peur, et pourtant ce sont des Musulmans.

Nous nous taisons. Voilà maintenant la colline qu'avait grimpée l'autocar, ses maisons basses enchâssées l'une dans l'autre, ses jardins minuscules dont les clôtures percent la neige par endroits. De l'autre côté de la colline, un no man's land de peut-être deux ou trois kilomètres, quelques maisons décapitées ou à l'abandon, fenêtres crevées, et soudain Lukavica, « le Sarajevo serbe ». Ses barres d'immeubles et ses enseignes lumineuses en caractères cyrilliques, ses avenues plantées de lampadaires géants, son supermarché clinquant flanqué d'un parking démesuré, sa station-service à quatre pistes dont trois ont été condamnées, faute de clients, sans doute.

Le chasse-neige a bien fait son travail sur la route numéro 18 qui relie Sarajevo à Foca, et jusqu'à Dobro Polje nous avançons à bonne allure, croisant de nombreux camions chargés de bois, feux allumés, déjà, dans la morne lumière de décembre. On annonce de nouvelles chutes de neige, paraît-il, et le ciel est de nouveau lourd, plus sombre que la plaine par moments, comme si la terre était à l'envers, que nous roulions sur les nuages, la tête en bas, dans une de ces toiles de Chagall où la vie nous semble soudain légère, enfantine. Mais bien sûr, c'est ainsi qu'elle est, murmurons-nous devant une œuvre de Chagall, émus, plein de nostalgie, comment avons-nous fait pour passer à côté de tant de poésie, d'innocence ? Comment avons-nous fait ? Sans doute est-ce que la dureté du monde nous a absorbés au point de nous fermer les yeux sur sa beauté.

À partir de Dobro Polje il faut prendre garde à ne pas s'écarter de la route, elle contourne le mont Treskac dont on cherche en vain le sommet dans les noires boursouflures du ciel, elle enjambe des plateaux désertiques et gelés sur lesquels le vent court, secouant la voiture par moments, lustrant la neige au point de lui faire une peau lisse et dure qui craque sous les roues comme du verre, elle s'abîme dans des gorges profondes où des sapins se tiennent étrangement suspendus au-dessus du vide, corsetés de glace et comme figés dans la mort à l'instant où ils allaient s'abattre. Durant des kilomètres, on ne croise plus une âme, plus une maison, attentifs à suivre les piquets qui matérialisent la route et se dressent à intervalles au milieu de ce chaos.

Et soudain, au creux d'une dépression, voilà qu'apparaissent les premières masures de Kalinovik, de guingois, grises et dures sous leurs toits de neige dégoulinants d'énormes stalactites. La route tourne et bringuebale dans le village, pleine de bosses et de trous brusquement, de bouses de vache, de crottin, de détritus tombés des poubelles et traînés par des chiens qui ne s'écartent pas sur notre passage. Il faut aussi éviter un tracteur, laisser traverser quelques chèvres qu'un homme pousse paresseusement du bout de son bâton, et à l'instant où nous allons redémarrer, l'hôtelier aperçoit une connaissance.

— Oh, Slobo ! s'écrie-t-il.

Et Slobo vient bavarder à la portière. C'est un de ces Serbes immenses au regard taciturne sous le bonnet de laine, au long nez, à la barbe drue.

— Tout le monde sait déjà dans le village que nous venons, Marc, me traduit Boris qui écoute la conversation. Ce type-là est un policier, un flic, comme vous dites, n'est-ce pas ? Il explique que nous sommes attendus par le colonel au Majestic. Ce doit être le café du bled.

— Celui-là, dit l'hôtelier en repartant, je l'ai connu à Sarajevo avant la guerre. Il était policier de toute la Yougoslavie, en uniforme, rattaché à Belgrade, et regardez ce qu'il est devenu aujourd'hui : un petit policier de Kalinovik habillé comme un clochard... Je ne sais même pas qui le paye.

La voiture cahote entre les maisons aux façades noires, l'hôtelier penché au-dessus de son volant comme s'il cherchait une bonne étoile dans le crépuscule qui vient maintenant à notre rencontre, montant du fond de la vallée.

— Le cousin du général vous attend au Majestic, confirme-t-il. Dans le temps, le Majestic était un bel endroit où les gens venaient de partout pour profiter de la montagne. Je crois même que Broz Tito y a séjourné.

— Ah, très bien.

— Tenez, le voilà ! Je cherchais l'enseigne lumineuse, mais voyez, elle ne fonctionne plus. C'est dommage.

Le Majestic n'en est pas moins saisissant dans ce village misérable, avec ses larges baies vitrées années 1970 soulignées d'un cordon doré, et sa puissante marquise de ciment suspendue en porte-à-faux au-dessus des longues marches noires du porche. Six ou sept marches, que nous grimpons avec solennité en dépit du délabrement manifeste de l'établissement, car un homme décharné et cravaté a surgi de l'intérieur pour nous recevoir.

— Je suis le directeur, soyez les bienvenus à Kalinovik.

Poignées de main. Notre chauffeur et lui semblent se connaître, et ne pas s'apprécier, car ils échangent quelques mots furtivement tout en évitant de se regarder.

— Si vous voulez bien me suivre.

La maigreur du directeur est telle que les os de ses épaules crèvent l'étoffe élimée de son veston. Plus tard, Boris me dira que notre chauffeur lui aurait glissé : « Je ne pensais pas te trouver là. Tu es donc sorti de prison ? » Cependant, Boris n'avait pas saisi ce que l'autre avait répondu.

Nous traversons un vaste salon dont on devine la splendeur passée aux lustres et aux appliques murales, bien que la plupart des ampoules en aient été retirées à l'exception de quelques-unes dont le faible éclat permet tout juste de repérer son chemin. Dans un air vicié reposent ici de confortables fauteuils et des guéridons, ainsi qu'un piano droit, tout un luxe dont plus personne ne semble profiter.

Puis le directeur ouvre une porte, et nous découvrons un petit homme râblé au visage buriné de paysan. Il se tient debout au centre de la pièce en dépit des quelques chaises qui ont été disposées dans un coin, autour d'une table de bois clair, et il n'a pas même pris la peine de retirer son anorak. Depuis combien de temps nous attend-il ainsi ?

— Colonel Jovo Lalović, se présente-t-il.

— Ljiljana Bulatović nous a beaucoup parlé de vous, dis-je.

— Mme Bulatović est notre mémoire, un professeur d'université, une très grande historienne. Elle a insisté pour que je vous rencontre. Que voulez-vous savoir au juste ?

— Peut-être pourrions-nous commencer par nous asseoir, dis-je.

Alors notre chauffeur se retire discrètement sur un petit salut, et le directeur, avant d'en faire autant, nous avertit qu'un garçon va venir prendre notre commande.

— Je n'ai pas bien compris, m'enquiers-je, quand nous sommes assis, quels liens avez-vous avec le général Mladić ?

— Nous avons grandi ensemble, ici, à Kalinovik, nous sommes cousins. Sa mère, Stana, était une Lalović, elle était la sœur de mon père. Quand elle a perdu son mari, tué par les oustachis en 1945, mon père l'a prise sous son aile avec ses enfants. Ratko avait trois ans, il est né en 1942, et moi je n'étais pas encore là.

L'idée le fait sourire, et pour la première fois son visage s'illumine. Il a d'étonnants yeux bleus dont il sèche les larmes à intervalles avec son mouchoir.

— Vous n'étiez pas encore là, dis-je, souriant à mon tour.

— Non, moi je suis de 1948. Ratko a six ans de plus que moi.

— Votre père les a pris sous son aile, qu'est-ce que ça veut dire exactement ?

— C'est mon père qui a élevé Ratko et les autres, en plus de ses cinq enfants. Stana est restée sans rien, je ne sais pas ce qu'ils seraient devenus si on n'avait pas été là.

— Qu'est-ce qu'il faisait votre père ?

— Il était dans la police. Il avait été partisan, et après la guerre il est entré dans la police. On vivait très pauvrement. C'est pourquoi, chez nous, les garçons sont tous devenus militaires. Si on n'avait pas d'argent et qu'on voulait faire des études, on choisissait l'Académie militaire en ce temps-là. Je me souviens que Ratko voulait être médecin, mais mon père lui a expliqué que c'était impossible, et il a choisi la carrière militaire.

— Et c'est Ana qui a réalisé le vœu de son père, dis-je.

Il a un mouvement de surprise, ou peut-être d'émotion, en entendant le prénom d'Ana.

— Elle avait les mêmes prédispositions que son père, remarque-t-il, le même caractère décidé, volontaire. Il voulait être médecin, et c'est elle qui l'est devenue. Mais elle est morte, n'est-ce pas, ajoute-t-il plus bas.

— Oui, nous savons... Ratko était-il un bon élève dans votre souvenir ?

— Il était très intelligent, très doué. Il était la fierté de l'instituteur. Nous, les montagnards, sommes plus intelligents que les gens des villes. La montagne nous oblige à être plus perspicaces pour survivre, tandis que dans la plaine ils n'ont pas besoin de développer leur intelligence, ils ont tout le confort sous la main.

— Et qu'avez-vous gardé comme souvenir de Ratko, enfant ?

Le colonel réfléchit, puis sourit.

— Il me disait toujours : « Ne perds pas trop de temps à jouer, Jovo. Si tu veux réussir plus tard et partir à la ville, il faut que tu apprennes tes leçons. » Il était très responsable pour son âge. Mon père nous le donnait en exemple. Il nous disait : « Regardez Ratko, il travaille, il ira loin. »

— De fait, il est devenu général.

— Un très grand homme, un très grand militaire. À l'exception de l'Ouest, le monde entier le considère aujourd'hui comme un héros. L'équivalent de votre Napoléon.

— Vous est-il arrivé de vous retrouver sous ses ordres ?

— Une fois seulement, en juin 1991, quand il est venu prendre son commandement à Knin. À ce moment-là, j'étais en poste à Zadar, à une centaine de kilomètres de Knin. La guerre semblait inévitable puisque la Slovénie et la Croatie réclamaient leur indépendance. Je me rappelle précisément des mots de Ratko, lors d'un dîner en tête à tête : « Notre État se décompose comme un château de cartes, Jovo. Je ne sais pas ce qui va arriver, mais nous avons juré de défendre la Yougoslavie, et nous n'avons pas le droit de reprendre notre serment. Notre devoir est de nous battre pour que survive notre patrie. L'Histoire nous jugera. »

— Et c'est ce que vous avez fait, vous vous êtes battu.

Je m'attendais à ce qu'il nous raconte sa guerre, mais au lieu de ça, il se fige.

— J'ai fait mon devoir de militaire, mais je ne me suis pas battu, non.

Il sèche ses yeux qui larmoient sans cesse, comme ceux des vieux marins, et il me semble à ce moment-là que sa main tremble.

— Je vous ai dit que j'étais en poste à Zadar, n'est-ce pas, sur la côte dalmate, dans ce qui est devenu aujourd'hui la Croatie. Eh bien un matin de juin 1991, quelques jours après mon dîner avec Ratko, les soldats croates qui se trouvaient sous mon commandement, *mes* soldats, se sont retournés contre moi et m'ont fait prisonnier.

Un serveur entre sans frapper avec un plateau de bouteilles de bière, et le colonel semble soulagé d'être interrompu.

Il se sert à boire, observe un instant la mousse de sa bière, mais ne touche pas à son verre. Puis il allume une cigarette.

— Vos hommes vous ont arrêté, dis-je.

— Parce que je suis serbe. Ils ont arrêté tous les militaires serbes de la caserne. Vous savez, reprend-il après un nouveau silence, ce n'est pas facile pour moi d'évoquer cette période.

Il boit une gorgée de bière.

— Le soir même, le directeur de la prison est entré dans ma cellule. « On ne va pas gâcher une balle pour te tuer, m'a-t-il dit. Les balles croates sont trop précieuses. C'est pourquoi on va te tuer avec nos mains. »

Il prononce les derniers mots en me regardant, et je vois qu'il s'efforce de dissimuler son émotion.

— Des gens avec lesquels nous parlions amicalement quelques jours plus tôt... Des gens... Comment est-ce possible ? Ils avaient construit une petite maison de la taille d'une niche pour un chien, enchaîne-t-il, la voix légèrement altérée. Ils m'ont forcé à entrer dedans avec un autre officier serbe. Le toit de cette maison était de couleur noire pour garder la chaleur, il n'y avait aucune aération une fois la porte refermée, et ils l'avaient installée en plein soleil, dans la cour de la prison. Nous deux enfermés dedans, n'est-ce pas. On ne pouvait pas bouger, on était écrasés l'un contre l'autre, les membres tordus, et je pense que la température était à peu près de 60 °C à l'intérieur. Et plus d'air du tout. Leur but était de nous faire mourir lentement dans des souffrances épouvantables. Mon collègue est mort au bout de quelques heures, mais moi j'ai survécu.

Il s'écoule quelques instants de silence durant lesquels Boris et moi sommes gênés d'être là, tandis que lui semble chercher sa respiration.

— Une autre fois, dit-il d'une voix plus sourde, ils m'ont attaché nu dans la cour de béton que le soleil chauffait. Toutes les demi-heures, j'avais droit à un verre d'eau salée. C'est impossible de renoncer à prendre un verre d'eau dans cette situation, mais si vous le buvez la douleur est terrible, bien pire que la soif. J'ai perdu connaissance, et je me suis réveillé dans une cave. Je ne sais pas combien de temps j'ai passé dans cette cave.

Il rallume une cigarette.

— Ils surgissaient au milieu de la nuit en hurlant, ils nous faisaient sortir dans un couloir où nous devions ramper tandis qu'ils nous frappaient sur tout le corps à coups de pied et de bâton. Jusqu'à ce qu'on ne bouge plus. La plupart des hommes qui étaient enfermés avec moi sont morts après quelques jours seulement.

Il se tait, se sèche les yeux.

— Je ne veux pas raconter le reste, dit-il.

— Non, je comprends.

Pourtant, après un moment, il reprend la parole.

— Les hommes qui me frappaient, je les connaissais tous. Un des chefs de la prison, un commandant croate, avait même été un ami proche. Il me regardait en haussant les sourcils, comme s'il voulait me signifier qu'il n'y pouvait rien, qu'il regrettait peut-être. Je ne sais pas. L'air de dire : « Que faire ? Que faire ? » Rien, il n'y avait rien à faire, ils étaient devenus des bêtes, et nous aussi. On ne peut rien contre ça.

— Comment vous en êtes-vous sorti vivant ?

— Vivant ?

On pourrait croire qu'il plaisante tant le ton est vif brusquement.

— Après deux mois dans cette prison, on m'a conduit à Osijek avec quelques autres, et nous avons été échangés contre des prisonniers croates. J'ai survécu, mais on ne peut pas oublier, vous savez.

Il s'interrompt, réfléchit.

— Après ma libération, j'étais devenu un autre homme. Je n'ai pas pu reprendre un commandement, je n'ai pas pu faire la guerre. J'ai passé deux années dans un hôpital psychiatrique. Aujourd'hui encore, je vois un psychiatre. Je peux être soigné, mais je ne peux pas être guéri. Est-ce que je suis vivant ? Je ne sais pas.

— Avez-vous tenté d'obtenir que vos tortionnaires soient jugés ? Puisque vous les connaissez...

— Des hommes de La Haye sont venus m'interroger, ils ont fait une enquête pour savoir comment je m'étais conduit pendant la guerre et, finalement, ils m'ont fait savoir en 2004 qu'aucune charge n'était retenue contre moi et que je pouvais donc voyager librement à travers le monde. Je pourrais aller en Croatie demander des comptes aux hommes qui m'ont torturé. Oui, je les connais. Des amis me donnent parfois de leurs nouvelles. Je pourrais, mais je ne le ferai pas. Je ne veux pas m'imposer cette épreuve.

# 16

Le lendemain de notre arrivée à Kalinovik, nous avons de nouveau rendez-vous avec le colonel Lalović. Il veut nous conduire dans le café où Ratko Mladić avait ses habitudes avant que la justice internationale ne le force à se cacher. Il vient nous prendre au Majestic au milieu de la matinée, habillé du même anorak noir que la veille, mais coiffé d'une chapka qu'il retire pour nous saluer, et s'aidant d'une canne pour marcher. Il semble reposé et satisfait de nous retrouver.

— Hier soir, dit-il, j'ai eu Mme Bulatović au téléphone. Je dois vous confier un secret important sur la mort d'Ana.

— Bien sûr. Voulez-vous que nous en parlions maintenant ?

— Non, allons d'abord là-bas, j'ai prévenu, on nous attend.

Contrairement à ce que laissait présager le ciel, il n'a pas neigé durant la nuit, de sorte que la rue du village que nous remontons à pied offre le même spectacle que la veille avec ses chiens errants rôdant autour des poubelles renversées, la neige souillée d'excréments et creusée de profondes ornières par endroits, les façades lépreuses des maisons dont une porte s'ouvre soudain pour laisser passer un de ces paysans au visage hirsute, chaussé de gros godillots, qui ne pensait pas nous prêter attention, non, mais qui revient sur ses pas après avoir pris conscience qu'il venait de croiser un visage connu.

— Oh Jovo ! Ça alors ! Tu es donc rentré de Banja Luka ?

— Pour quelques jours. Comment vont les affaires ?

— On se débrouille pour ne pas mourir. Ah, au fait, tu sais qu'ils sont revenus l'autre jour ? Une voiture blanche avec une plaque de Belgrade. « Ici, je leur ai dit, on ne l'a pas vu depuis des années, vous feriez mieux d'aller le chercher là-bas, en Russie ! »

Le colonel sourit, puis il lève sa canne, et nous poursuivons notre chemin.

— Là où il vit aujourd'hui, Ratko, souffle-t-il, je peux vous assurer qu'il est bien protégé. C'est un homme fatigué, éprouvé, dont la santé est fragile, mais il est vivant et il ne craint rien. Jamais ils ne lui mettront la main dessus. Même contre tout l'or des banques suisses, ils ne trouveront pas un Serbe pour le livrer.

Il marque le pas, comme s'il peinait à respirer.

— Tenez, c'est ici.

Qui devinerait que cet escalier de ciment qui grimpe le long d'un haut mur aveugle mène à un café ? On découvre à l'étage une véranda projetée sur la rue, aux montants de bois gorgés d'humidité et dont quelques vitres ont été remplacées par des cartons. L'ensemble paraît tout près de s'effondrer sous le poids des années et de la neige accumulée. Le colonel pousse une porte minuscule et nous pénétrons dans une vaste pièce plongée dans une demi-obscurité et meublée de tables de bois très espacées les unes des autres autour desquelles il n'y a curieusement pas de chaises, ce qui donne à l'endroit un air de salle de classe à l'abandon. Tout au fond, cependant, rougeoie un poêle à bois, et dans ce coin-là on a regroupé quelques chaises autour d'une table recouverte d'une toile cirée.

— Papo ! appelle le colonel. Tu es là, Papo ?

Alors surgit du coin opposé un vieillard chenu, aussi sec qu'un bois mort, les reins cassés mais véloce malgré tout sur ses chaussons de laine rapiécés.

— Jovo, quel plaisir !

— Papo, je te présente un Français et son interprète venu de Belgrade.

— Même nos ennemis sont les bienvenus, lâche Papo en me secouant la main. Tenez, asseyez-vous donc sur cette chaise, c'est celle de notre général en chef, je ne l'ai pas bougée, il la retrouvera à sa place.

La chaise est celle qui est la plus proche du poêle, rembourrée de paille et couverte d'un molleton plucheux.

— Voulez-vous dire que c'est la place du général Mladić ?

— Celle-là même. Qu'est-ce que je vous sers à boire monsieur le Français ?

Nous commandons des cafés, le vieux apporte une bougie, et nous ne sommes pas assis depuis plus de cinq minutes qu'entre le policier de Kalinovik, son bonnet de laine vissé sur le crâne. Je souris en me remémorant le mépris qu'avait exprimé notre hôtelier à son égard. En réalité, il n'est pas plus habillé en clochard qu'un autre, me dis-je, l'observant traverser la salle, mais l'hôtelier a sans doute conservé un souvenir ébloui de son uniforme, au temps de la police yougoslave, et il ne peut pas se résoudre à le voir aujourd'hui fagoté comme un paysan.

— Oh Slobo ! s'exclame mollement le colonel tout en se tamponnant les yeux. Comment va la famille ?

— Ne parlons pas de la famille, rétorque le policier en lui serrant la main. La famille est à Lukavica et moi ici, comme tu vois.

— Un Français et son interprète, dit le colonel en nous désignant.

— Je les ai aperçus hier, glisse alors le policier sans nous regarder et en baissant la voix. Qu'est-ce qu'ils viennent faire à Kalinovik ?

— Tu n'as qu'à le leur demander toi-même, réplique Jovo Lalović.

Le policier se tourne vers nous, mais il se contente de nous saluer du menton avant de s'asseoir au bout de la table.

— Ces mecs-là n'ont pas l'air d'aimer les étrangers, Marc, me souffle Boris.

— Non, je vois.

Cependant, la conversation s'engage entre les trois hommes, Papo debout, en dépit de son âge et de ses reins cassés, les deux autres assis.

— Ils se félicitent que la justice ait acquitté tous les officiers soupçonnés d'avoir caché Mladić, m'explique Boris.

Nous avions lu les comptes rendus de ce procès, à Belgrade et, en effet, les hommes avaient été blanchis, faute de preuves suffisantes pour les condamner.

Puis, de là, ils en viennent au tribunal fédéral de Sarajevo.

— Six Serbes de Kalinovik ont été condamnés par ce tribunal, accusés de génocide contre les

Musulmans, déclare Papo, et pendant ce temps-là les Musulmans refusent de livrer leurs criminels de guerre.

— Ce sont les Serbes qui doivent payer, dit le policier. Seulement les Serbes. Tu n'as pas compris ça, encore ? L'Europe tremble devant les Musulmans, elle n'ose rien leur demander de peur qu'ils placent des bombes à Paris, à Marseille ou à Berlin. C'est comme ça. L'Europe a soutenu les Musulmans contre les Serbes, et maintenant elle a peur d'être détruite par les Musulmans.

— Vous semblez croire que tous les Musulmans sont des terroristes, dis-je.

— Tous les Musulmans ne sont peut-être pas des terroristes, rétorque-t-il en me considérant pour la première fois, amèrement, me semble-t-il, mais tous les terroristes sont des Musulmans.

— C'est la vérité, abonde Papo, la vérité simple. Et aujourd'hui, on peut remercier le ciel d'avoir un président qui défende nos frontières partout dans le monde.

Je vois que le colonel acquiesce.

— Dodik n'a pas que des qualités, dit-il, mais au moins il se bat pour que nous vivions en paix à l'abri de nos frontières.

— La France a trahi la Serbie pour soutenir les Musulmans, poursuit le policier, mais elle va bientôt le regretter.

Et comme je ne réponds pas, cherchant à me remémorer dans la bouche de quel homme nous avons déjà entendu cette phrase, il ajoute plus vivement :

— Je propose que nous détruisions le monument érigé à Belgrade en l'honneur de l'amitié franco-serbe, et que nous en construisions un autre à l'endroit où fut abattu le Mirage français, au-dessus de Pale, le 30 août 1995, avec cette épitaphe : « Ici gît l'amitié franco-serbe. »

Papo sourit, mais le colonel reste de marbre.

— Le Français est un ami de Ljiljana Bulatović, maugrée-t-il.

Sa remarque les précipite dans le silence. Le policier semble vaguement confus, tandis que Papo hoche la tête en m'examinant de son œil jaune et aqueux dont l'iris paraît s'être effacé au fil du temps. Mais tiens, me dis-je, c'est précisément le mari de Ljiljana Bulatović, qui, apprenant que j'étais français, m'avait dit le premier que nous regretterions notre soutien aux Musulmans de Sarajevo. « Dans vingt ans, m'avait-il lancé, ce sera votre tour d'avoir la guerre, et alors vous vous souviendrez de vos anciens amis serbes que vous avez bombardés. »

— Le général est-il venu ici pendant la guerre ? m'enquiers-je, soucieux de relancer la conversation.

— Oh oui, rétorque Papo dont le visage s'éclaire faiblement, et alors le café se remplissait. Il fallait voir ça, les gens accouraient derrière lui... Il arrivait très simplement, comme au temps où il n'était qu'un petit lieutenant. « Hé, Papo, sers-moi donc à boire. Comment va la famille ? ». Il s'asseyait là où vous êtes, et la moitié du village rentrait derrière lui. Ils voulaient tous le voir et l'entendre, mais lui ne parlait pas beaucoup. Il demandait des nouvelles des uns et des autres et il écoutait pendant que des femmes essayaient de lui toucher l'épaule, ou le bras.

— Notre général en chef, dit tout bas le policier, méditatif, le visage levé vers Papo.

— Je regrette que vous ne l'ayez pas connu, reprend alors le colonel à notre adresse. Vous auriez vu quel homme simple et généreux il est. Les dirigeants européens, relayés par vos journaux, ont fait tout un travail d'intoxication pour faire de lui un criminel, une espèce d'Himmler, n'est-ce pas, mais un jour la vérité éclatera et Ratko aura la place qu'il mérite aux côtés de Churchill et de votre de Gaulle.

— J'ai été surpris, dis-je, de voir qu'à Pale il y avait une statue d'un chef paramilitaire, Srdjan Knezević, que je ne connaissais pas, tandis que rien n'évoque la mémoire du général Mladić. N'avez-vous pas songé à lui élever un monument ?

Il n'y a aucune ironie dans ma remarque, elle est le prolongement de leurs propos, et cependant, durant quelques secondes, abasourdi par ce que je viens d'énoncer, j'envisage que tous les trois se dressent pour me prier de décamper. « Vous venez de France jusqu'à Kalinovik pour vous foutre de nous, n'est-ce pas ? Sortez ! Disparaissez ! Vous n'avez pas connu la guerre, vous n'avez pas connu Mladić, qui êtes-vous pour nous donner des leçons ? »

Mais non, tous les trois abondent.

— Ratko aura sa statue à Pale, ou à Banja Luka, quand les choses se seront calmées, rétorque sereinement le colonel dont les yeux larmoient.

— Nous avons songé mettre une plaque, ici, à Kalinovik, à l'emplacement de la maison où il a vu le jour, explique le policier, mais nous avons eu peur que les enquêteurs de La Haye, qui viennent encore traîner par ici, nous fassent des ennuis. Nous le ferons dès que le tribunal aura disparu.

— Vous, dis-je, m'adressant au policier et profitant de sa soudaine bienveillance à mon égard, où étiez-vous en poste avant la guerre ?

— À Sarajevo. J'avais toute ma famille là-bas.

— Je vous entendais dire tout à l'heure que votre famille est maintenant à Lukavica.

— Ma femme et mes enfants sont à Lukavica, oui.

— Et pourquoi pas à Kalinovik avec vous, si ce n'est pas indiscret ?

— C'est indiscret, rétorque-t-il, souriant pour cacher son embarras et observant à la dérobée le colonel.

— Alors ne me répondez pas.

Il semble hésiter, puis se lance.

— On a vécu ici quelque temps, mais comme on dit : dans une maison vide, les souris commencent à s'entretuer. C'est le manque de perspectives qui nous a détruits, le manque... le manque de tout, en fait. Quand la pauvreté entre par la porte, l'amour sort par la fenêtre, ajoute-t-il un moment plus tard.

— De quoi vit-on à Kalinovik ?

Ma question le laisse perplexe.

— Plus une fabrique ne fonctionne, intervient alors le colonel, elles ont toutes été détruites pendant la guerre, et celles qui ont été reconstruites ont dû fermer. On vit de la chasse, du bétail, du commerce du bois.

— Les jeunes partent pour Lukavica et ne reviennent plus, constate le policier.

La veille au soir, Boris et moi avions remarqué que nous étions seuls dans la salle à manger du Majestic, à l'exception d'une femme brune d'une cinquantaine d'années qui n'avait pas levé le nez de son assiette, aussi prévoyons-nous, rentrant de chez Papo, de déjeuner au même endroit avec le colonel afin qu'il puisse nous rapporter le secret que lui a confié Ljiljana Bulatović sur la mort d'Ana. Au pire, pensons-nous, la femme brune sera présente et nous nous installerons à l'opposé de sa table, mais au mieux nous serons seuls, et parfaitement à l'aise pour bavarder.

Or, rien ne se passe comme nous l'avions envisagé. Non seulement une équipe de cantonniers est attablée au milieu de la salle, mais comme nous demeurons sur le seuil, réfléchissant à ce que nous allons faire, le colonel aperçoit soudain une connaissance : un homme barbu, au crâne dégarni, qui déjeune seul, absorbé dans la lecture d'un journal.

— Oh, fait-il, il se peut que je me trompe, mais je crois que ce monsieur, là-bas, est Nebojsa Jevrić.

— L'écrivain ? s'enquiert Boris.

— Oui, je l'ai connu pendant la guerre, et nous nous sommes revus il y a une dizaine d'années. J'ai de mauvais yeux, pensez-vous que ça puisse être lui ?

— Je crois bien, dit Boris. Il était à Belgrade cet automne, je l'ai vu à la télévision, il me semble le reconnaître.

— Voulez-vous...

Mais Boris précède le vœu du colonel et il traverse la salle à manger pour venir s'immobiliser devant la table du barbu.

Un instant plus tard, celui-ci tourne la tête dans notre direction et, reconnaissant le colonel, il se lève pour nous inviter à le rejoindre.

Jevrić, que je n'avais pas encore lu à ce moment-là, dont je n'avais même jamais entendu prononcer le nom, est un homme taciturne qui ne fait aucun effort pour être aimable. À peine a-t-il ébauché un sourire en serrant la main du colonel, et maintenant que nous sommes tous les quatre assis à la même table, il échange avec l'officier quelques réflexions parcimonieuses d'une voix si étouffée, apparemment indifférent à notre présence, que Boris n'en saisit que des bribes.

— Je crois qu'ils parlent de leurs maladies respectives, Marc, mais je ne comprends pratiquement rien.

Par bonheur, le colonel vient à notre secours.

— Nous nous sommes connus à l'hôpital psychiatrique, dit-il. J'allais sortir quand lui est arrivé. Il ne mangeait plus, il était maigre comme la lame de ce couteau.

— J'imaginais qu'on entendait mes os cogner quand je marchais, se remémore Jevrić.

— D'où arriviez-vous ?

— De la guerre. J'étais entré dedans en songeant au livre que j'allais écrire. Tous les écrivains aiment la guerre, n'est-ce pas ? Hemingway, Jünger, Grossman, Malaparte... Même le grand Tolstoï. Tous. Moi aussi, j'aimais la guerre, je m'y suis précipité comme on court à un festin. Et j'ai terminé en neuropsychiatrie.

Il parle d'une façon étrange, le regard fixe, comme si nous n'étions pas là, comme s'il maugréait pour lui-même.

— Sans avoir écrit le livre que vous imaginiez ? dis-je.

— Je l'ai écrit plus tard.

— Vous l'avez lu ? m'enquiers-je auprès du colonel.

— Il l'a lu, mais il ne l'a pas aimé, coupe Jevrić. Il me l'a renvoyé en me disant que c'était indigne d'écrire de telles choses sur la guerre.

— Nebojsa, remarque calmement le colonel, je t'ai dit que, pour moi, la guerre était une affaire trop grave, trop importante, pour qu'on la réduise aux histoires que tu racontes. Aux petites histoires... Mais je ne veux pas revenir là-dessus, si le hasard a voulu qu'on se retrouve, ici, à Kalinovik, ce n'est sûrement pas pour reparler de ce livre.

— Pourquoi pas ? Je n'ai toujours pas compris ce qu'est la guerre pour toi, mon colonel.

Jevrić a un rictus narquois, mais ses yeux ne sourient pas. Il regarde Lalović, mais on dirait qu'il ne le voit pas.

— Tu n'as retenu de la guerre que ce qui se passait dans les arrière-cours, dit le colonel. La guerre, ce sont aussi des officiers qui réfléchissent à des stratégies, des réunions d'état-major, des troupes en mouvement, l'Histoire du monde qui s'écrit... Tolstoï parle de la guerre, lui, mais toi je ne sais pas où tu veux en venir. On ne croise jamais un militaire digne de ce nom dans ton livre, on ne croise que des fous et des ivrognes.

— C'est sans doute que je n'ai rencontré que des fous et des ivrognes, Jovo.

— Tu as vu Mladić à plusieurs reprises, et tu ne retiens de lui qu'une anecdote dérisoire.

— Pardonnez-moi, dis-je, mais qu'écrivez-vous sur Mladić ?

Jevrić semble un peu pris de court, cependant le colonel a l'élégance de lui laisser la parole.

— Nous étions dans les montagnes autour de Bihać, commence-t-il, après un assez long silence. C'était à l'automne 1994, il pleuvait sans arrêt depuis des jours et des jours. Nous étions transis, épuisés. Finalement, à cinq ou six, nous avons abandonné les lignes, où il ne se passait rien, pour nous réfugier dans un café, à l'arrière. Nous étions en train de nous réchauffer près du poêle, quand Mladić est entré. « Qu'est-ce que vous foutez là ? – On essaie de se sécher, mon général. » Il a retiré sa casquette, l'a remplie d'eau au robinet et l'a remise sur sa tête. « Moi aussi, je suis trempé. Allez, on retourne en ligne. On n'abandonne pas les positions parce qu'il pleut. » Et nous y sommes retournés.

— Moi, dit soudain Boris, j'ai bien aimé votre livre. Je l'ai offert à mon père.

— Ah, fait Jevrić. Eh bien... Eh bien, merci.

— Une des histoires que vous racontez me revient chaque fois que j'entends parler de cette guerre. Ce sont des paramilitaires serbes qui entrent dans une maison musulmane au-dessus de Sarajevo. La maison a déjà été pillée puisque dans la cour, devant, vous écrivez que des livres s'entassent sous la pluie. Vous reconnaissez le Coran, *Le Monde arabe* en plusieurs tomes, etc. Pendant que les paramilitaires fouillent la maison à la recherche d'objets précieux qui auraient pu être oubliés, et que vous les regardez faire, le téléphone sonne dans la pièce de séjour. C'est une voix féminine, dites-vous. « Qui êtes-vous ? Où sont mes enfants ? Que faites-vous chez moi ? demande la femme. – Et toi, qui es-tu ? rétorque le soldat qui a décroché. – Je suis la propriétaire de cette maison. Où sont mes enfants ? – Ta maison a été réquisitionnée par l'état-major, lui dit l'homme, quant à tes enfants, ils sont au frigidaire. » Et vous écrivez que le type éclate de rire avant de raccrocher.

— Oui, dit Jevrić, ce connard a dû tuer sur le coup cette pauvre femme, alors qu'il n'y avait aucune trace de ses enfants dans la maison et qu'ils étaient peut-être encore vivants quelque part.

— C'est ce cynisme et cette cruauté, ajoutés à la cruauté inhérente à toutes les guerres, que vous poursuivez dans chaque histoire, dit encore Boris. Et c'est ce qui fait la force de votre livre.

Boris prend la peine de me traduire ses propos.

— Mon père a détesté cette guerre, ajoute-t-il à l'intention de Jevrić. Il veut bien parler de celle qu'a faite son père contre les Allemands, mais il dit que durant celle-ci il a eu honte d'être serbe.

— Les Serbes n'ont pas fait pire que les Musulmans et les Croates, rétorque sèchement Jevrić. C'est la grande victoire de ceux qui ont voulu cette guerre : nous jeter comme des chiens enragés les uns contre les autres.

— Vous pensez donc, vous aussi, que ce sont les Américains et les Européens qui vous ont précipités dans la guerre ? interviens-je.

Jevrić lève sur moi son regard noir et dur, au fond duquel on devine quelque chose d'inquiétant, de vacillant.

— Si je veux acheter la maison dont tu viens d'hériter avec tes frères, dit-il, qu'est-ce que je vais faire ?

— Je ne sais pas.

— Je vais m'arranger pour vous monter les uns contre les autres jusqu'à ce que la haine vous conduise à vous entretuer. Avant la guerre, la Yougoslavie était le plus grand marché de l'Europe, sa seule faiblesse était d'être une copropriété. Aujourd'hui, chaque propriétaire a repris ses billes et tous ces petits lopins ne valent plus rien du tout. Toi, le Français, tu peux venir acheter ce que tu veux chez nous pour 3,50 euros. Tu peux acheter toutes les maisons de ce village, si tu veux. Elles ne valent plus rien. Plus rien ne vaut rien, ici.

J'observe le colonel. Je me souviens parfaitement de ses mots, la veille, lorsqu'il évoquait les tortures que lui ont infligées ses anciens camarades croates – « Ils étaient devenus des bêtes, et nous aussi ». Pourquoi feint-il d'être en désaccord avec Jevrić sur son traitement de la guerre, alors que lui aussi ne nous en a parlé qu'à travers ce qu'il en a vécu « dans l'arrière-cour », comme il dit ? Pourquoi ? Mais le colonel se tait, ses yeux bleus larmoyants fixés sur son assiette qu'il n'a pas touchée.

Alors je reviens à Jevrić.

— C'est étonnant de vous rencontrer à Kalinovik. Vous êtes ici pour un livre ?

— Peut-être. Je suis sur la trace d'un Japonais qui serait enterré dans le coin.

— Un Japonais, ici, à Kalinovik ?

— Ce type-là, je l'ai connu pendant la guerre. Il y avait quelques Français dans les rangs des paramilitaires, mais de Japonais je n'ai croisé que lui. C'était presque devenu un ami. « Pourquoi tu as laissé ton pays pour venir te battre avec nous ? je lui ai demandé. – Parce que je veux tuer des Américains. Je suis originaire d'Hiroshima, et jamais je ne pardonnerai aux Américains. – Ah, très bien, je comprends. » Mais six mois plus tard, peut-être, alors qu'on n'avait plus beaucoup de secrets l'un pour l'autre, il m'a avoué qu'il était venu ici dans l'espoir de se faire descendre parce que sa femme l'avait quitté. Tu dois savoir ça si tu as côtoyé d'autres guerres, ajoute Jevrić en plantant son regard dans le mien : les gens meurent rarement pour une seule idée. Derrière la grande raison de leur engagement, il y en a toujours une petite qu'ils préfèrent garder secrète.

— Oui, dis-je, je sais. Et il s'est fait descendre.

— Il a eu ce qu'il espérait. Il a sauté sur une mine pas très loin d'ici.

Puis Jevrić prend congé, mais j'obtiens de lui la promesse qu'il me déposera son livre à la réception, et nous prévoyons de nous revoir, sans trop savoir quand, ni où.

Je me souviens qu'après le départ de l'écrivain, il s'écoule un long moment durant lequel nous demeurons silencieux, le colonel, Boris et moi. Revoir Jevrić semble avoir profondément troublé le colonel qui, maintenant, paraît ailleurs.

Les cantonniers ont quitté la salle depuis longtemps, et nous avons commandé des cafés qui n'arrivent pas quand, me tournant vers les baies vitrées, je vois que la neige s'est remise à tomber. Personne n'a songé à venir allumer, de sorte que l'ombre des flocons sur les murs, dans le jour finissant, donne le sentiment qu'une pluie de cendres s'abat lentement sur nos têtes.

— Vous deviez nous parler d'Ana, dis-je doucement, cherchant le regard du colonel.

— Oui, oui... Jevrić ne manque pas de talent, reprend-il, s'il avait voulu, il aurait pu écrire le grand roman de cette guerre, le *Guerre et Paix* que personne n'écrira plus, mais il ne voit que les petites choses, que la misère des hommes, partout. C'est un personnage très sombre, très pessimiste.

— L'histoire de son ami japonais m'a fait penser à ce que raconte Malaparte des soldats allemands perdus en Laponie. Pour échapper au désespoir et à la solitude, sachant que leur pays est vaincu et qu'ils ne retrouveront là-bas que des ruines, ils finissent par se pendre aux arbres des forêts, ou ils s'assoient des jours et des jours au bord d'un lac, fixant obstinément l'horizon, avant de se tirer une balle dans la tête.

— Ah oui... Je ne savais pas que Malaparte aussi... Je ne l'ai pas lu. À quoi bon raconter ces bêtises ?

— Vous qualifieriez de bêtises ce que vous avez subi à Zadar ?

— Au regard de l'Histoire, oui, bien sûr. Mladić a écrit une grande page d'Histoire à la tête de l'armée serbe, mais nous qui sommes tombés au bord du chemin sans pouvoir combattre ne sommes que des accidents minuscules.

— Alors, à vos yeux, le suicide d'Ana Mladić n'est aussi qu'un accident minuscule.

— Ana ne s'est pas suicidée ! bondit le colonel, soudain tiré de sa réflexion sur les vicissitudes de la guerre. Vous n'avez pas le droit de dire une chose pareille.

— Ce n'est pas moi qui le dis, c'est le policier qui a mené l'enquête.

— C'est faux ! Elle a été assassinée, et Ratko connaît les noms des hommes qui ont tué sa fille. Il me l'a dit. En cela, la mort d'Ana n'est pas un accident minuscule, sûrement pas, mais bien un geste historique, de la même portée que l'assassinat de l'archiduc François-Ferdinand d'Autriche à Sarajevo en 1914, car conçu pour anéantir le commandant en chef de l'armée serbe et provoquer ainsi un renversement des positions sur le terrain. Lorsque Ana est tuée, en mars 1994, vous remarquerez que les troupes serbes sont victorieuses sur tous les fronts. Ratko est alors un général connu et respecté dans le monde entier. Même les chefs d'État souhaitent le rencontrer. Ceux qui ont organisé l'assassinat de sa fille escomptaient qu'il perdrait la tête et que toute notre armée en serait affaiblie.

Jovo Lalović est un autre homme, brusquement, métamorphosé par la colère.

— J'entends bien votre argument, dis-je, mais l'officier de police chargé de l'enquête n'a trouvé aucune trace d'effraction chez les Mladić. Il était 6 heures du matin lorsque Bosa Mladić a entendu le coup de feu dans la chambre de sa fille. Elle et son fils se sont précipités dans la pièce, or ils n'ont croisé personne. Ni la fenêtre ni la porte palière n'avaient été forcées. Comment le tueur aurait-il pu entrer et ressortir ? Pardonnez-moi, mais après avoir relevé tous ces éléments, le policier a qualifié d'« ânerie » la thèse de l'assassinat.

— Je me fiche de ce qu'a pu dire votre policier, en temps de guerre la police civile est toujours dépassée par les événements. Que pèse-t-elle face aux armées ennemies et à leurs services d'Intelligence ? Croyez-vous qu'un petit policier de Belgrade soit équipé pour déjouer un complot fomenté par un état-major ennemi ? Ce que vous avancez est ridicule.

— Très bien. Maintenant, dites-moi le secret que vous a confié Ljiljana Bulatović.

— Et d'ailleurs, poursuit-il, emporté par la colère, pourquoi Ana se serait-elle suicidée ? Elle vénérait son père, elle allait être médecin, elle n'avait aucune raison de vouloir mourir.

— Le général apparaissait sans doute victorieux en mars 1994, mais dans les capitales européennes on écrivait déjà qu'il serait inculpé pour ses bombardements sur la population civile de Sarajevo, et en particulier pour le massacre du marché de Markale. Qu'a pu penser Ana en découvrant les images de Markale ?

— Rien. Ana n'a rien pensé de Markale. On a très vite su que c'étaient les Musulmans qui avaient tiré sur les leurs. Je peux vous assurer qu'Ana n'a jamais cru un mot de ce que vous avez raconté à l'Ouest sur son père.

— Bien, dis-je, alors laissons cela, et parlons de Ljiljana...

— Oui, venons-en à Mme Bulatović. Je ne savais rien de ce qu'elle m'a révélé à votre intention... C'est une information qu'elle mentionne dans son dernier livre, m'a-t-elle dit, celui qui vient de paraître et que je n'ai pas encore lu. Une information qu'elle a recueillie elle-même auprès de Stana, la mère de Ratko, peu avant sa mort. Stana lui a confié qu'Ana était venue se plaindre à elle, au début de l'année 1994, de recevoir des lettres de menaces lui laissant entendre qu'elle allait bientôt « payer pour son père ». Des menaces de mort, en somme. Elle avait supplié sa grand-mère de ne rien répéter à ses parents pour ne pas leur ajouter un souci supplémentaire. Selon Mme Bulatović, ce sont ces lettres qui expliqueraient pourquoi Ana a tant insisté auprès de son père pour qu'il l'emmène sur le front, lors de leur dernière conversation. Elle pensait que travaillant dans un hôpital, en première ligne, elle ne risquerait plus rien. Comme je l'ai dit à Mme Bulatović, le raisonnement se tient : le front est sûrement l'endroit le mieux protégé contre l'infiltration d'un commando ennemi.

— Cette nouvelle conforte la thèse de l'assassinat, dis-je. Mais comment être certain que tout cela est exact puisque les deux seuls protagonistes, la grand-mère et la petite-fille, ont disparu aujourd'hui ? Et comment expliquer que Ljiljana Bulatović ait attendu toutes ces années pour révéler ce secret ?

— Mme Bulatović est historienne, tranche le colonel, sa parole ne peut pas être mise en doute.

# 17

Le lendemain matin, lorsque Boris et moi nous retrouvons pour le petit déjeuner, Kalinovik est enfoui sous un épais manteau neigeux. La rue principale du village, que nous observons depuis le porche du Majestic, semble sortie d'un conte de Noël avec ses courbes cotonneuses dévalant mollement entre les maisons depuis le sommet du bourg. La neige, qui est montée jusqu'aux fenêtres des rez-de-chaussée, a recouvert les poubelles, les ornières, la misère, et chassé les chiens.

— Vous n'auriez pas dû m'accompagner jusqu'ici, Boris, dis-je. Je crois que vous n'allez pas pouvoir regagner Belgrade avant quelques jours, quelques mois peut-être.

— Ah oui, Marc, je pense aussi que nous allons devoir passer l'hiver ici entre le colonel, le vieux Papo, et ce flic qui nous regarde de travers.

— Ça n'a pas l'air de trop vous contrarier.

— Nous sommes sous le même toit que Jevrić, Marc ! J'ai vu que vous ne le connaissiez pas, parce qu'il n'est pas encore traduit chez vous, en France, mais c'est un peu comme si vous vous retrouviez dans le même hôtel que votre Malaparte. Est-ce que vous ne passeriez pas l'hiver avec Malaparte ?

— Si, mais à condition de prendre au moins un café par jour avec lui. D'ailleurs, vous avez raison, essayons de revoir ce Jevrić...

— Vous avez remarqué comment il a tenu tête au colonel ? Il n'est pas aimé dans l'armée parce qu'il raconte à longueur de livres tout ce que les militaires aimeraient pouvoir oublier.

— Venez, invitons-le à déjeuner.

Mais quand nous le demandons à la réception, tenue ce matin-là par le directeur, l'homme efflanqué au veston élimé, nous avons la surprise d'apprendre que Jevrić a quitté l'hôtel.

— Il a laissé ça pour vous.

Le directeur nous tend une enveloppe à l'intérieur de laquelle se trouve le livre promis, et un petit mot que Boris me traduit : « Si vous voulez me revoir après la lecture du livre, vous me trouverez à Novi Belgrade, tout au bout de l'avenue Youri-Gagarine, pratiquement au terminus du tramway n° 13, à un endroit où la ville s'arrête au bord de champs marécageux. Il y a là sur le trottoir, dans un préfabriqué, un bar où je m'installe habituellement pour travailler, le bien nommé Luda Kuca (La maison des fous). Il est tenu par mon ami Jésus. Si je n'y suis pas, lui vous dira où me trouver. Amitiés. Nebojsa Jevrić. »

C'est peu dire que Boris est déçu.

— Comment a-t-il pu partir avec toute cette neige ? s'enquiert-il auprès du directeur.

— À pied, monsieur. M. Jevrić est parti comme il est arrivé, à pied, avec son sac à dos et ses skis.

— Sur les traces de son ami japonais, dis-je.

— A-t-il dit s'il allait revenir ?

— Il ne l'a pas précisé, monsieur.

— Prenez l'adresse de son café à Novi Belgrade, dis-je à Boris, et vous l'y retrouverez au printemps.

Comme la salle à manger est déserte, nous nous y installons pour feuilleter le livre de Jevrić, « La Roulette serbe ». Boris le connaît, il cherche une histoire dont il se souvient et qu'il voudrait me traduire.

— Ah voilà ! s'écrie-t-il. Voilà ! Écoutez Marc : « Quand j'ai dit que je voulais aller à Nedarici, un quartier serbe de Sarajevo cerné par les Musulmans, personne n'a proposé de me conduire. Ceux qui quittent Nedarici y reviennent rarement. On m'a regardé comme un cinglé, un type qui en pleine évacuation de Saigon chercherait un chauffeur pour l'emmener boire un coup en centre-ville.

— Moi, je vais te conduire, a finalement proposé Miro Kenjić, assis comme moi à la terrasse de l'hôtel Panorama, à Pale.

« Miro Kenjić habitait Nedarici avant la guerre, il y tenait le café Miroks. Il a fui avec sa femme et ses enfants, mais ses vieux parents sont restés à Nedarici.

« Miro est habillé d'une chemise de camouflage aux manches coupées, coiffé d'un petit chapeau noir, et il est armé d'un fusil de chasse. Il transpire beaucoup, c'est pourquoi il a toujours du linge de rechange dans une petite valise.

« Nous partons à bord de sa *Jugo*.

« Lorsque nous sommes arrêtés au premier barrage, il dit :

— C'est Jevrić, un écrivain. Je l'accompagne.

« Il en profite pour sortir un maillot propre et se changer. Il se plaint du vent, de son rhume, de ses reins, tout en soufflant comme une bête sous sa moustache.

« Je lui conseille d'entrer dans Nedarici par l'aéroport, mais à peine a-t-on roulé une centaine de mètres après l'aéroport qu'une mitrailleuse nous tire dessus. Trois balles s'enfoncent dans la portière de la voiture.

— Je suis un vrai connard, moi ! s'écrie-t-il. Et je l'écoute, en plus, cet écrivain de mes couilles !

« On a failli se faire tuer, il est furieux contre moi, et en nage.

« Il n'y a qu'une rue pour entrer dans Nedarici, la rue Kasindol. Nous l'empruntons. Pour permettre à ceux qui traversent le carrefour de ne pas tomber sous les balles des snipers musulmans, les Serbes ont déployé un grand rideau de théâtre pourpre qu'ils ont attaché entre deux poteaux (autrefois télégraphiques).

— Ça, c'est le "Théâtre de la mort", dit Mitsubishi, un volontaire japonais.

« Il est venu se battre avec les Serbes par haine des Américains qui ont anéanti toute sa famille à Hiroshima. C'est ce qu'il me dit, et il couvre les rues de graffitis en japonais hostiles aux Américains. Plus tard, il m'avouera qu'en vérité il est venu se battre à Sarajevo dans l'espoir de se faire tuer parce que sa petite amie l'a quitté.

« Nous arrivons devant la maison de Miro, mon chauffeur. La mère de Miro, coiffée d'un foulard noir, allume le feu dans la cour et met le café à réchauffer. On ne peut rien faire cuire dans les maisons, car dès qu'ils voient une cheminée fumer, les snipers musulmans tirent sur les maisons.

« Derrière la maison se trouve un petit jardin.

— Ne cueillez pas les fraises, surtout, me lance la vieille femme, les mouches se posent sur les morts et les empoisonnent !

« Nous buvons le café, puis Miro entasse dans sa voiture les affaires qu'il veut remporter à Pale. Cette fois, il embarque également ses vieux parents.

« En me disant au revoir, il me tend les clés de sa maison et de son bistrot.

— Ici, personne n'a besoin de clés, Miro, lui dis-je. Ici, on ouvre les portes à la grenade.

« À cent mètres de la maison de Miro, passe la ligne de front (...).

« J'ai découpé de grandes lettres dans du papier peint autocollant et je les ai collées au-dessus de la porte du bistrot de Miro : "À MORT ALIJA[1]".

« Pendant que les combats continuent et qu'on entend tonner le canon, j'enfile une livrée de barman et je cueille quelques fleurs dans le jardin que je mets dans un vase. Il reste une vingtaine de bouteilles à la cave.

« Vers 5 heures, après la relève, arrivent les premiers clients. Le visage écarlate, épuisés, ils entrent dans le bistrot avec leurs fusils, leurs grenades, leurs caisses de munitions.

— Qu'est-ce que je vous sers, messieurs ? dis-je, un torchon impeccable sur l'avant-bras.

« Je prends les commandes, je sers ces messieurs, et j'apporte l'addition. Ils rouspètent, ils n'ont plus l'habitude de payer, mais ils sortent des billets.

1. Alija Izetbegović, musulman, président bosniaque élu en 1990 à la présidence tripartite de la Bosnie, et qui symbolisa la résistance au siège de Sarajevo par l'armée serbe de Ratko Mladić.

— Ah non, je suis désolé, camarades, nous n'acceptons plus le papier.

— Comment ça ?

— Seulement le métal. Si le bistrot flambe, les billets vont flamber avec. Je dois veiller à ma recette.

« Le lendemain, ils me font cadeau d'un barman, Meho-l'empoisonneur, le barman musulman de la gare qu'ils ont fait prisonnier.

« Sur le mur du bistrot nous écrivons : "Celui qui tuera volontairement le barman aura une amende de cinquante marks."

« Personne ne touche à Meho[1]. »

Qu'en pensez-vous, Marc ?

— Avec très peu de moyens il nous précipite dans la guerre. Il n'ajoute aucune émotion, n'est-ce pas ? Il prend ce qu'il trouve sur place et il fait avec. D'une certaine façon, lui aussi se soumet à l'économie de guerre.

— Oui, voilà, c'est ce que j'aime chez Jevrić, cette pauvreté voulue, assumée. Quand je lis Jünger, j'entends la fascination de Jünger pour la guerre, son romantisme, son esthétisme, tout ce qu'il en espère, mais je ne vois pas la guerre. La merde quotidienne de la guerre, sa vulgarité, sa bêtise, son cynisme. Même Vassili Grossman, que je préfère à Jünger, nous laisse le cœur plein de nostalgie pour la belle aventure des hommes à travers la guerre...

— À travers la bataille de Stalingrad, oui.

— On aime tous les soldats de *Vie et Destin*, hein Marc ? La plupart vont mourir, mais malgré tout, en refermant le livre, on regrette de ne pas avoir vécu ça avec eux. Tandis qu'en lisant Jevrić

1. Texte traduit et publié avec l'autorisation de Nebojsa Jevrić.

on éprouve un dégoût constant pour la guerre, et surtout pour les hommes qui la recherchent et s'y vautrent. Des crétins hâbleurs, des êtres sans âme, des types qui sont une honte pour l'humanité. Jamais on ne pourra éprouver, en lisant Jevrić, cette forme de sentimentalisme ridicule qu'on trouve dans Jünger.

— Je comprends, Boris. Et je comprends mieux, maintenant, pourquoi le colonel ne peut pas supporter Jevrić... Vous avez remarqué, bien sûr, qu'il parle de son ami japonais dans le texte que vous venez de traduire.

— Oui, c'est une coïncidence, je ne me souvenais plus de la présence du Japonais dans ce passage. Je devine que le roman qu'il veut écrire, à partir du destin de cet homme, sera une démolition en règle d'un des fondements de l'armée, de la guerre : l'engagement, le don de soi, pour une prétendue « grande cause ». En fait d'engagement et de grande cause, le Japonais a simplement vu dans notre guerre un bon moyen de rencontrer la mort qu'il n'avait pas le courage de se donner lui-même.

La neige se remet à tomber en début d'après-midi. Des flocons épars et minuscules qui tourbillonnent longtemps avant de toucher le sol. Nous avions envisagé de reprendre un café chez Papo dans le dessein de le faire parler du général, et surtout d'Ana, car il m'était apparu qu'il l'avait peut-être vue grandir au fil des vacances d'été, mais quand nous frappons à la petite porte, étrangement verrouillée à cette heure de la journée, personne ne vient nous ouvrir.

— Je pense que le vieux est là, remarque Boris, mais qu'il n'a pas envie de nous laisser entrer.

— Qu'est-ce qui vous fait dire ça ?

— Il m'a semblé voir la flamme d'une bougie qui s'est aussitôt éteinte. Il habite ici, vous avez bien vu, hier.

— Et pourquoi refuserait-il de nous ouvrir ? Nous sommes les amis du colonel, les amis de Ljiljana Bulatović...

— Il sait bien que vous n'êtes pas vraiment leur ami, Marc. Quand nous avons quitté le café, hier, j'ai observé comment le policier vous regardait.

— Comment me regardait-il ?

— Pas comme un ami en tout cas, s'esclaffe Boris, étouffant aussitôt son rire. Venez, c'est inutile de rester là, je pense que le vieux nous surveille du fond de la salle et qu'il attend qu'on s'en aille pour ouvrir.

Comme nous redescendons l'escalier de ciment, dont quelqu'un a pris la peine de sabler les marches, Boris ajoute :

— Je n'aime pas ce village, Marc. Je trouverais mieux qu'on s'en aille.

— De quoi avez-vous peur ? Je ne comprends pas.

— Les gens sont bizarres... Ce n'est pas comme à Pale. À Pale, ils nous reçoivent et ils nous parlent sincèrement. Ici, c'est impossible de savoir ce qu'ils pensent. Même le directeur de l'hôtel est bizarre.

— C'est vrai, je pense qu'ils ne voient pas souvent d'étrangers, à part les enquêteurs de La Haye qui les terrifient. Mais ce n'est plus la guerre, quel mal voulez-vous qu'ils nous fassent ? D'ailleurs, Ljiljana sait que nous sommes ici...

— Ah oui, Ljiljana ne vous laisserait sûrement pas tomber, Marc ! s'écrie Boris. Un mec assez fou pour se faire traduire ses livres...

— Absolument. Ljiljana veille sur moi, et donc sur vous, Boris. Elle entend bien que j'aille répéter en France tout ce qu'elle raconte dans ses livres. Nous n'avons donc rien à craindre. Et puis, de toute façon, nous sommes bloqués ici par la neige. Vous voyez bien que plus aucune voiture ne circule...

Il n'empêche que nous sommes troublés en regagnant le Majestic, profitant d'un sentier ouvert au milieu de la neige fraîche par un âne chargé de bois que tire une vieille femme.

Et là, dans le hall, nous tombons sur le policier en conversation avec le directeur. Qu'est-ce qui me fait penser qu'ils parlent de nous ? Cette idée m'aurait-elle traversé l'esprit si Boris n'avait pas éveillé ma méfiance ?

— *Dobar dan !* lance gaiement Boris en allant tendre la main au policier. Comment allez-vous depuis hier ?

Le policier nous salue distraitement avant de reprendre aussitôt son conciliabule avec le directeur et, à ce moment-là, il est clair pour moi que les deux hommes ne parlaient pas de nous. Cependant, Boris n'est pas de cet avis.

— Le flic cherche à savoir ce que vous foutez ici, Marc, me glisse-t-il comme nous montons dans nos chambres. Ça ne m'étonnerait pas qu'il nous fasse des ennuis.

— Ah bon. J'ai eu l'impression, au contraire, qu'il se souvenait à peine de nous.

— Vous n'avez pas l'habitude des policiers formés sous Milošević. Ils ont appris à se noyer dans la foule et à repérer les opposants, ils jouent très bien la comédie. Vous feriez mieux d'aller réclamer votre passeport au directeur.

— Arrêtez de nous inquiéter, Boris. Si on sent que la situation se complique, on appellera Pavlusko. Lui connaît tout le monde, je suis sûr qu'il est l'ami du maire de Kalinovik, il viendra nous chercher, ou il trouvera un moyen de nous sortir d'ici.

Ce soir-là, quand nous rejoignons la salle à manger pour dîner, nous avons la surprise de découvrir le directeur assis à la table de la dame brune. Ils bavardent à voix basse, gravement, nous semble-t-il, et à y regarder de plus près nous constatons que tandis que la femme mange, le directeur, lui, n'a qu'une assiette vide sous le nez.

— Ne me dites pas qu'ils parlent de nous, Boris, je ne vous croirais pas.

— La vieille est un ancien agent des SAJ, les unités spéciales de la police, je la reconnais...

— Ah oui ? Vous deviez être en CM2 quand elle sévissait alors...

Boris éclate de rire et le directeur s'interrompt pour nous considérer d'un air de dépit, ou de reproche, comme si nous osions rire dans une église.

Un moment plus tard, il se lève et s'en va, abandonnant la dame à sa solitude. Elle y semble résignée et ne nous prête aucune attention, s'appliquant à terminer son assiette avec conscience mais sans paraître en éprouver le moindre plaisir.

— Arrangeons-nous pour faire sa connaissance, Boris. J'aimerais bien savoir ce qu'elle fait là toute seule.

— Elle est peut-être venue se reposer de sa vie trépidante à Belgrade.

— Au Majestic ? Vous croyez qu'elle aurait choisi le Majestic, dont les ressorts des matelas vous rentrent dans les côtes, pour se reposer ?

— Ou alors elle est la maîtresse du directeur.

— Pourquoi pas sa femme ?

— Vous avez raison, Marc, tous les deux se ressemblent. On dirait des morts vivants...

Mais tandis que Boris finissait sa phrase, la dame s'est levée. Alors aussitôt je me lève également, de sorte que pour la première fois, intriguée sans doute par la simultanéité de nos mouvements, elle regarde dans notre direction. Je souris, fais un vague geste de la main qui la retient de partir, et Boris aussitôt vient à mon secours.

— Bonsoir, madame, lance-t-il, peut-on vous inviter à prendre quelque chose avec nous ?

Elle hésite, fait un pas dans notre direction, l'air de ne pas comprendre ce qu'on lui veut.

— Mon ami est un écrivain français, il aurait aimé vous connaître, dit alors très simplement Boris avec son sourire d'acteur.

Cette fois, elle s'approche. Mais elle ne sourit pas.

— Dites-lui que je suis un ami de Mme Bulatović. Que c'est elle qui m'a envoyé à Kalinovik.

Tandis que Boris lui parle, elle sort de son sac son paquet de cigarettes et en allume une. Elle inhale longuement, son regard noir passant de Boris à moi, et retour.

— Ah, dit-elle, vous connaissez Mme Bulatović. C'est une grande dame.

J'acquiesce, je souris.

— Je suis en photo dans son dernier livre. Vous m'aviez donc reconnue ?

— Non, avoué-je, mais asseyez-vous un moment, j'ai son livre là-haut, dans ma chambre, je vais le chercher si vous voulez bien patienter...

Un instant plus tard, je suis de retour avec le livre et je la retrouve assise à côté de Boris, son sac sur les genoux, écoutant ce qu'il lui raconte tout en fumant une nouvelle cigarette.

— Tenez, dis-je, montrez-nous.

Elle va aussitôt à la bonne page et me désigne la photo du doigt. Une jeune femme brune, souriante et plutôt jolie, pose toute seule, une louche à la main, devant une rangée de marmites. Quelques mots ont été écrits en travers de la photo, et je reconnais la signature de Mladić.

— Vous me traduisez, Boris ?

— « Aux Sœurs serbes de Kalinovik, en signe de gratitude pour leur contribution au combat du peuple serbe. » Et c'est signé : « Général Mladić ».

— C'était quoi les Sœurs serbes ? Demandez-le-lui.

La dame explique. Tandis qu'elle parle dans sa langue, rejetant de la fumée par les narines, je cherche sur son visage la jeune femme de la photo. Le regard est le même, charbonneux et profond, mais sans l'éclat de plaisir et de fierté qui irradie la photo. On dirait que la lumière s'est éteinte sous le front étroit, puis que tout le visage s'est racorni comme un fruit sec.

— L'association des Sœurs serbes préparait les repas pour « les faucheurs », Marc, ces soldats agriculteurs qui travaillaient pour nourrir les troupes de Mladić.

— Ah, très bien. Et vous étiez une de ces sœurs ?

— Oui, c'est comme ça que j'ai rencontré notre général en chef.

— Ici, à Kalinovik ?

— Oui, à Kalinovik. La photo a été prise dans un champ, là-haut, à la fin de l'été 1994.

Elle indique vaguement une direction, comme si nous pouvions apercevoir le champ depuis la salle à manger de l'hôtel et alors que la nuit est tombée depuis longtemps.

— Vous avez donc passé toute la guerre dans ce village ?

— Oh non ! s'exclame-t-elle. Non, je ne suis revenue à Kalinovik qu'à l'automne 1992.

Puis comme elle se tait et ne semble pas désireuse d'en dire plus, je me tais également, feuilletant distraitement les photos du livre de Ljiljana Bulatović tout en la surveillant du coin de l'œil.

— Voulez-vous boire quelque chose avec nous ? dis-je après un moment. Du thé ? Une tisane ?

Je l'ai brutalement tirée de sa rêverie et elle paraît mécontente et très fatiguée, soudain.

— Non, merci. Je vais monter.

— Vous êtes encore ici pour quelques jours ?

— Je ne comprends pas...

— Je veux dire ici, à l'hôtel... Êtes-vous là encore pour quelques jours ?

— Mais où voulez-vous donc que j'aille ? proteste-t-elle vivement. Je suis ici chez moi !

— Oh, pardon... Je pensais...

— C'est ce que vous disiez, Marc, elle doit être la femme du directeur, me glisse alors Boris, entre deux phrases de serbe.

— Je pensais que vous étiez de passage. Excusez-moi.

— Non, je vis au Majestic depuis l'automne 1992, dit-elle. Autrefois, mes parents avaient une maison, ici, à Kalinovik, je suis née ici, j'ai grandi ici, mais la maison a été détruite par les Musulmans et, depuis, je n'ai que cette chambre d'hôtel.

— Ah, je comprends. C'est pourquoi sûrement vous vous êtes liée au directeur, je vous voyais bavarder avec lui tout à l'heure...

— C'est un homme d'une grande qualité qu'on a injustement accusé de tous les crimes de la terre, tranche-t-elle.

— Il semble très éprouvé, en effet, dis-je.

Mais elle ne relève pas, demeurant comme une statue, les mains agrippées sur son petit sac.

— Peut-on vous inviter à déjeuner, ou à dîner, un de ces jours ? reprends-je doucement.

— Vous êtes écrivain, c'est ça ?

— Oui.

— Et qu'allez-vous encore écrire sur les Serbes ? Il y a eu tellement de choses fausses écrites sur nous...

— Je ne sais pas encore.

— Tout ce que nous disons est utilisé contre nous. Et quand la vérité vous est insupportable à entendre, vous tuez celui qui l'énonce.

— Que voulez-vous dire ? Qui avons-nous tué ?

— Vos dirigeants ont tué Milošević dans sa prison quand ils se sont rendu compte que leur double jeu pendant la guerre allait être dévoilé devant le tribunal.

— Vous croyez vraiment cela ? Vous croyez vraiment que Milošević a été assassiné dans sa cellule ?

— Nous l'avons écrit, mais vous avez fait de nous un tel peuple de criminels, n'est-ce pas, pire que les nazis, que tout ce que nous pouvons dire et écrire ne compte plus à vos yeux.

— Je comprends votre colère, madame. Sans doute qu'à votre place je penserais la même chose. Dînons ensemble demain, s'il vous plaît, nous en parlerons plus tranquillement.

Elle se lève, jette un regard amer autour d'elle. La salle est vide, éclairée depuis le plafond par des tubes de néon qui creusent les visages et soulignent les cernes.

— Bien, dit-elle. À demain alors.

# 18

Remonté dans ma chambre, je commets l'erreur de me plonger dans mes notes, de sorte que je ne dors pas cette nuit-là.

Voilà donc « le secret » que devait absolument me transmettre Ljiljana Bulatović, au point d'aller appeler le colonel pour en faire son messager : avant d'être assassinée, Ana Mladić aurait fait l'objet de menaces de mort. Elle en aurait fait part à sa grand-mère, mais Mme Bulatović avait attendu la mort de celle-ci, à la fin des années 1990, et même une décennie de plus, pour révéler l'information. Tiens, pourquoi donc ? Pourquoi n'avait-elle pas dit la chose du vivant de la grand-mère, au lendemain de la guerre, permettant ainsi à Stana de confirmer officiellement les propos de sa petite-fille ? L'inspecteur de police, qui avait conclu au suicide d'Ana, aurait été sûrement intéressé par le témoignage de la grand-mère. Il aurait pris sa déposition et se serait mis en quête des lettres avertissant Ana qu'elle allait « payer pour son père ». Ana les avait peut-être détruites, mais peut-être les avait-elle cachées sous une latte de plancher, ou à l'intérieur d'un livre de médecine. Une fois la guerre finie, plus rien ne justifiait de garder cette information secrète. Il n'y avait plus à protéger le général et Bosa Mladić d'un « souci supplémentaire », et cela d'autant moins que le général, mis d'office à la retraite et qui n'avait donc plus rien à faire de ses journées, allait partout répétant que sa fille avait été assassinée. La révélation des menaces de mort n'aurait pu que l'aider dans son combat, confortant sa thèse et contribuant à lui attacher plus encore le cœur des Serbes. Et cependant, Ljiljana Bulatović s'était tue...

Comme c'est étrange, me dis-je, reconnaissant soudain le goût amer du soupçon. Et si Mme Bulatović avait tout simplement « inventé » ces menaces de mort pour clouer le bec au petit policier qui avait lui-même attendu plus de dix ans pour révéler qu'à son sens, et en tenant compte de tous les éléments recueillis chez les Mladić dans les instants qui avaient suivi la mort d'Ana, la jeune fille s'était bel et bien suicidée ? Les propos du policier s'appuient sur des constatations matérielles imparables – la présence impossible d'un assassin chez les Mladić en l'absence d'effractions et alors que la mère et le frère d'Ana ont couru auprès d'elle dans la minute même qui a suivi le coup de feu – tandis que la déclaration de Mme Bulatović repose sur les témoignages invérifiables de deux personnes décédées. Alors que je me demande pourquoi Mme Bulatović a attendu toutes ces années pour révéler son secret, je constate que la seule réponse acceptable est l'agenda du policier : c'est après qu'il est sorti de son silence, en 2006, que Ljiljana Bulatović semble soudain se souvenir des menaces de mort adressées à Ana et qu'elle décide de les mentionner dans son dernier livre paru en 2010. Le policier a une bonne raison pour avoir attendu 2006 : il estime qu'en parlant plus tôt il aurait pu finir sous les roues d'un camion, ou les balles d'un tueur, comme Zoran Djindjić, le Premier ministre serbe assassiné en 2003[1]. Mais rien ne justifie le silence de Mme Bulatović.

Le soupçon est comme le feu dans une cabane en bois, une fois allumé il emporte tout, ne laissant qu'un tas de cendres que dissipera le vent. Si Ljiljana Bulatović a « inventé » les menaces de mort, pourquoi n'aurait-elle pas inventé également la dernière conversation entre Ana et son père ? Le général a confirmé qu'il était bien chez lui, à Belgrade, auprès de sa femme et de ses enfants, vingt-quatre heures avant la mort de sa fille, mais s'il a eu avec elle une ultime conversation avant de s'envoler pour le front, comme le prétend Mme Bulatović, il n'a jamais rapporté le contenu de cette conversation. Selon l'historienne, Ana supplia son père de l'emmener, expliquant qu'elle voulait servir dans un hôpital de première ligne (sous-entendu, apprend-on aujourd'hui : pour échapper aux menaces de mort) et faisant valoir qu'avec les migraines qu'elle avait contractées lors de son voyage à Moscou, elle n'était pas en état de passer ses examens.

Peut-être est-ce la vérité, me dis-je, allant et venant dans ma chambre, mais est-ce qu'une jeune fille de vingt-trois ans, suffisamment proche de son père pour souhaiter de toutes ses forces s'embarquer avec lui pour le front, se serait suicidée

---

1. Zoran Djindjić fut tué d'une balle en plein cœur le 12 mars 2003. Outre ses liens avec les dirigeants occidentaux, les nostalgiques du régime de Milošević lui reprochaient d'avoir fait arrêter le dictateur et de l'avoir livré au tribunal de La Haye.

moins de vingt-quatre heures après une telle conversation *avec le pistolet préféré de ce père* ? Non, je ne l'imagine pas. En proie à cette mystérieuse dépression, dont l'origine remonterait à son séjour à Moscou, selon Mme Bulatović, Ana aurait peut-être pu aller jusqu'à vouloir se donner la mort, mais à mon sens elle n'aurait sûrement pas choisi pour cela le fameux pistolet. Il est clair qu'en le choisissant, la jeune fille a voulu « punir » son père, lui adresser un message de rupture sans équivoque, or un tel message de rupture ne colle pas avec le contenu bon enfant de la dernière conversation entre le père et la fille telle que la rapporte Ljiljana Bulatović.

Ana est au fond du désespoir lorsque sur le coup de 5 h 30 du matin, après une nuit blanche, elle prend la décision de mettre fin à ses jours. Et comment ne pas voir un geste de colère *contre* le général dans le choix qu'elle fait, parmi les trois pistolets en état de marche, de celui que la famille réserve depuis toujours à la naissance de son premier enfant ? Non seulement elle ne donnera pas un petit-enfant à son père, mais elle va lui retirer sa fille, sa fille unique et tant aimée, avec l'arme qui devait célébrer la descendance du général.

La violence inouïe de ce message me laisse penser que les derniers mots échangés entre le père et la fille sont évidemment très éloignés du dialogue plein de respect et de confiance, et pour ainsi dire « fleur bleue », que veut nous faire avaler la biographe du général Mladić.

Poursuivant mon va-et-vient dans cette chambre lugubre à la moquette tachée, aux rideaux crasseux et à demi décrochés, j'essaie de me figurer ce qu'ont pu se dire vraiment Ana Mladić et l'homme du siège de Sarajevo, la première quelques heures avant de se donner la mort, le second sur le point de grimper dans son hélicoptère pour retourner au front.

— Papa, voilà des jours que j'essaie de t'écrire, mais je n'y arrive pas.

— Qu'as-tu à me confier, ma fille ?

— Ne me touche pas ! Retourne où tu étais s'il te plaît.

— Oh ! C'est si grave que ça ?

— J'ai peur qu'il n'y ait pas de mots pour te dire combien je suis blessée, si profondément blessée par ce que tu fais.

— Ce que je fais... La guerre tu veux dire ?

— Bien des hommes, et même des femmes, ont fait la guerre à travers l'Histoire. Il y a guerre et guerre, papa. Ce que tu fais...

— Je fais la guerre, Ana. C'est une chose difficile et souvent cruelle, mais c'est mon métier. Je comprends que certains événements, certaines scènes...

— Non, ce que tu fais est bien pire que la guerre. Tu fais tirer sur des gens qui n'ont pas les moyens de se défendre, sur des femmes et sur des enfants.

— Ana, je t'interdis... Je ne peux pas te laisser dire de telles bêtises. Jamais je n'ai donné l'ordre de tirer sur des femmes et des enfants. Nous tirons sur des objectifs militaires, dans le souci de les détruire, oui. Mais qu'est-ce que tu imagines donc ? Que les Musulmans sont des enfants de chœur ? Qu'ils rêveraient de fraterniser avec nous ? Si je ne les avais pas contenus dans la cuvette de Sarajevo ils auraient anéanti tous les villages serbes de Bosnie, Kalinovik compris, et ta chère grand-mère ne serait plus de ce monde aujourd'hui.

— Alors dis-moi quel objectif militaire se cachait sous la halle du marché de Markale ?

— Ah, c'est donc ça ! Tu t'es fait intoxiquer par la presse anglo-américaine et tu viens me balancer à la figure les saloperies de nos ennemis. Ma pauvre enfant ! Tu ne sais donc pas qu'en temps de guerre la propagande est plus efficace que toutes les divisions blindées réunies ? Les Musulmans l'ont mieux compris que nous. Markale c'est eux, Ana. Ils ont sacrifié quelques dizaines de femmes et d'enfants pour accéder au rang de martyrs et mettre le monde entier de leur côté.

— J'aimerais tellement pouvoir te croire ! Mais vous tous mentez dans ce pays. Je lis nos journaux et quand je découvre la presse anglaise, je vois que rien ne s'est passé comme nous le racontons ici. Les enquêteurs de l'ONU ont fait le calcul de la trajectoire pour Markale, papa, et ils ont conclu que l'obus avait été tiré depuis une position serbe. Mais bien sûr nos journaux ne l'ont pas écrit, et toi tu fais semblant...

— Je ne fais semblant de rien, Ana. Es-tu en train de me traiter de menteur ?

— Papa, ce que j'essaie de te dire est tellement au-delà de ces enfantillages, tellement plus grave. Est-ce que je te traite de menteur ? Oui, peut-être, mais en même temps je me doute que le mensonge et l'intoxication font aussi partie de ton métier en temps de guerre. Je ne suis pas complètement idiote. Je t'excuserais de mentir si tu faisais la guerre selon... selon... Oh, cette conversation est impossible. Je t'en ai assez dit. Pars maintenant, laisse-moi.

— Selon quoi, Ana ? Je ne partirai pas tant que tu ne m'auras pas livré tout ce que tu as sur le cœur.

— Certains soirs, tu sais, je repense à Skopje, à l'homme que tu étais avant la guerre, quand on habitait la Macédoine. Je ne sais pas si tu te rends compte combien tu as changé en quelques années seulement ? Tu n'étais qu'un colonel inconnu, mais tu t'en fichais. Tu disais que la vie avait été clémente avec toi, finalement, venant d'où tu venais, et tu nous répétais de servir honnêtement la Yougoslavie qui t'avait sorti de la misère et élevé comme son enfant. Pour Darko et moi, tu incarnais la force, l'intégrité, la sécurité. La joie de vivre aussi. Nous aimions le monde tel que tu nous le décrivais : simple, juste, généreux, garantissant à chacun une place en fonction de ses capacités à servir. J'adorais te regarder avec tes abeilles, l'affection que tu leur témoignais et qu'elles te rendaient. Elles étaient à l'image de la société idéale dont tu nous parlais : travailleuses, honnêtes et solidaires.

— Je comprends ton désarroi, ma fille. Je n'avais pas prévu que la guerre me rattraperait à près de cinquante ans, et j'ai dû faire face. Nous tous, les militaires, avons dû faire face.

— Tous ne sont pas devenus généraux, papa. Beaucoup ont refusé de céder à la haine.

— J'ai pris mes responsabilités. Est-ce cela que tu appelles « céder à la haine » ?

— Nous étions yougoslaves, toi plus que tout autre dans mon souvenir, et du jour au lendemain nous nous sommes découverts serbes. *Tu* t'es découvert serbe, devrais-je dire, car pour ma part...

— Les Slovènes, les Croates et les Musulmans s'étaient découverts tels bien avant nous, Ana. Fallait-il les laisser nous chasser, les laisser brûler nos maisons et puis nous tirer dans le dos ?

— Il fallait refuser cette guerre. Je sais que certains officiers l'ont fait, et ils ont eu raison. On dirait que tu ne vois pas qu'elle va contre tous les idéaux que tu défendais au temps où nous habitions la Macédoine. Au nom de quoi vous battez-vous, toi et tes soldats ? Au nom d'identités nationales et d'égoïsmes cocardiers. Si ça n'était pas aussi dramatique, ça serait ridicule. Tout le contraire de ce qu'avait voulu Tito qui était ton grand homme, que tu soutenais autrefois. Tout le contraire de ce qu'ont su construire la France et l'Allemagne, ennemis ancestraux pourtant, avec la Communauté européenne dont ils ont pris l'initiative.

— Ana, est-ce que tu te rends compte que tu es en train de me reprocher de n'avoir pas déserté ?

— Oui, et alors ? Déserter n'est rien du tout comparé aux crimes que cette guerre vous a fait commettre, à toi comme à tous les autres, Croates, Musulmans et Serbes confondus.

— Tu perds la tête. Tu oses...

— Laisse-moi parler. Puisque tu veux que je te dévoile le fond de mon cœur, je vais le faire. Tu aurais dû déserter, oui, trois fois oui, et nous emmener avec maman loin d'ici, loin de cette horreur dont personne ne se remettra. En Italie, en France, n'importe où, mais loin d'ici. Le courage aurait été de déserter, papa, et non, comme tu veux le croire, de te jeter dans cette guerre en bon petit soldat, reniant au passage toutes les grandes idées de fraternité que tu défendais quand nous étions enfants. Le courage aurait été de dire non. Je suis certaine que l'Histoire, dans dix ans, dans vingt ans, rendra hommage à ceux qui ont eu la force et la clairvoyance de déserter.

— Si tu n'étais pas ma fille, je te ferais jeter en prison. Et maintenant tais-toi, tu me fais honte, Ana, je ne veux plus t'entendre.

— Honte, dis-tu ? Est-ce que ce n'est pas moi qui devrais avoir honte quand je lis dans *The Guardian* anglais, ou dans *Le Monde* français, qu'on te surnomme désormais partout à travers le monde « le boucher de la Bosnie » ?

— Tais-toi ! Pas un mot de plus ! Nous sommes en guerre et tu oses reprendre à ton compte des insultes qui me sont adressées par la presse ennemie.

— Alors très bien, restons patriotes, ne parlons plus de la « presse ennemie », comme tu dis. Veux-tu que je te lise *NIN* de la semaine dernière ?

— Tu es donc tombée sur ce torchon !

— *NIN* n'est pas un torchon, papa. Comment peux-tu dire une chose pareille alors que tu leur as donné trois longs entretiens dans les semaines qui ont précédé l'article que je vais te lire ?

— Je m'en vais, je ne veux plus entendre un mot de ta bouche, Ana. Tu me déshonores, et à travers moi c'est toute l'armée serbe de Bosnie que tu déshonores.

— Ne pars pas ! Puisque tu parles d'honneur, justement, je vais te relire ton dialogue avec le chef de la police croate de Split à propos des soldats que vous avez mutuellement « explosés », comme vous dites : « C'est toi Mladić ? – Oui, c'est moi, vieille crapule, qu'est-ce que tu veux donc ?... »

Mais la porte claque, le général a quitté la pièce, et j'imagine que les mains d'Ana tremblent en refermant le numéro de *NIN*.

Elle vient de rompre avec ce père qu'elle vénérait enfant, puis adolescente, mais elle n'en éprouve encore ni souffrance ni regrets car la colère la porte. Peut-être même est-elle fière, à ce moment-là de la matinée, une vingtaine d'heures avant de se donner la mort, d'avoir eu le courage de dire non, comme elle aurait aimé que son père le fît dans les premiers temps de la guerre. Non ! Ensuite, elle sort marcher. Elle se doute que sa mère a entendu une partie de la conversation, ou du moins a deviné en embrassant le général sur le pas de la porte qu'il s'était passé entre eux quelque chose de très grave, et elle ne veut pas avoir à lui expliquer quoi que ce soit. Pudique et fière, manifestement éprise de son mari, Bosa n'a jamais laissé transparaître le moindre doute sur la légitimité de son engagement, de son combat. Connaissant un peu Ana à travers quelques témoignages, je crois qu'elle apprécie cette forme de solidarité entre époux, qu'elle ne comprendrait pas que sa mère lâche son père, mais elle en a assez dit, qu'ils se débrouillent entre eux, pense-t-elle, elle veut maintenant réfléchir à son propre destin, à ce que tout cela implique pour elle, désormais.

Incrédule au départ, lorsqu'on lui a montré les articles de la presse étrangère à la faculté de médecine, elle a accepté petit à petit de prêter foi à ce qu'elle lisait, en particulier parce que deux de ses professeurs, pour lesquels elle a une grande estime, lui ont assuré ne pas douter une seconde de ce que rapportaient les journaux anglais et français. Elle a rencontré ces professeurs en tête à tête à trois ou quatre reprises, ils ont eu l'élégance de ne pas mentionner le nom de son père, mais ils ne lui ont pas caché qu'ils étaient accablés par les agissements de l'armée serbe en Bosnie. « Nos soldats se conduisent de façon honteuse, lui a déclaré l'un d'entre eux, et notre devoir est de le dire, de l'écrire, quel qu'en soit le prix à payer. » Durant des semaines, elle a remâché cette phrase, balançant entre le désir de nier pour conserver intacte l'image de son père, de sa famille, et la tentation de parler. Elle en a perdu l'appétit, puis le sommeil. Elle n'est plus parvenue à étudier, lisant sans comprendre, écoutant sans entendre. On l'a crue en dépression, alors qu'elle était en train de mener seule la plus dure des révolutions, celle qu'aucun enfant de dignitaire nazi n'a su mener dans le feu des événements, à ma connaissance : accepter l'inacceptable, voir en son père un bourreau, et trouver la force de le lui dire.

Eh bien voilà, songe-t-elle, marchant dans ce quartier de Banovo Brdo dont elle connaît chaque rue, je l'ai fait. La colère la porte encore, et même une certaine exaltation. Elle est tentée d'appeler celui des deux professeurs qu'elle préfère, le plus âgé, pour le mettre au courant, entendre une voix amie. Entendre des mots de réconfort, en fait, car plus elle marche plus elle sent ses forces diminuer. Non pas celles de ses jambes, mais celles de l'âme, plus secrètes, ces forces dont on ne saurait pas situer précisément le siège, mais qui, lorsqu'elles nous abandonnent, laissent place à un fluide glacé qui nous tombe soudain de la nuque dans les reins, tandis que nous peinons à respirer et que quelque chose d'écarlate et d'hallucinant, comme un vertige, nous traverse la pupille.

Je ne sais pas, j'essaie de me figurer ce qu'a pu éprouver Ana après avoir dû admettre que son père était un criminel de guerre, « le boucher de la Bosnie », et le lui avoir dit, cet homme contre lequel elle s'est construite. Elle n'a plus de tuteur, plus rien contre quoi s'appuyer, et elle prend maintenant conscience de sa fragilité. Peut-être se croyait-elle plus forte, en tout cas elle avait sous-estimé le sentiment d'abandon et de solitude qui est en train de la gagner. Forcément, comment aurait-elle pu imaginer les répercussions en elle d'un tel affrontement *avant* de l'avoir vécu ? On a beau s'y préparer, se répéter cent fois la scène, c'est un peu comme la guerre, justement, la violence du réel dépasse tout ce qu'on avait pu imaginer. Elle songe à Darko, elle a envie de téléphoner à Darko, là, tout de suite, depuis la poste, pour s'assurer de son soutien, à deux, se dit-elle, ça serait tellement plus facile, mais Darko a grandi dans l'ombre du père, sans cesse soucieux de son jugement, elle se souvient de son frère adolescent, maladroit, timide et docile, elle se souvient de tout. Non, pense-t-elle, ça serait une lâcheté de ma part d'aller le chercher maintenant, il n'est pas de taille, il ne sera jamais de taille à s'opposer à papa. Tiens, papa ! Je continue donc à l'appeler papa, en dépit de tout ce que je sais de lui... À ce moment-là lui revient cette phrase qu'elle a lue quelque part : « Brûlez tout ! Tirez ! Tirez ! Rendez-les fous ! » Dans la bouche de son père, n'est-ce pas. Elle a un sursaut de colère, mais aussitôt la tête lui tourne, puis la nausée, et elle doit s'asseoir sur le banc, devant la poste. Non, songe-t-elle, maintenant grelottante, Darko c'est inutile, d'ailleurs s'il était de taille, je lui aurais parlé depuis longtemps, or je me suis tue, le regardant à peine tous ces derniers mois, l'oubliant ce « brave garçon », comme dit je ne sais plus qui, alors oui, vraiment, aujourd'hui que je me sens si seule, ça serait la dernière des lâchetés que de l'appeler au secours.

Ana a une haute idée d'elle-même, une haute idée de ce que doit être le courage aussi, et il me semble que c'est la conjonction des deux qui va la conduire à choisir de mourir au fil des heures. D'ailleurs, est-ce que je n'ai pas déjà écrit quelque chose à ce propos ? Si, lorsque j'ai confronté son destin à celui de Gudrun Himmler. Alors je cesse d'aller et venir dans ma chambre d'hôtel pour m'asseoir à la table et feuilleter mes notes. Gudrun Himmler... Voilà, c'était dans le car qui nous conduisait de Belgrade à Banja Luka. Il m'était revenu que la fille du criminel nazi le plus haï au monde s'était promis de le réhabiliter grâce à un livre qui dirait enfin la vérité sur l'homme qu'il fut. Sans doute cette vérité lui avait-elle paru indicible, finalement, puisque Gudrun n'avait pas écrit le livre de sa vie. Mais plutôt que de dénoncer les monstruosités commises par son père, de trahir sa mémoire en somme, elle était devenue nazie à son tour, ce qui était à la fois horrifiant et pathétique. Je notais qu'Ana avait choisi un chemin radicalement opposé à celui de Gudrun. Oui, Ana n'envisage pas une seconde, j'en suis certain, de revenir sur les accusations qu'elle vient de formuler contre son père. Leur dernière « conversation » l'a fait basculer dans le camp de l'opposition. Elle avait sûrement pris la mesure du défi que représentait ce tête-à-tête avec le général, mais occupée à s'y préparer, elle n'avait sans doute pas réfléchi à l'image qu'elle aurait d'elle-même à la sortie. Celle d'une personne qui passe dans l'autre camp au milieu de la bataille, d'une personne qui « trahit » les siens. « Si tu n'étais pas ma fille, je te ferais jeter en prison », lui a lancé le général. Il aurait pu ajouter : « Et fusiller. » C'est le sort qu'on réserve aux traîtres en temps de guerre. Il ne l'a pas dit parce que je suis sa fille, songe-t-elle, mais sinon il n'aurait pas hésité.

Oh, qu'il me jette en prison et qu'on me fusille, se dit-elle, grimpant maintenant vers les bois de Topcider qui dominent son quartier, tremblante et le souffle court. Elle appelle ce châtiment de ses vœux, sincèrement, de tout son cœur, car il l'empêcherait d'avoir à commettre cet acte qui lui répugne mais auquel elle ne pourra pas échapper maintenant qu'elle a fait le premier pas : se dresser publiquement contre son père et signer de son nom une tribune qui le dénoncera comme un criminel de guerre. Dans *NIN*, par exemple. Elle imagine, et elle sait aussitôt qu'elle n'aura pas la force. Non, pas ça. Son père en mourrait, croit-elle. Elle vit depuis trois ans dans la crainte qu'il se fasse tuer, et demain ça serait elle... Cet homme qu'elle aime plus que tout au monde... Non, sûrement pas. Qu'on me fusille et que ça soit fini, se répète-t-elle. Jamais je n'accablerai publiquement papa, jamais. Elle s'enfonce dans les bois. Peut-être longe-t-elle à un moment le grand cimetière de Belgrade – Topcidersko groblje – sans se douter qu'elle y reposera bientôt en paix, ou en s'en doutant, et peut-être en s'en réjouissant, je ne sais pas.

Cet homme que j'aime plus que tout au monde, se dit-elle encore, tandis que le jour décline et qu'elle cherche distraitement comment sortir de ce bois immense où elle a fini par se perdre à force de se laisser conduire par ses pas.

De retour chez elle, elle s'enferme dans sa chambre. Elle aurait dû appeler le vieux professeur, s'assurer d'un toit pour les jours à venir, rentrer prestement chez elle, faire sa valise et disparaître. Alors sa nouvelle vie d'opposante, de clandestine, aurait pu commencer. Au lieu de ça, elle s'est perdue dans les bois, perdue en elle-même, incapable de faire le pas suivant. La colère l'a lâchée, et avec elle la révolte qui la portait. Aussi criminel qu'il soit, elle continue d'aimer son père. Je crois qu'assise à son bureau, elle en pleure de dépit, d'amertume, de désespoir. Oui, voilà, je crois qu'elle désespère d'elle-même et que c'est la conscience aiguë de son impuissance qui la décide à mourir. Non pas dans le souci de punir son père, mais pour elle-même, par respect pour elle-même. Elle aura dit ce qu'elle avait à dire, et puisqu'elle n'a pas la force d'aller plus loin, de « trahir », elle va se tuer. C'est la seule position qui lui semble digne, « salvatrice » à ses propres yeux. Elle va se tuer pour se sauver.

Je ne sais pas à quel moment elle quitte discrètement sa chambre pour aller choisir dans le salon l'une des armes de son père. Sans doute quand elle imagine sa mère endormie et qu'elle a entendu Darko quitter la salle de bains et fermer sa porte. Je devine qu'elle hésite à choisir le fameux pistolet et qu'elle s'y résout dans un sursaut de conscience politique, pour que son père n'ait aucun doute sur sa motivation profonde, mais la mort dans l'âme, car elle est déchirée de lui assener ce coup. Elle ne laissera pas de mot, se dit-elle, seulement le choix de cette arme pour toute explication, de sorte que le général aura toujours la possibilité de nier le message, d'inventer Dieu sait quoi, si le châtiment lui semble trop lourd.

Elle se sent apaisée d'avoir trouvé la solution, en paix avec elle-même. Quand elle entend Darko dans la salle de bains, vers 4 heures du matin, elle songe qu'elle aimerait lui dire au revoir, et sur le coup de l'émotion elle l'appelle.

— Tu ne dors pas, Ana ?

— Non, tu vois, je travaille. Tu m'apporterais un verre d'eau ?

Darko semble un peu éberlué, pourquoi n'y va-t-elle pas elle-même ? Mais il retourne docilement à la salle de bains lui remplir un verre d'eau.

— Merci Darko, je t'aime beaucoup tu sais.

— OK, Ana. Mais maintenant tu ferais bien de te coucher.

— Oui, ne te fais pas de souci.

Deux heures plus tard, elle prend soin de s'allonger sur son lit avant de se tirer une balle dans la tête.

Oui, me dis-je, peut-être les choses se sont-elles déroulées de cette façon dans son âme de jeune femme entière, sincère et honnête, puisque c'est ainsi que partout on m'a décrit Ana. Puis, toujours assis à la table de ma chambre d'hôtel, au milieu de cette nuit de décembre à Kalinovik, je relis ce que je viens d'écrire de ce qu'a pensé et dit Ana Mladić dans les heures qui ont précédé son suicide. Ce qui me touche le plus dans sa dernière « conversation » avec son père, c'est son étonnement devant sa métamorphose. Elle ne reconnaît pas dans le général nationaliste et plein de haine qu'il est devenu l'homme qu'elle a connu enfant, puis adolescente, ce colonel-paysan épris de fraternité, Yougoslave de cœur, membre du Parti communiste et grand amoureux des abeilles. Et son étonnement m'en rappelle un autre, bien sûr, celui des fils Frank devant le nouvel homme que devient leur père dès lors qu'il est nommé par Hitler gouverneur général de la Pologne, en septembre 1939.

Hans Frank n'a que trente-neuf ans (il est né le 23 mai 1900) lorsqu'il devient « roi » de Pologne. Il a, certes, adhéré à vingt ans à un mouvement étudiant d'extrême droite qui rejoindra le parti nazi, mais il est, par la suite, devenu avocat, et lorsque son fils aîné, Norman, évoque sa mémoire, il se souvient de l'homme de culture et du grand pianiste que fut son père, ami de Richard Strauss qu'il recevait à dîner, interprète bouleversant de Chopin et de Beethoven. Plus jeune que Norman, Niklas n'a pas de souvenirs de son père au piano, mais il se rappelle ses larmes lorsqu'il leur lisait des contes de Noël.

Celui que l'on nommera bientôt « le boucher de la Pologne » et qui se vantera, à la fin de l'année 1944, d'avoir exterminé dans ce pays plus de trois millions de Juifs – « Quand nous avons commencé ici, il y en avait trois millions et demi. Maintenant, il n'en reste plus que quelques petits groupes de travailleurs. Tous les autres ont, dirons-nous, émigré » –, celui-là n'était pas même antisémite un an avant d'être nommé en Pologne. C'est Norman qui nous livre cette information, et j'ai là dans ma valise son témoignage. Le 9 novembre 1938, lorsque les nazis s'attaquent aux magasins juifs et aux synagogues pour ce qui demeurera dans l'Histoire comme « la Nuit de cristal », Norman a dix ans et il se souvient du sentiment d'effroi, ou pour le moins de dégoût, que suscite cet événement chez ses parents. « Mon père venait d'arriver de Munich en avion, raconte-t-il, et j'allai avec ma mère le chercher en voiture. Lorsqu'il vint vers nous, la première chose que ma mère lui dit fut : "Hans, est-ce que tu as quelque chose à voir là-dedans ?" Et il répondit brièvement : "Non, je te promets que je n'ai rien à faire avec ça." Les gens comme ma mère, poursuit Norman, comme tout Allemand qui se respecte, furent très choqués. Ce genre de destruction n'était pas apprécié[1]. »

Norman et Niklas essaient de comprendre ce qui a pu provoquer chez leur père cette apparition soudaine de l'absolue cruauté et du cynisme, et je relis pour la énième fois leurs témoignages pour tâcher de comprendre à mon tour ce qui a pu se passer dans la tête de Ratko Mladić (puis l'expliquer à Ana, allais-je écrire, tant j'aurais aimé la connaître et pouvoir bavarder avec elle).

Norman : « Dans ma jeunesse, je n'ai pas été élevé dans l'antisémitisme, ni par mes parents ni par quiconque. On ne parlait pas des Juifs dans notre famille, mais on en parlait beaucoup dans les discours officiels. Ces sentiments antisémites et d'adhésion à l'extermination des Juifs que mon père a exprimés plus d'une fois, mais toujours devant un public nombreux, ne venaient pas de son âme. Il s'agissait plutôt d'un engagement vis-à-vis de la politique officielle. Pour se considérer comme national-socialiste, cette haine des Juifs se substituait à un programme politique.

« Quand j'ai lu les paroles de mon père après la guerre, poursuit Norman, j'ai tout simplement eu honte. Ce n'était pas le père que j'aimais. C'est tellement en contradiction avec lui que je n'arrive pas à comprendre. Comment pouvait-il être si cultivé et si gentil avec moi et en même temps

1. In *Les Enfants d'Hitler*, *op. cit.*

dire des choses aussi stupides et aussi horribles ? »

Oh, me dis-je, Ana aurait pu reprendre à son compte ces trois dernières phrases. Elle aussi a eu honte en découvrant les mots de son père dans *NIN*, ou encore cette effroyable injonction : « Brûlez tout ! Tirez ! Tirez ! Rendez-les fous ! » Comment l'homme qui était « si gentil » avec elle, avec ses abeilles, a-t-il pu en arriver à proférer de telles horreurs ? À donner l'ordre de tirer sur le marché de Markale un samedi matin à midi, sachant que la halle était pleine de jeunes enfants et de leurs mères ?

Niklas avance une explication que j'aurais bien voulu pouvoir proposer à Ana : « Je ne pense même pas qu'il ait été antisémite à l'origine, admet-il avec Norman. C'est ce qu'on attendait de lui, alors il l'est immédiatement devenu. À cette époque, il était tellement faible et opportuniste ! Il voulait avoir l'air aussi dur qu'Hitler et les autres. » Et un peu plus loin : « Ce n'était pas un idéologue. Pour lui, c'était sa carrière, et il s'est laissé emporter par son ambition et sa faiblesse. »

Le général non plus ne se sentait pas serbe « à l'origine », je veux dire au temps de la Macédoine et des abeilles. Il n'était qu'un obscur colonel yougoslave, guère préoccupé de son avancement, pas plus militaire que ça au fond de l'âme (après tout, il voulait être médecin), et il est évident que si la guerre ne lui était pas tombée dessus à cinquante ans il aurait fini colonel à la retraite dans son village de Kalinovik, dorlotant ses petits-enfants et retournant la terre de son potager. Je suis certain qu'il aurait bien ri, me dis-je, me remettant à aller et venir dans ma chambre, si on lui avait prédit, tandis qu'il était en poste à Skopje avec ses deux enfants, sa jolie Bosa et ses ruches, qu'un jour il se déchaînerait contre les Musulmans et les Croates, allant jusqu'à lancer à ses hommes en avril 1993, lors du premier siège de Srebrenica : « Tirez ! Donnez dans la viande crue ! » Enfin, ri... peut-être se serait-il plutôt mis en colère. « Vous devenez cinglé, ou quoi, je ne saurais même pas distinguer un Musulman d'un Serbe ou d'un Croate, nous sortons tous de la même école maternelle ! Que dis-je, de la même Académie militaire ! Comment est-ce que je pourrais donner l'ordre de tirer sur mes frères ? » Je l'entends bien, le brave homme. Comme Hans Frank se serait mis en colère, j'en suis sûr, en 1930, si on lui avait prédit qu'il exterminerait bientôt trois millions de Juifs, lui qui en comptait beaucoup parmi ses amis avocats et musiciens. Mais tiens, d'ailleurs, cette épouvantable citation de Mladić à propos de « viande crue » m'en rappelle une autre, soudain. Alors je me plonge fébrilement dans les extraits du « journal » du gouverneur de la Pologne, et je tombe sur cette phrase, inoubliable en effet, en date du 12 janvier 1944 : « Une fois que nous aurons gagné la guerre, écrit Hans Frank, on pourra transformer les Polonais et les Ukrainiens, et tout ce qui traîne par là, en viande hachée. » « Viande crue » pour l'un, « viande hachée » pour l'autre. On dirait bien qu'une fois passés de l'autre côté, et quel que soit leur niveau culturel ou la tendresse qu'ils portent à leurs enfants, ces hommes-là adoptent le vocabulaire de la boucherie pour parler de ceux qu'ils veulent exterminer. Qu'ils ne s'étonnent pas alors qu'on les qualifie de « bouchers ».

« C'est ce qu'on attendait de lui, alors il l'est immédiatement devenu », dit Niklas Frank, évoquant l'antisémitisme de son père. Se peut-il que Ratko Mladić ait cédé au même ressort secret, si humain, si « petit » ? On est sidéré, et sans doute Ana le fut-elle aussi, de voir à quelle allure le colonel accepte de troquer l'étoile rouge de l'armée fédérale yougoslave contre le képi un rien suranné de la Grande Serbie, dès lors que Karadžić et Milošević, ces deux malades mentaux, semblent fonder sur lui de grands espoirs. « Pour lui, c'était sa carrière, dit encore Niklas Frank, et il s'est laissé emporter par son ambition et sa faiblesse. » Pour Mladić aussi, la carrière, l'ambition, paraissent brusquement effacer tout ce qui avait guidé sa vie jusqu'à présent. Il semble soudain ébloui par l'immense destin que lui offre cette guerre inattendue. Au contraire d'autres officiers qui se sentent déchirés, tombent en dépression, désertent ou se suicident, lui ne boude pas sa chance, et le voilà bientôt promu général. L'ancien titiste fervent a senti se réveiller en lui l'incomparable sang serbe, et je devine quel a dû être l'effondrement d'Ana, son amertume, sa tristesse, en entendant son père alléguer qu'aucun de ses soldats n'aurait pu raisonnablement violer une Musulmane « car nous autres, les Serbes, sommes trop difficiles ». Cela me rappelle ces officiers SS qui punissaient ceux de leurs soldats qui violaient des Juives. Non par souci d'humanité, bien sûr, puisque ces mêmes soldats étaient payés pour tuer le plus grand nombre possible de Juifs, mais parce que de tels accouplements auraient pu gâter le précieux sang allemand.

Quel dommage, me dis-je cette nuit-là, partageant furtivement la honte et le désespoir d'Ana, que le destin ne lui ait pas permis de croiser les enfants Frank. Elle aurait constaté qu'elle n'était pas seule au monde à devoir porter ce fardeau, cette honte, et peut-être se serait-elle épargnée.

# 19

L'intuition de Boris était la bonne : quand je réclame mon passeport, ce matin-là, le directeur de l'hôtel paraît embarrassé.

— Demain, dit-il. Si vous voulez bien attendre jusqu'à demain.

— Non, je ne veux pas attendre. Dites-lui qu'il me le faut tout de suite, dis-je à Boris, que nous allons essayer de repartir pour Pale en début d'après-midi.

— Vous n'allez donc pas dîner avec Mme Kuzmanović, rétorque calmement le directeur.

Boris sourit nerveusement :

— Il sait déjà que nous dînons avec la femme, Marc.

— Demandez-lui où est mon passeport.

Le directeur parle très bas, comme s'il craignait d'être entendu, accompagnant ses explications de gesticulations. Il a de longues mains grises et décharnées dont l'une, la droite, je le remarque soudain, n'a plus d'ongles.

— Pourquoi montre-t-il sans arrêt la porte derrière lui, Boris ?

— Apparemment, c'est son bureau. Il dit que le flic s'y est installé hier soir pour vérifier les registres de l'hôtel et qu'il est reparti avec quelques papiers et votre passeport.

— Demandez-lui où est le local de la police, nous allons aller le chercher nous-mêmes.

— Il vous le déconseille, Marc. Il dit que c'est plus raisonnable d'attendre demain puisque nous devons dîner ce soir avec la dame.

L'hôtelier parle maintenant tout bas, et il semble pressé d'en finir.

— Il explique que si vous y allez, vous risquez de devoir payer, tandis que demain matin tout sera arrangé.

— Très bien. Alors attendons demain.

Quand nous nous éloignons, Boris m'explique qu'à son avis l'hôtelier va payer le policier à notre place.

— Pourquoi le ferait-il ?

— Peut-être parce qu'il est gêné qu'un policier serbe vous rackette, Marc. Un Français, un homme qui connaît le colonel...

— Ah, je vois.

Minja Kuzmanović est déjà attablée lorsque nous nous présentons dans la salle à manger. Elle semble lasse et peu disposée à parler, de sorte que nous engageons la conversation sur le déneigement du village qui a occupé la population l'après-midi même. Comme nous n'avions rien de mieux à faire, Boris et moi y avons participé, demandant à un paysan qui paraissait sympathique si nous pouvions l'aider, et l'homme nous a aussitôt remis une pelle à chacun. Nous avons travaillé jusqu'à la tombée du jour sans que personne ne nous adresse la parole, et à un moment nous avons croisé la haute stature du policier qui remontait la rue principale, l'air faussement absorbé, son bonnet sur la tête.

— Ce type-là fait chaque fois semblant de ne pas nous reconnaître, dis-je à Mme Kuzmanović, alors qu'il a mon passeport dans sa poche.

Et comme elle feint de n'avoir pas entendu, je reviens à la charge.

— Vous le connaissez cet homme ? Slobo, n'est-ce pas ?

— Oui, dit-elle. Tout le monde le connaît.

— Il m'a semblé que le directeur de l'hôtel s'en méfiait. Est-ce que je me trompe ?

Elle soupire.

— Milan se fiche bien de lui, mais à quoi bon l'humilier ?

— Milan est le directeur de l'hôtel ?

— Oui, Milan Colović. Il n'a rien a craindre de Slobodan, c'est un petit inspecteur, un brave homme, mais demandez-lui donc combien il est payé par le gouvernement. Même pas de quoi acheter ses cigarettes, je pense. Il doit se débrouiller pour vivre et envoyer de l'argent à sa famille.

— Est-il toujours policier ?

— C'est ce qu'il prétend en tout cas.

Nous commandons de la soupe et une omelette. Il n'y a rien d'autre, aucun des plats indiqués sur la carte n'est disponible à part la soupe et l'omelette qui ne sont pas mentionnées.

— L'autre soir, vous disiez que le directeur, Milan Colović, donc, avait été accusé de tous les crimes de la terre...

— C'est une vieille histoire, maintenant.

— Cet homme est différent de tous ceux que nous avons rencontrés jusqu'à présent, dis-je. Il semble vouloir s'effacer, qu'on ne le remarque pas.

Mme Kuzmanović prend le temps de croiser mon regard pour la première fois.

— Ah, dit-elle, vous avez remarqué.

— Cela m'a sauté aux yeux dès le premier soir où je l'ai vu. Il paraît malheureux et désireux de fuir la compagnie. C'est étrange pour quelqu'un qui choisit de diriger un hôtel.

— Milan a toujours été différent des autres, reprend-elle. À l'école, déjà, les garçons se moquaient de lui.

— Vous l'avez connu à l'école ?

— Oui, je le connais depuis quarante-cinq ans au moins. Nous sommes tous les deux de Kalinovik. Nos parents ne s'aimaient pas pour une histoire d'argent dont je n'ai jamais su les détails, nous aurions dû nous détester aussi, mais nous sommes devenus amis.

— Pourquoi se moquait-on de lui à l'école ?

— Parce qu'il n'était pas fort comme les autres, des bêtises quoi...

— Ah.

— Il préférait rester avec les filles, ajoute-t-elle avec un sourire malicieux qui soudain fait ressurgir la jeune femme de la photo.

— Est-ce qu'il a été votre petit ami ? dis-je alors en riant.

— Oh non, non... Je crois qu'il a toujours préféré les garçons.

— Ah, je comprends. Ça ne doit pas être facile dans ce pays où les hommes sont si fiers de leur virilité, n'est-ce pas ?

— Oui, dit-elle.

Et puis plus rien. Elle absorbe silencieusement son potage, retournée en elle-même.

— Mais de quoi l'a-t-on accusé ? Vous ne nous l'avez pas dit.

— C'est une vieille histoire, maintenant, répète-t-elle.

— Il la porte toujours. Sur son visage, sur ses épaules...

De nouveau, elle me regarde.

— On l'a accusé d'être un agent des Musulmans, dit-elle finalement. Parce qu'il comptait beaucoup d'amis parmi les Musulmans de Sarajevo.

— Vous aviez tous des amis parmi les Musulmans et les Croates, non ?

— Oui, mais lui c'était différent. Lui a refusé de couper les ponts, ce que nous avons tous fait, de gré ou de force.

— Voulez-vous dire qu'il a refusé de faire la guerre ? Qu'il a déserté ?

— Non, il a servi chez nous, il a porté l'uniforme. Mais je crois que même aux pires moments de la bataille de Sarajevo il n'a jamais cessé de rencontrer ses amis musulmans.

— Comment était-ce possible ? Je ne comprends pas...

— Il se mettait en civil et il passait les lignes. La nuit, quand tout le monde dormait plus ou moins.

— Il aurait pu se faire tuer, non ?

— Bien sûr. Les nôtres l'ont surpris et l'ont accusé de travailler pour les Musulmans. Il a nié, il a juré qu'il n'avait jamais donné un renseignement, mais ils ne l'ont pas cru. Moi non plus, ajoute-t-elle après un silence, si je ne l'avais pas connu depuis la petite école, je ne l'aurais pas cru. Milan est très particulier, il faut le connaître et l'aimer pour comprendre sa façon d'être.

— C'est pour cela qu'on l'a mis en prison ?

— Comment savez-vous qu'il est allé en prison ?

— Le soir où nous sommes arrivés de Pale, l'homme qui nous conduisait, notre hôtelier, s'est étonné de le trouver là. Il a dit quelque chose comme : « Je te croyais toujours derrière les barreaux. »

— Les gens continuent de penser qu'il a trahi. Et lui ne se défend pas, il laisse dire. Pourtant, il a payé.

— Combien d'années de prison a-t-il fait ?

— Près de quinze. Il n'y a pas si longtemps qu'il est libre.

Elle s'interrompt, semble tentée d'allumer une cigarette mais repose le paquet près d'elle, tout en gardant la main dessus.

— Il aurait pu éviter d'être condamné, reprend-elle, s'il avait fait ce qu'on lui demandait de faire, mais il a refusé.

— Que lui demandait-on ?

— De tuer un prisonnier musulman. Les nôtres lui ont dit : « Puisque tu prétends ne pas travailler pour les Musulmans, tu vas tuer ce prisonnier. » Ils lui ont rendu son arme pour qu'il l'abatte d'une balle dans la tête, là, dans l'instant, devant les autres soldats serbes. C'était aussi une façon de le condamner à ne jamais retourner de l'autre côté. Parce que tout se savait, n'est-ce pas. Après avoir tué le prisonnier, il se serait fait tuer lui-même s'il était retourné chez les Musulmans.

— Et il a refusé.

— Oui. Il a dit : « Je veux bien faire la guerre, mais jamais je ne tuerai un homme dans ces conditions. – Tu préfères passer le reste de ta vie en prison ? – Je ne toucherai pas à cet homme.

– Si tu n'as pas le courage de le tuer, lui ont-ils dit, on va t'écraser les doigts de la main et ainsi jamais tu ne pourras plus appuyer sur une gâchette. » Ils lui ont écrasé les doigts, mais il n'a pas tué le prisonnier. Et, après ça, il a disparu dans une prison.

Je me remémore la main grise et sans ongles du directeur, cet homme dont la maigreur m'avait frappé le premier soir. J'avais pris sa discrétion pour une forme d'obséquiosité, et peut-être aurais-je dit, si on m'avait demandé mon avis, qu'il incarnait à mes yeux la servilité. « Un homme d'une grande qualité », nous avait dit la veille Mme Kuzmanović. Maintenant, j'aurais voulu m'excuser de l'avoir traité avec tant de désinvolture, le matin même, quand il n'avait pas pu me rendre mon passeport.

Je laisse notre invitée terminer son omelette, avec cette façon appliquée qu'elle a de manger sans avoir l'air d'y prendre plaisir.

— Hier soir, vous nous disiez que vous étiez revenue à Kalinovik à l'automne 1992. Mais d'où arriviez-vous ?

— De Mostar. J'ai fait mes études à Sarajevo, et puis je suis partie vivre à Mostar où j'étais bibliothécaire avant la guerre.

Elle se tait, et je lui fiche la paix. Si elle ne veut rien me raconter de sa vie, me dis-je, eh bien tant pis. Je m'en veux confusément de l'avoir interrogée avec tant d'obstination sur le directeur, je voudrais le lui avouer, lui expliquer que je suis obligé de me glisser dans la peau du questionneur, dans la peau du flic, n'est-ce pas, parce que je veux savoir ce qui se cache derrière les visages, derrière chaque visage, mais qu'ensuite je me sens honteux comme un homme qui aurait regardé par le trou de la serrure. Ce que j'aimerais, c'est que les gens ne me voient pas et que, se croyant seuls, ils se mettent à dire tout haut les pensées et les images qui les traversent. Je passerais mes jours à les écouter, et mes nuits à remplir des livres. Je serais le greffier de la vraie vie, celle de nos ténèbres, l'envers du décor que nous nous efforçons d'offrir chaque jour, je donnerais à voir toute la machinerie de nos âmes en plein travail, cherchant une issue à tâtons, se cognant, se blessant, éructant, pleurant silencieusement parfois, mais continuant malgré tout d'espérer atteindre la lumière. Je crois que vus du ciel, s'il y avait quelqu'un là-haut pour nous observer, il ne pourrait que nous aimer pour notre ingénuité, notre pugnacité, notre foi en quelque chose que nous ne savons même pas nommer. Je crois qu'il ne doit pas exister dans tout l'univers d'êtres plus émouvants et attachants que nous. À la fois ignorants des raisons de notre présence ici, et cependant fermement décidés à y rester et à en découvrir la finalité, quoi qu'il nous en coûte.

Tandis que Mme Kuzmanović fume tranquillement une cigarette, je me souviens de Mostar où nous avions été hébergés quelques jours chez un couple croate, mon interprète et moi. C'était à l'automne 1993, en somme un an exactement après le départ de Minja Kuzmanović. Les Serbes avaient été chassés de Mostar par les Croates et les Musulmans qui s'étaient alliés pour l'occasion. Puis les Musulmans avaient occupé la rive droite et les Croates la gauche, et la guerre s'était poursuivie entre les ex-alliés par-dessus les eaux de la Neretva qui charriaient indifféremment les cadavres des uns et des autres. Notre hôte était un jeune et sympathique ingénieur des Eaux et Forêts, promu capitaine pour la durée de la guerre. On l'avait affecté à l'état-major parce qu'il refusait de porter une arme. Il n'avait pas voulu déserter, mais il avait prévenu qu'il ne tirerait pas sur les Musulmans dans les rangs desquels il comptait de nombreux amis. « Nous, Croates, n'avons pas voulu cette guerre, m'avait-il expliqué, ce sont les Serbes qui l'ont voulue, je ne me laisserai pas contaminer par la haine... » Tiens, exactement ce que me disent les Serbes aujourd'hui – cette guerre infecte et misérable est comme une patate chaude, on se la repasse indéfiniment, personne n'en veut, personne ne veut en assumer la responsabilité.

— La rive gauche était serbe, à l'époque, reprend doucement Mme Kuzmanović. J'y habitais depuis douze ans, une maison avec un petit jardin, tout près de la bibliothèque où je travaillais. Connaissez-vous Mostar ?

— Oui, dis-je, j'y ai vécu quelques jours au temps des Croates.

Alors il me semble qu'elle a un haut-le-cœur.

— Ne me regardez pas comme ça, dis-je en m'efforçant de sourire, je n'ai pas fait la guerre.

— Que faisiez-vous à Mostar dans ce cas ?

— La même chose qu'aujourd'hui. Voulez-vous du thé ? Ou un petit verre d'alcool ?

Nous commandons du thé. Comment savoir ce qu'elle pense ? Peut-être s'imagine-t-elle que je me suis battu contre les siens dans les rangs d'une milice croate, comme certains jeunes fascistes français nostalgiques d'Ante Pavelić et de ses oustachis. Mais non, elle reprend, elle veut bien me croire.

— Quand notre armée a dû reculer sous la pression des Musulmans et des Croates, nous, les citoyens serbes, nous sommes retrouvés cernés par les Croates. C'était en juin 1992. Quand nous avons compris que nos soldats nous avaient abandonnés, il était trop tard pour fuir.

J'acquiesce silencieusement.

— Les Croates ont commencé à détruire tout ce qui était serbe dans la ville. La chose la plus effrayante a été la destruction de notre église. Ils ont apporté un camion rempli d'explosifs qu'ils ont entré dans l'église. Quand ils l'ont fait exploser, nous avons cru que c'était un tremblement de terre. La détonation a été si violente que les gens saignaient dans les quartiers tout autour. Notre église s'est effondrée, elle n'était plus qu'un immense tas de gravats.

Je vois que ses yeux se sont remplis de larmes, et cependant ses mains ne tremblent pas quand elle rallume une cigarette.

— C'est après cet événement qu'ils ont commencé à arrêter les Serbes. Ils entraient chez nous, ils volaient tout ce qu'ils pouvaient, puis ils mettaient le feu à la maison après nous avoir jetés dans un camion. Les Chemises noires d'un certain Kralević. Quelques semaines plus tard ce voyou, qui se prétendait général, a été abattu par les hommes de l'armée régulière croate et on n'a plus entendu parler de ses Chemises noires.

— Vous avez donc tout perdu à Mostar ?

— Sauf la vie, remarque-t-elle, hochant la tête à la façon d'une vieille femme, soudain. Pourquoi ne m'ont-ils pas tuée, moi ? Je ne sais pas. Ils auraient dû, puisqu'ils ont tué la plupart des Serbes de mon quartier... L'un des hommes qui dirigeait le camp où nous nous trouvions est venu m'annoncer que j'allais pouvoir partir à la faveur d'un « échange de cadavres » avec les nôtres. D'un « échange de cadavres », a-t-il dit. J'ai cru qu'il se moquait de moi, que c'était une forme d'humour, n'est-ce pas, et qu'il allait donc me tuer. Mais non. En plus des cadavres, ils avaient décidé de livrer une quinzaine de survivants, dont moi. Pourquoi ? Pourquoi nous et pas les autres ? Sans doute y avait-il des survivants de l'autre côté aussi. Pourtant, je n'ai vu que des morts au moment de l'échange. Comment savoir ? L'homme qui m'a sauvé la vie est aujourd'hui emprisonné à La Haye. Si j'étais allée à son procès, j'aurais peut-être appris pourquoi il ne nous a pas tués, mais je n'ai pas d'argent pour voyager.

Elle se tait.

— Où aurais-je pu trouver de l'argent alors qu'on m'a tout pris ? Les Croates ont brûlé ma maison de Mostar, et quand je suis revenue ici, à Kalinovik, les Musulmans avaient détruit la maison de mes parents.

Elle rallume une cigarette et je vois combien elle a plaisir à inhaler la fumée. Elle se délecte bien plus de sa cigarette que de son omelette, me dis-je. Je pourrais essayer de lui faire raconter son retour à Kalinovik à l'automne 1992, puis comment elle en est venue à s'enrôler dans les rangs des Sœurs serbes pour préparer les repas des soldats-paysans du général Mladić, puis sa rencontre avec ce dernier, un moment important de sa vie à en juger par le sourire qui l'a illuminée quand elle nous a montré sa photo dédicacée dans le livre de Ljiljana Bulatović, puis comment elle en est venue à vivre toute l'année dans une chambre du Majestic, telle une exilée dans son propre village, puis quelle a dû être son émotion en retrouvant Milan Colović après toutes ces années, son vieil ami Milan devenu comme elle un « mort vivant », comme disait Boris, au fil des cauchemars qu'ils ont dû traverser l'un et l'autre, puis par quels jeux d'influence, quelles recommandations (l'appui du colonel peut-être), ce Milan injustement condamné a pu se retrouver à la tête du Majestic, certes au bord de l'effondrement, néanmoins debout malgré tout, mais je n'ai plus envie de l'embêter avec mes questions et je me dis que si j'avais une voiture, et si nous ne nous trouvions pas dans ce bourg misérable d'Herzégovine, je lui proposerais de l'emmener au théâtre, là, tout de suite, ou même à l'opéra.

Cette nuit-là, tandis que pour une fois je dormais profondément, mon téléphone français a sonné. J'ai bondi de mon lit, songeant aussitôt qu'il était arrivé quelque chose de grave à Paris, mais ça n'était pas la voix d'Hélène à l'autre bout.

C'était une voix de femme qui s'exprimait en anglais.

— C'est vous, Marc ?

— Oui. Qui est à l'appareil ? Où est Hélène ?

— Hélène ? Je ne sais pas qui est Hélène.

— Qui êtes-vous ? D'où m'appelez-vous ?

— Je suis Jelica, Marc.

— Jelica ? Jelica de Pale ?

— Oui, la collaboratrice de Pavlusko.

— Oh, mais bien sûr ! Excusez-moi, Jelica. C'est que je ne m'attendais pas à entendre votre voix dans ce téléphone...

— C'est le seul numéro que j'avais pour vous joindre. Vous l'aviez noté dans le livre que vous avez donné à Pavlusko, avec votre adresse en France.

— Ah, très bien, très bien, je comprends. Nous sommes à Kalinovik, Jelica. Nous comptons rentrer à Pale dès que la route sera dégagée. Comment allez-vous ? Ça me fait plaisir de vous entendre.

— Pavlusko est mort, Marc.

— Oh non !

— Un accident. On a retrouvé sa voiture en bas de la route...

— Oh Jelica, je suis tellement désolé... Quand est-ce arrivé ?

— Hier après-midi, je pense. Il rentrait d'Han Pijesak, nous devions travailler ensemble ce soir-là.

— Mais comment... Comment vous sentez-vous, Jelica ?

— Ça va. Petar a insisté pour que je vous prévienne en dépit de l'heure.

— Il a bien fait. Vous êtes avec lui, là ?

— Oui, je suis à la maison.

— Est-ce vraiment un accident ?

— Que voulez-vous que ce soit ? Il a quitté la route et sa voiture a fait plusieurs tonneaux. On l'a retrouvé grâce aux traces de pneus dans la neige.

— Pavlusko nous disait que les mafieux du parti de Karadžić voulaient le faire taire.

— Il conduisait sûrement trop vite, comme d'habitude.

— Est-ce qu'il n'y avait pas les traces d'une autre voiture ? Est-ce que ça ne peut pas être...

— Quand revenez-vous à Pale, Marc ?

— Je vous l'ai dit, quand la route sera dégagée.

— Je vais essayer de trouver quelqu'un pour venir vous chercher dès demain. Vous êtes au Majestic, n'est-ce pas ?

— Oui.

— Ils ne répondent pas la nuit, mais généralement ils décrochent dans la journée. Je vous rappelle demain, et d'ici là essayez de dormir.

— Entendu, Jelica. Et merci. Merci de m'avoir prévenu.

# 20

C'était janvier, j'habitais Sarajevo depuis une quinzaine de jours, occupé à écrire les premières pages de ce livre. Il m'avait semblé que si je rentrais en France, je ne parviendrais pas à l'écrire. L'émotion (et la douleur) de revoir Hélène, mes enfants, la détresse que je sentais me gagner à l'idée de retrouver Paris, les parents agglutinés à la sortie des écoles à l'heure du goûter (à quand remontait donc ma colère contre ces couples de trentenaires qui parlaient de leurs enfants avec des sourires extatiques et que je retrouvais un peu plus tard dans la queue, devant la boulangerie, s'invitant mutuellement à dîner et feignant de demeurer absolument zen et épanouis, épanouis surtout, tandis que les gosses ne cessaient pas une seconde de les interrompre, quand ils ne leur balançaient pas des coups de cartable dans les mollets ?), les prévisions de Bison futé pour « les routes du week-end » (mais quel était donc l'imbécile qui était parvenu à nous imposer depuis cinquante ans cette ânerie de « bison futé » née d'un cerveau de gendarme ?), les cafés bondés de la rue Oberkampf le vendredi soir (« Oh Hélène, quel plaisir trouvent-ils à se presser comme des moutons sur les trottoirs, une cigarette à la main, et à ricaner toute la nuit ? – Ils sont jeunes, Marc, tu n'es pas allé dans les cafés, toi, à leur âge ? – Non, jamais je n'aurais pu faire une chose pareille »), le sourire d'Arthur sur TF1, la suffisance des policiers français et, par-dessus tout, leurs incessantes traversées de Paris toutes sirènes hurlantes au volant de leurs affreuses petites Peugeot bariolées, le débat sur nos retraites, l'insondable bêtise des supporters à l'entrée des stades de football, les sinistrés des inondations de janvier pleurant à l'ouverture du 20 heures devant leur réfrigérateur à demi englouti, les TGV en panne aux premières neiges et les récits des « naufragés du rail » repris en boucle sur France Info, les professeurs en colère, les conducteurs de RER en colère, les producteurs d'huîtres en colère, les buralistes en colère, et puis Éric Besson, Xavier Bertrand... J'avais pressenti qu'en quelques jours seulement, miné par ce spectacle, par notre impuissance à faire de la vie autre chose que cette pauvre chose, nous qui figurions parmi les nantis du monde, je perdrais mon livre et me retrouverais à errer dans ce Paris qui me glace le cœur depuis ma petite enfance, ou à pédaler comme un dératé sur le circuit du bois de Vincennes pour espérer au moins trouver le sommeil.

Après la messe d'enterrement de Pavlusko dans la petite église de Pale, nous avions été quelques-uns à nous réunir dans son chalet pour prendre un verre. Jelica avait eu l'idée de cette réception et l'avait organisée. Bien que Petar fût auprès d'elle, elle ne s'était pas cachée d'être la maîtresse de maison. L'observant accueillir ses invités avec un pâle sourire, je m'étais demandé si sa liaison avec Pavlusko était de notoriété publique ou si Boris et moi étions les seuls à être dans la confidence. Petar lui-même était-il au courant ? En tout cas, pas plus que le soir où nous l'avions rencontré chez lui, il n'avait l'attitude d'un homme blessé, ou humilié. Il semblait plutôt embêté de devoir être là, regardant sans cesse sa montre comme s'il était pressé de retourner à ses occupations.

C'était l'ex-commandant qui nous avait ramenés de Kalinovik à bord du vieux camion 4×4 de la commune d'Han Pijesak que nous avions déjà emprunté pour nous rendre chez Dinko, l'homme qui n'a plus de jambes. Nous avions découvert à l'occasion de ce retour combien Jelica était liée aux gens d'Han Pijesak, demeurés fidèles à Mladić, quand ceux de Pale ne juraient que par Karadžić et les mafieux qui ont pris sa suite. Pour l'ex-commandant, il ne faisait aucun doute que Pavlusko avait été poussé dans le ravin par un homme de Pale. À l'entendre, il connaissait le type et voyait même dans quelle voiture, appartenant à la mairie, il avait pu faire le coup.

— Vous êtes sûr de ce que vous avancez ? m'étais-je étonné, comme nous retraversions les hauts plateaux enneigés qui séparent Kalinovik de Dobro Polje, sur la route de Sarajevo.

— Je sais ce que je dis, je connais toute la clique de Pale.

— Ah oui, m'étais-je souvenu, c'est vrai que vous êtes à l'occasion le garde du corps du maire, n'est-ce pas ?

— Je suis le garde du corps de tous ceux qui peuvent me payer.

— Mais vous vous sentez plus proche des gens d'Han Pijesak, si je comprends bien.

— Bien sûr, seulement les gens d'Han Pijesak n'ont pas d'argent.

D'Han Pijesak, j'avais reconnu chez Pavlusko l'ancien maire, Bogdan Todorović, qui paraissait très abattu et se tenait seul dans un coin de la cuisine.

— Allons le saluer, avais-je dit à Boris.

Il avait semblé touché par notre présence. Nous nous étions remémoré le matin où, passant en coup de vent chez Pavlusko, il nous avait trouvés tous les trois en train de prendre notre petit déjeuner.

— Après ça, vous nous aviez emmenés chez Dinko.

Il se souvenait, bien sûr.

Nous avions échangé quelques impressions sur la femme de Dinko, la terrible Mirjana, et comme j'avais eu le sentiment que nous étions en confiance, je m'étais rapproché et j'avais dit tout bas :

— Monsieur Todorović, pensez-vous, comme l'ex-commandant, que Pavlusko a pu être assassiné ?

Je l'avais vu se figer.

— Pas ici, avait-il lâché entre ses lèvres serrées.

Et comme je me reculais, Slobodan Jasnić, le père de Jelica, avait surgi dans mon dos.

J'avais eu le sentiment qu'il nous ignorait à dessein.

— Bonjour Bogdan, avait-il lancé sobrement. Je regrette de te revoir en de telles circonstances.

— Slobodan ! avait rétorqué Bogdan Todorović en inclinant légèrement le buste.

Les deux hommes ne s'étaient pas serré la main. Il y avait eu un silence durant lequel ils s'étaient considérés gravement.

— La mort de Pavlusko est profondément regrettable, avait ensuite déclaré le vieux Jasnić, se tenant très droit et le visage imperturbable. Il était un combattant de la première heure, et je sais qu'il était ton ami.

— Il était mon frère, avait corrigé Bogdan Todorović, adossant au mur de la cuisine son long corps maigre et ne cherchant pas à dissimuler son effondrement.

— J'ose espérer que sa mort ne donnera pas lieu à de nouvelles polémiques entre nous, avait repris Jasnić. Il s'est tué stupidement, voilà tout.

Alors seulement il s'était avisé de notre présence.

— Tiens, monsieur le Français, je n'aurais pas pensé vous trouver ici avec votre interprète.

Et s'adressant à Todorović :

— Est-il venu également t'interroger ?

— J'ai interrogé toutes les personnes qu'a bien voulu me présenter Pavlusko, avais-je dit, volant la parole à Todorović, que ça soit à Pale, à Han Pijesak ou ailleurs. À commencer par votre fille, Jelica, sans laquelle je n'aurais sans doute pas pu accéder jusqu'à vous.

Il avait acquiescé silencieusement, me donnant le sentiment qu'il n'appréciait pas que nous ayons rencontré les gens d'Han Pijesak, et qu'en ce cas il regrettait peut-être de nous avoir reçus.

— J'aimais beaucoup Pavlusko, avais-je ajouté, plaçant mon regard dans le sien à l'instant où il s'apprêtait à tourner les talons. C'était un homme enflammé et généreux.

J'avais constaté avec plaisir combien ma remarque l'avait piqué, l'empêchant de s'enfuir la tête haute, comme il l'escomptait, après avoir délivré son avertissement en forme de menace à l'ancien maire d'Han Pijesak – « J'ose espérer que sa mort ne donnera pas lieu à de nouvelles polémiques, etc. ».

— Je n'ai jamais douté de sa sincérité, avait-il lâché, glaçant, mais je crois qu'il ne comprenait rien à la politique. Disons que c'était un idéaliste, si ça peut vous faire plaisir.

Jelica avait dû sentir que quelque chose clochait dans notre coin, car elle était apparue à l'instant où son père finissait sa phrase.

— Papa vous a déjà donné beaucoup de temps, Marc, avait-elle tranché sévèrement, je dois vous l'enlever car beaucoup de gens le réclament.

Et prenant son père par le bras, elle l'avait entraîné vers trois hommes dont j'avais noté l'élégance à l'église, et aussi que l'un d'entre eux portait une de ces vestes tyroliennes dans les tons gris et vert, flanquée d'une martingale et de boutons dorés.

J'avais attendu que les groupes soient constitués et que Jelica soit momentanément désœuvrée pour aller discrètement la solliciter.

— J'aurais besoin de vous parler une minute, lui avais-je glissé à l'oreille en anglais.

— Ça ne peut pas attendre un autre jour ?

— Non, tout de suite. Venez, sortons.

Elle m'avait alors précédé et entraîné par un petit escalier dans le garage, en dessous, plutôt que dehors dans la neige où l'on aurait pu nous voir et où nous n'aurions pas tenu longtemps par ce froid, sans nos manteaux.

— Jelica, avais-je dit, l'autre nuit, au téléphone, vous n'avez pas répondu à ma question : pensez-vous que Pavlusko est mort accidentellement ou qu'il a été poussé ?

— Je vous ai répondu qu'il conduisait sûrement trop vite.

— J'ai pensé que vous aviez peur qu'on nous écoute. Dites-moi ce que vous pensez vraiment, ici personne ne peut nous entendre.

— Je n'ai pas changé d'opinion. Remontons vite, maintenant.

— Vous semblez... Je ne vous reconnais pas, Jelica. Vous savez bien que Pavlusko avait été menacé.

— Il avait été agressé dans ce garage, oui, mais c'est une vieille histoire.

— Je ne parle pas de ça. Un soir où on dînait ici il a reçu un coup de téléphone et, au retour, quand il s'est rassis à table, vous lui avez même pris la main.

— Ne racontez pas n'importe quoi.

— Jelica, vous lui avez pris la main ! Et Boris m'a traduit ce que Pavlusko avait dit à son interlocuteur avant de raccrocher : « Va te faire foutre ! »

— Je n'ai aucun souvenir de ça. Lâchez-moi, s'il vous plaît, et remontons.

Je l'avais saisie par les épaules, machinalement. Nos visages étaient si proches l'un de l'autre que l'idée de l'embrasser m'avait traversé.

— Oh, Jelica ! avais-je dit dans un souffle.

Mais elle s'était dégagée et était remontée sans se retourner, me laissant seul dans la petite pièce sombre qui sentait l'huile de vidange.

Se serait-elle laissé embrasser, me dis-je soudain, assis à ma table de travail, dans ma chambre de Sarajevo, si j'avais collé mes lèvres sur les siennes ? Et ensuite, après ce baiser, m'aurait-elle parlé ? Je veux dire vraiment, me livrant le fond de son cœur. « Oui, Marc, ils l'ont assassiné. Mais ils tiennent la police, ils tiennent la justice. Vous avez entendu ce qu'a dit mon père, n'est-ce pas ? Ils ne veulent pas d'histoires. Alors taisez-vous, je vous en supplie. Vous n'êtes pas de taille à leur résister. Vous avez vu ce qui est arrivé à Knezević ? Trois balles dans la tête en pleine rue, à midi, sous les yeux de sa femme et de ses enfants. Et pourtant il était le chef de la police, et pourtant il est un héros national dont on honore la statue. Mais il n'a même pas eu le temps de sortir son arme... »

Boris était reparti l'après-midi même pour Belgrade. Je l'avais accompagné jusqu'à la gare routière et j'avais attendu le départ de son autocar pour regagner l'hôtel.

— Vous allez me manquer, Boris, lui avais-je dit en l'embrassant.

Il avait ri.

— Qu'est-ce que vous allez faire tout seul à Pale, Marc ?

— Je ne sais pas, me promener, prendre le temps de regarder les gens encore une fois.

— Vous allez appeler Jelica et l'inviter à dîner.

— Comment avez-vous deviné ?

— J'ai vu qu'elle vous avait entraîné à la cave, ce matin. Quand elle est remontée, elle a renversé une bouteille. Je ne sais pas ce que vous lui avez fait mais elle n'avait plus l'air dans son assiette.

J'avais ri à mon tour.

— Faites quand même attention au vieux Jasnić si vous draguez Jelica, Marc, avait-il ajouté. Je crois qu'il est méchant ce mec.

Nous nous étions quittés là-dessus, l'un et l'autre souriant.

Revenu dans ma chambre, j'avais dû affronter ce vide qui nous saisit lorsqu'on s'est habitué au confort, au plaisir d'être deux, et qu'on se retrouve soudain seul dans une ville étrangère. Tiens, m'étais-je dit, Boris est devenu un ami précieux, et c'est seulement maintenant que j'en prends conscience. J'avais tout de suite aimé son humour, ses mots, sa façon d'être avec moi qui avais l'âge de son père, sans timidité ni obséquiosité, restant lui-même, toujours. Et aussi qu'il ait ce recul pour me répéter à intervalles réguliers : « Ces mecs-là sont complètement cinglés, hein, Marc ? » Le soir où il m'avait dit : « Pavlusko est un malade mental, je ne comprends pas un mot de ce qu'il raconte. – Nous le sommes tous plus ou moins, Boris. – Pas moi. – C'est vrai, pas vous, mais arrivé à un certain âge on n'échappe pas à la folie. – Pourquoi vous aimez tellement ce mec, Marc ? » J'avais failli lui expliquer que Pavlusko me rappelait mon père, que tout me touchait en lui, jusqu'à ses tics, mais j'avais renoncé. Maintenant je regrettais de m'être tu.

Pour ne pas céder au cafard, j'étais ressorti, et j'avais passé la soirée à arpenter les rues désertes de Pale, bravant avec un plaisir masochiste le vent qui sifflait entre les barres d'immeubles et me jetait par instants au visage une poignée de neige, coupante comme des débris de verre. C'était durant cette promenade que m'était venue l'idée, qui m'était apparue aussitôt lumineuse, de m'installer à Sarajevo pour écrire les premières pages de mon livre. Bien sûr, m'étais-je dit, c'est exactement ce que je *dois* faire ! Rester à Pale ne m'apporterait plus grand-chose, et la perspective de regagner la France me précipitait dans une angoisse que je ne parvenais pas à raisonner.

Mais demeurer dans la proximité de Pale, juste de l'autre côté de la frontière, et certains soirs observer les sommets en me souvenant d'eux tous, là-haut, Jasnić, Todorović, Jelica et Petar, l'ex-commandant, Dinko et son épouvantable Mirjana, Pavlusko et Knezević... J'aurais voulu les réunir tous, les regrouper sous un bel arbre ou les adosser à un mur de pierres dorées. Tous, les vivants et les morts, les victimes et les bourreaux. J'aurais pris une photo. Non, mieux, je me serais glissé parmi eux, nous nous serions tenus serrés les uns contre les autres. Moi au milieu de ces femmes et de ces hommes brisés. Était-ce bien ma place ? Oui, puisque je les aimais, et que je ne voulais pas les juger. J'avais partagé l'effroi dévastateur qui les avait jetés les uns contre les autres, sachant que dans leur situation je n'aurais pas agi différemment d'eux. Le sachant profondément, de toute mon âme. Affronter nos peurs originelles, les accepter, les mettre en mots, m'engager de toutes mes forces dans ce combat-là, voilà ce qu'il me fallait pour vivre, pour écrire. Pour continuer de vivre et d'écrire.

J'avais repéré que la route qu'empruntaient les Serbes de Pale pour contourner Sarajevo et se rendre à Lukavica, « le Sarajevo serbe », surplombait à un moment le centre historique de la vieille ville musulmane dont on pouvait apercevoir les minarets, me donnant le sentiment que de cet endroit il devait être facile d'entrer dans Sarajevo à pied, de sorte que je m'étais assis juste derrière le chauffeur dans l'autocar avec un plan bien arrêté en tête. Nous avions franchi les tunnels, dévalé la route en lacets, et j'avais guetté ce passage en surplomb au-dessus des minarets et de la rivière Miljacka.

Là ! m'étais-je dit soudain. Là, le voilà ! Et alors, bondissant et saisissant ma valise, j'avais tapé sur l'épaule du chauffeur et exigé de descendre immédiatement dans un charabia mêlant l'anglais et le français, auquel il n'avait rien compris, bien sûr, mais peu importe, l'essentiel étant, m'étais-je dit, qu'il perçoive mon empressement, voire mon affolement. Et tout cela avait parfaitement fonctionné, puisque après avoir jeté un coup d'œil dans son rétroviseur pour s'assurer sans doute que nous n'étions pas suivis par une colonne de Musulmans armés, il avait freiné précipitamment et immobilisé son autocar au bord d'une espèce de petit ravin planté d'arbres rachitiques qui surgissaient de la neige. Il avait ouvert la porte, j'avais balancé ma valise et sauté. Le temps que je me retourne, l'autocar était reparti, me laissant dans un panache de fumée d'échappement que le courant d'air qui montait de la rivière avait aussitôt dissipé.

Je crois que jamais de ma vie je n'oublierai le choc que constitua pour moi mon entrée dans Sarajevo après ces jours, ces semaines, enfermé dans le huis clos des Serbes de Bosnie. Je m'étais cassé la figure dans le ravin, me griffant le visage et les mains aux branches des arbres et trempant mon pantalon, si bien que déboulant plus vite que prévu au milieu de petites cahutes disposées sur la place d'une mosquée, je m'étais attendu à être immédiatement interpellé et menotté. Des militaires allaient me fondre dessus, j'en étais certain, pour s'assurer que je n'étais pas un de ces criminels de guerre de la fameuse liste tentant de s'infiltrer clandestinement dans Sarajevo. Des gens traînaient ici et là entre les cahutes mais, curieusement, personne n'avait semblé me prêter la moindre attention, tandis que surgissant des sous-bois les joues en feu, je me tenais là, comme statufié, à l'orée de la place, à quelques pas d'un banc public, ma valise souillée de neige à la main.

Comme il ne se passait rien et que je reprenais lentement haleine, l'audace m'était venue d'observer de plus près ce qui se déroulait autour de moi et quelle n'avait pas été ma surprise de constater que ces cahutes, que j'avais prises un instant pour des postes de guet militaires, étaient en réalité des boutiques de souvenirs. Mais oui, on y vendait des petites mosquées dans des boules en verre pleines de neige, des cartes postales, des porte-clés, des foulards, des barres de nougatine, enfin toutes ces choses inutiles et charmantes que l'on trouve également à Montmartre et sous la tour Eiffel. Je n'en avais pas cru mes yeux, jusqu'à ce que, sortant tout à fait de mon état d'hébétude, je m'avise que les gens qui traînaient là n'étaient pas des parachutistes musulmans prêts à me chercher querelle, mais des touristes, de paresseux touristes tenant leurs enfants par la main, ou les promenant dans des poussettes, tous s'arrêtant devant les grappes de souvenirs qui pendaient sur les façades des cabanes.

Après un moment, fatigué d'être debout, j'étais allé m'asseoir sur le banc et j'y avais hissé ma valise que j'avais nettoyée de la neige sale qui s'y était collée avec un vieux kleenex découvert dans ma poche. Puis je m'étais adossé, j'avais croisé les bras, et sans que je le veuille, je m'étais surpris à sourire. « Eh bien ça alors... », m'étais-je entendu murmurer tout bas comme un parfait crétin.

Un peu plus tard, traînant ma valise sur ses roulettes, je m'étais engagé dans la rue étroite qu'empruntaient les touristes pour sortir de cette place après en avoir fait le tour. Il pouvait être midi. Par son animation et les parfums mélangés de fritures d'oignons et de viande grillée qui s'échappaient des restaurants et des échoppes, l'endroit m'avait aussitôt rappelé le quartier de la rue de la Harpe à Paris, derrière Saint-Michel, où les touristes se pressent également à l'heure du déjeuner. Au moins, m'étais-je dit, les habitants de Sarajevo ne semblent pas souffrir de la faim comme ceux de Pale.

Cependant, je n'avais rien vu encore, car débouchant bientôt sur une large rue piétonne, j'avais été sidéré par le luxe des devantures et, bien plus encore, par la richesse et l'abondance de ce qui s'y amassait. Vêtements, chaussures, ameublement, objets de luxe pour la maison, parfums, maroquinerie... Et s'intercalant entre ces devantures, autant de restaurants, de cafés et de salons de thé qu'on pouvait en souhaiter, tous laissant deviner à travers leurs claires vitrines des pyramides de pâtisseries et de viennoiseries. Je n'avais pas faim, j'étais encore sous le coup de l'émotion et de la surprise, mais j'avais ressenti le besoin de m'asseoir pour arrêter le temps, d'une certaine façon, et réfléchir à ce que tout cela signifiait.

Le salon de thé dans lequel j'étais entré, peu fréquenté à cette heure, offrait une jolie vue sur l'animation du quartier car il occupait le pignon d'un immeuble ancien, à l'intersection de deux rues piétonnes. J'avais bien noté qu'on m'y avait considéré curieusement avec mes gros godillots, mon pantalon trempé, ma valise et mon anorak peu reluisant depuis deux mois que je le portais (et les griffures sur mon visage que j'avais complètement oubliées et que j'allais bientôt découvrir devant la glace des toilettes pour hommes), mais malgré tout les garçons à nœuds papillons m'avaient salué poliment et on m'avait laissé m'installer à la table d'angle que j'avais repérée.

Mon café bu, j'avais dû faire un effort pour me remémorer ce que j'avais imaginé de Sarajevo avant de m'y introduire comme un voleur de poules. C'est étrange comme une seule petite demi-heure dans une ville suffit à effacer l'image que l'on s'en était faite. Le matin même, tandis que je quittais Pale et mettais au point le plan qui allait me permettre de sauter de l'autocar à l'endroit voulu, Sarajevo était à mes yeux une forteresse musulmane truffée de check points et grouillante de soldats en armes. La haine et la peur qu'éveillait cette ville dans l'esprit des gens de Pale avaient fini par construire dans le mien l'illusion d'une sorte d'immense camp d'entraînement où tandis que les femmes, évidemment voilées jusqu'aux yeux, s'adonnaient comme des fourmis aux travaux ménagers, les hommes s'exerçaient inlassablement au combat, bondissant des fenêtres, grimpant à la corde à nœuds, marchant au pas dans les rues, la kalachnikov en travers de la poitrine, comme on le voyait à Téhéran ou dans la bande de Gaza. Je m'étais figuré que je croiserais à tous les coins de rue des files de jeunes volontaires barbus attendant d'être enrôlés et que je devrais faire preuve de discrétion et d'amabilité, comme lorsque j'avais séjourné dans le quartier musulman de Beyrouth, ou encore à Alger, au milieu des années 1990, en pleine guerre contre les islamistes. Or, je n'avais toujours pas vu un seul militaire, et là, tandis que je scrutais la foule des piétons derrière la baie vitrée, mon regard s'était arrêté sur une famille exactement semblable à celles que nous croisions tous les jours à Belleville, le père moustachu et coiffé d'un bonnet de laine, la maman et les filles aînées le front ceint du voile, deux jeunes garçons aux cheveux gominés, et encore un petit dernier dans une poussette, tous en arrêt devant la pâtisserie qui occupait l'angle en vis-à-vis de mon salon de thé. Après un moment, j'avais compris que le débat qui les agitait tournait autour de savoir s'ils allaient manger leurs gâteaux sur place ou les emporter à la maison. Le père souhaitait visiblement que la mère entre avec la fille aînée pour choisir les gâteaux pendant que le reste de la famille attendrait dehors, mais la mère et les enfants insistaient pour qu'ils entrent tous les huit et consomment sur place. Après avoir tenté de résister, le père avait jeté l'éponge, la mère aussitôt lui avait adressé un gentil sourire et, comme toute la famille entrait, les deux jeunes garçons n'avaient pas pu s'empêcher de sauter d'excitation.

Je m'étais vu en train de chercher à louer une chambre chez l'habitant, comme j'avais dû le faire dans certains pays en guerre, les hôtels étant généralement réquisitionnés par les militaires, mais arpentant de nouveau les rues piétonnes avec ma valise, j'avais croisé toutes sortes d'hôtels charmants. J'avais beaucoup tergiversé, devenant de plus en plus difficile au fil de l'après-midi – je voulais une chambre calme, dans les étages supérieurs, si possible pourvue d'un balcon afin que je puisse à n'importe quelle heure du jour ou de la nuit contempler Pale, ou du moins la montagne qui porte Pale. Et s'il n'y avait pas de balcon, je voulais que ma fenêtre soit tournée vers Pale. Et puis une table de travail digne de ce nom, avec une lampe et une bonne chaise.

Finalement, j'avais trouvé exactement ce que je cherchais, une chambre avec balcon donnant sur la rivière Miljacka. Je n'avais qu'à sortir sur mon balcon pour contempler les derniers lacets de la route qui descendait de Pale et, avec un peu de chance, apercevoir mon vieil autocar, plein de voyageurs serbes apeurés, filant à toute allure vers Lukavica. Celui auquel j'avais faussé compagnie si hardiment, n'est-ce pas, alors que la dame de l'hôtel venait de m'expliquer, dans un anglais parfait, que j'aurais parfaitement pu prendre un taxi, ou même un bus depuis Lukavica jusqu'au centre de Sarajevo, plutôt que de sauter dans un ravin au risque de me casser une jambe.

— Vous plaisantez, lui avais-je rétorqué, les Serbes de Pale et de Lukavica ne veulent rien avoir à faire avec les Musulmans de Sarajevo. Comment pourrait-il exister une ligne de bus, ou même des taxis ?

— Il est exact qu'ils ne viennent pas à Sarajevo. Mais rien ne les en empêche.

— Ceux que j'ai rencontrés craignent d'être arrêtés et jetés en prison.

— Ah bon... Je ne vous dis pas que certains criminels de guerre ne sont pas arrêtés, on voit ça dans le journal de temps en temps, mais ceux qui n'ont rien à se reprocher pourraient très bien venir.

— Je crois qu'ils ne sont pas sortis de la guerre.

Elle avait paru troublée.

— Personne ne peut oublier, c'est certain, était-elle convenue après un silence. Mais enfin, aujourd'hui, la vie a repris. Vous avez bien vu...

— Ils pensent que les Musulmans préparent une nouvelle guerre. Avez-vous été témoin de manœuvres militaires ?

— On dit que les intégristes recrutent ici ou là. Récemment, on a parlé dans les journaux d'un petit camp d'entraînement, dans une forêt, là-haut. Mais je ne pense pas que ça puisse dépasser ce genre de choses.

— Vous-même, allez-vous à Pale, parfois ?

— Nous y allions avant la guerre avec mon mari. Je dois vous avouer que nous n'y sommes pas retournés depuis.

— Pourquoi ?

— Nous savons bien que les Serbes ne nous aiment pas. Qu'est-ce que nous irions faire là-haut ? Il paraît qu'il n'y a rien à manger en plus...

Elle avait eu un petit rire, sarcastique, m'avait-il semblé.

— Et Lukavica ?

— Oh, Lukavica est affreux ! s'était-elle exclamé. Ce ne sont que des immeubles plantés dans la boue. Qu'irions-nous faire à Lukavica quand nous avons tout ici ? Si les Serbes veulent se priver de Sarajevo, ça les regarde. Qu'ils restent sur leur montagne, ou à Lukavica. Après tout, nous vivons très bien sans eux.

— Ils pensent qu'ils sont l'ultime rempart face à l'offensive que préparent les Musulmans contre l'Occident.

— Qu'ils pensent ce qu'ils veulent, ils nous ont fait assez de mal comme ça.

Et là-dessus, elle s'était mise à ramasser nerveusement les clés de chambre et les papiers qui traînaient sur le comptoir.

— Eh bien bonne journée, lui avais-je dit en souriant.

J'étais remonté dans ma chambre et je m'étais remis à écrire.

La veille, sur le coup de midi, j'avais reçu un texto d'Hélène : « Quand rentres-tu, Marc ? Les filles te réclament. Tu nous manques. Je t'embrasse. »

Je n'avais pas beaucoup dormi cette nuit-là, reprenant mon inlassable monologue avec Hélène. Hélène qui prétend m'aimer mais ne veut plus partager ma vie ; Hélène qui prétend m'aimer mais ne me désire plus. Hélène, dans les yeux de laquelle je suis devenu un homme « indésiré ». Je m'étais appliqué à tenter de calculer la distance qui pouvait bien séparer l'homme « indésiré » de l'homme « indésirable » dans le cœur d'une femme. Puis je m'étais revu arpentant les rues de Belleville au milieu de la nuit, l'hiver précédent. Était-il possible de s'aimer sans se prendre dans les bras, sans jamais se toucher ? D'inventer une façon de s'aimer qui emprunterait un autre chemin que le désir ? Pendant un an, nous n'avions pas su, en tout cas, et me remémorer cette année si douloureuse, si blessante, m'avait accablé. J'étais sorti marcher dans les rues de Sarajevo, comme je marchais quelques mois plus tôt dans celles de Belleville.

Et c'était ce matin-là, après une nuit presque blanche, que j'avais eu cette discussion avec la dame de l'hôtel, sortant de la salle du petit déjeuner et m'apprêtant à monter travailler.

À midi, fatigué, mais satisfait de ce que j'avais écrit, je m'étais rendu compte que je n'avais toujours pas répondu à Hélène. « Quand rentres-tu, Marc ? »

J'étais sorti sur mon balcon, au-dessus de la rivière Miljacka. Je me trouvais dans cet état d'hébétude qui suit les heures passées à écrire et je laissais errer mon regard sur les gens qui se promenaient au bord de l'eau, les familles, les couples d'amoureux, songeant confusément à Hélène, à mon retour en France, quand, soudain, il m'avait semblé reconnaître une silhouette familière. Oh ! m'étais-je dit, la fille, là-bas, on dirait bien... Mais c'est Jelica, ma parole ! Merde, Jelica ! Et qui est le type dont elle tient la main ? Pendant quelques dixièmes de seconde j'avais songé que ça pouvait être un inconnu, que j'étais le témoin d'une scène que je n'aurais pas dû voir, que *je n'avais pas* à voir, et j'avais senti s'accélérer les battements de mon cœur, m'en voulant d'être là, je crois, à épier Jelica dans sa vie privée au lieu de regagner précipitamment ma chambre, jusqu'à ce que je le reconnaisse, lui aussi – c'était Petar ! Mais oui, l'homme dont Jelica tenait amoureusement la main était Petar, son mari. Ce cher Petar avec cette grosse tête qui semblait, plus que jamais, bien trop lourde pour son corps menu, vu de mon balcon. Alors une onde de bonheur m'avait gonflé le cœur. Jelica et Petar dans les rues de Sarajevo ! Ça alors, c'était énorme. Ils sont venus ! m'étais-je écrié pour moi-même. Elle a bien voulu le suivre et ils ont osé ! En dépit du vieux Jasnić et de tous les fous furieux qui l'entourent. Ils ont osé venir et maintenant ils voient combien tout ce qu'on raconte là-haut est faux – délires de survivants aveuglés par la peur, par la haine. Ils voient combien on peut parfaitement vivre au côté des Musulmans, peut-être pas encore se dire qu'on s'aime et faire l'amour, après tout ce qu'on s'est infligé, tous ces morts, toutes ces blessures, mais vivre côte à côte en laissant au moins les enfants jouer ensemble, si enfants il y a, bien sûr. Et porté par une excitation qui me dépassait complètement, je m'étais mis à hurler leurs noms, à les appeler de toutes mes forces : « Jelica ! Jelica et Petar ! » Tout en agitant les bras au-dessus de ma tête. Mais ils avaient bien avancé entre-temps, ils n'étaient plus maintenant qu'un couple d'amoureux parmi d'autres que me cachaient par intermittence les voitures et les autobus qui se croisaient sur les quais, de sorte que ma voix s'était perdue.